FEUER
WERKE
VERLAG

Das Buch

Wenn du das Meer rauschen hörst, ist es Zeit für dich und mich auf Rügen!

Frisch getrennt, kehrt Lara auf ihre Heimatinsel Rügen zurück, um dort als Kinderärztin zu arbeiten. Der Wohnungsmarkt ist mehr als angespannt, und so kommt Lara zunächst bei einer Freundin unter.

Kurz nach ihrer Ankunft begegnet sie überraschend ihrem heimlichen Jugendschwarm Justus, der es noch immer schafft, ihr Herz aus dem Takt zu bringen. Und auch der Surflehrer Hannes, bei dem sie schließlich eine Bleibe findet, tut ihr mit seiner unbeschwerten Art gut.

Eine aufregende Zeit voller Sonne, Meer und Leichtigkeit beginnt, in der Kopf und Herz ganz schön aneinandergeraten. Denn Liebe lässt sich bekanntlich nicht planen – schon gar nicht im Sommer auf Rügen!

Die Autorin

Hanna Holmgren liebt das Leben – an bunten und an grauen Tagen.

„Es liegt schließlich an uns selbst, welche Tage wir an uns heranlassen“, ist ihr Motto. Schon als Kind begann Hanna, ihre Erinnerungen an wunderbare Orte und Momente in einem Reisetagebuch festzuhalten und formte bleibende Geschichten daraus. Im Laufe der Zeit entwickelten sie sich zu vollwertigen Romanen und wurden schließlich zu ihrer größten Leidenschaft. Heute bedeutet das Schreiben für sie pure Entspannung. Es bringt ihr Sonnenstrahlen, Sandkörner und Meeresrauschen in ihr heimisches Arbeitszimmer und lindert das ständige Fernweh bis zur nächsten Reise, die ihr noch immer als wichtigste Inspirationsquelle dienen. Seit Hanna Holmgren ihr früheres Berufsleben hinter sich gelassen hat, widmet sie sich voll und ganz dem Schreiben von romantischen Wohlfühl-Romanen.

Immer wieder du und das Meer

Zeit für Rügen 3

Ein Roman von Hanna Holmgren

Mehr zur Autorin finden Sie auf
www.hannaholmgren.de, www.instagram.com/hannaholmgren.autorin, www.facebook.com/hannaholmgren.autorin und www.feuerwerkeverlag.de/holmgren

Abonnieren Sie auch unseren Verlags- und Autoren-Newsletter und erfahren Sie so als Erster von unseren Neuerscheinungen, Autorennews und exklusiven Buch-Gewinnspielen:
www.feuerwerkeverlag.de/newsletter

Originalausgabe September 2024

Maracuja GmbH, Laerheider Weg 13, 47669 Wachtendonk
Druck: Libri Plureos GmbH, Friedensallee 273, 22763 Hamburg
Printed in Europe
Umschlaggestaltung: Grit Bomhauer, grit-bomhauer.com
unter Verwendung von © Adobe Stock – lovelyday12 | Ziyan | carlos perez gomez | © Depositphotos – cobalt88 | pkazmierczak | janka3147 | wirestock_creators | Ale-ks | dsbelan | doomu | ISergey | sh.viktoria.13.gmail.com | Triffen | jakubzasun | ratchanu_21@hotmail.com | quir014b | marzolino
Lektorat: Heike Brillmann-Ede, Berlin

ISBN: 978-3-98954-033-0

- 1 -

„DU wirst uns hier wahnsinnig fehlen.“ Dr. Meinhard stand mit einem Strauß Blumen in der Hand vor Lara und lächelte etwas gequält. „Solltest du das Ganze doch für eine Schnapsidee halten, dann tu dir keinen Zwang an, deine Entscheidung augenblicklich wieder zurückzunehmen.“

Lara nahm die bunten, duftenden Sommerblumen an sich. „Ihr werdet mir doch auch alle fehlen“, murmelte sie wehmütig und ließ sich von ihrem Chef in seine Arme ziehen.

„Es ist gut, dass du weißt, was du willst. Auch wenn ich noch immer der festen Überzeugung bin, dass du dein Talent dort verschwenden wirst“, flüsterte er ihr in väterlicher Tonlage ins Ohr.

„Danke, es ist schön und irgendwie nicht so schön, das zu hören“, erwiderte sie.

Dr. Meinhard lachte kurz auf. „Du weißt, dass du jederzeit zurückkommen kannst, solange ich der Chef hier bin.“

Lara lächelte. Und dann landete ihr Blick über Schwester Sarahs Schulter hinweg direkt bei Gunnar. Er schluckte, das konnte sie deutlich erkennen.

„Das ist total nett, aber ich bin mir ziemlich sicher, dass ich erst einmal nicht zurückkommen werde“, sagte sie mit fester Stimme, Gunnar dabei weiterhin im Visier. Wie oft hatte er gesagt, dass er seine Frau nicht mehr lieben würde. Dass sie quasi bereits getrennt seien. Hätte er ihr von Anfang an die Wahrheit gesagt, hätte sie sich niemals auf ihn eingelassen. Dieses Kapitel war mit Abstand das schäbigste in ihrem Leben. Sie war über Monate hinweg zu einer gutgläubigen Affäre eines verheirateten Mannes mutiert, der zugegebenermaßen ein gut aussehender und begnadeter Kinderchirurg war, der charakterlich aber solch eine Niete war, dass er die Wahrheit mied wie der Teufel das Weihwasser.

„Mein Angebot steht!“, bekräftigte Dr. Meinhard seine Worte und gab Lara frei. „So, und jetzt würde ich vorschlagen, belassen wir es bei diesen Sätzen, bevor mir noch die Tränen kommen. Alles Gute für dich, Lara. Und viel Glück bei allem!“

„Nochmals danke!“ Sie blickte in die Runde und musste nun doch das Weinen unterdrücken.

Dr. Meinhard drehte sich um und verließ den Raum. Lara seufzte leise, denn sie mochte alles hier: die Charité, die Kollegen und Kolleginnen, das fachliche Niveau. Es war inspirierend, begeisternd und ... ja, auch fordernd. Sie liebte ihre Arbeit, die kleinen Patienten, den Geruch der desinfizierten Krankenhausflure. Dies hier war lange ihre Welt gewesen, doch irgendwann hatte sie zu zweifeln begonnen. Wollte sie wirklich ihr Leben lang Schichtdienst schieben? Mit Haut und Haaren nur für die Arbeit leben? Nur so wenig Zeit haben, dass sich die einzige Option auf Liebe als Affäre zwischen den Wänden ihres Arbeitsplatzes abspielte? Gunnars Geständnis, dass er mit seiner Frau ein Kind erwartete, war der dicke Strich darunter. Natürlich sah er keinen Grund darin, die Beziehung mit Lara zu beenden, weil er ja angeblich nur sie liebte. Da seine Frau nun aber schwanger war, konnte er sie unmöglich im Stich lassen. Oder? Lara fühlte erneut Wut in sich aufsteigen, wollte aber nicht mehr wütend sein. Sie wollte ihn einfach nie mehr sehen.

Es hatten sich bereits alle von ihr verabschiedet – alle, bis auf Gunnar. Lara beäugte die Situation genau und überlegte, mit welcher Fluchtstrategie sie sich endgültig aus der Affäre ziehen und den Raum verlassen konnte, ohne noch ein einziges Wort mit ihm wechseln zu müssen. Sie hätte im Windschatten ihres Chefs verschwinden können, aber dazu war es jetzt zu spät. Nach und nach verließen ihre Ex-Kollegen und -Kolleginnen den Raum, und Lara ahnte, dass nur ein Sprung aus dem Fenster sie davor bewahren konnte, doch noch mal mit Gunnar sprechen zu müssen.

„Alles Gute für dich!“, rief Schwester Sarah, hob lächelnd die Hand und verschwand als Letzte durch die Tür. Gunnar verweilte im Türrahmen und beobachtete sie.

Und so sehr Lara auch versuchte, seinem Blick auszuweichen, es gelang ihr nicht. Stattdessen machte Gunnar ein paar Schritte auf sie zu.

„Überleg es dir noch mal“, säuselte er.

„Okay, ich bleibe, wenn du mich so lieb bittest …“, murmelte sie und verdrehte dabei die Augen.

„Ernsthaft?“

„Natürlich nicht! Du bist echt ein Idiot. Du glaubst wirklich, dass du nur etwas Nettes von dir geben musst und ich springe!“ Laras Herz pumpte. Vor Wut und auch vor Stolz, weil sie endlich, endlich deutlich wurde und sich seinen Spielchen entzog.

„Das ist doch Quatsch! Ich meine das ernst. Ich rede mit Birte, und dann können wir noch einmal ganz von vorn anfangen.“

„Gute Idee, ich finde nämlich auch, dass Birte die Wahrheit verdient hat, damit ihr euch unbelastet in das Abenteuer Elternschaft stürzen könnt.“

„Ich wollte doch mit ihr reden und mich trennen“, erklärte er kleinlaut.

Lara verdrehte erneut die Augen. „Leb wohl, Gunnar. Und weißt du, was? Ich wünsche dir wirklich, dass du das hinkriegst mit deiner Frau. Nein, ich wünsche deinem Kind, dass du das hinkriegst mit deiner Frau. Ehrlich, ich hoffe, dass es einen Vater haben wird, auf den es sich verlassen kann.“

Sie drehte sich um, und noch bevor Gunnar irgendetwas erwidern konnte, war sie weg. Mit festem Schritt marschierte sie den Flur entlang, inhalierte ein letztes Mal den vertrauten Geruch, klopfte im Vorbeigehen an die Glasscheibe der Stationsaufnahme und fühlte, wie sich reine Vorfreude in ihr ausbreitete.

Rügen, dachte sie. *Meine geliebte Heimat, mein sicherer Hafen. Bald hast du mich wieder …*

Am nächsten Tag übergab Lara ihre Wohnungsschlüssel an ihren Vermieter. Sie bedankte sich für die Zeit und wünschte ihm alles Gute. Kurz darauf saß sie in ihrem Auto. Lächelnd startete sie den Motor und stieg vorsichtig aufs Gas, den Blinker in Richtung Meer gesetzt. Mit einem letzten Schulterblick verabschiedete sie sich von ihren acht Jahren Charité und tauschte endgültig das Gefühl von Wehmut gegen Freude. Auch wenn sich immer wieder leise Zweifel in ihre Entscheidung mischten, so wusste sie doch ganz genau, dass Rügen im

Moment die beste und einfachste Lösung für sie bot. Weil es kein Neuanfang war, sondern ein Heimkommen. Und die Zeit würde schon alle anderen Antworten für sie bereithalten, dessen war sie sich sicher.

Ein paar Stunden später passierte sie die Ortseinfahrt von Sellin auf Rügen. Und während sie die Allee entlangfuhr, realisierte sie, wie lange sie nicht mehr hier gewesen war. Jahrelang hatte sie ihre Heimatinsel nur sporadisch besucht, um ihre beste Freundin Hedda zu sehen. Die letzten zwei Jahre war sie gar nicht mehr gekommen. Noch nicht mal an Weihnachten, obwohl der zweite Weihnachtstag eigentlich immer Hedda gehört hatte … In den letzten beiden Jahren hatte sie an den Festtagen die Schichten in der Klinik übernommen. So wie Gunnar. Sie hatte ihn also an Weihnachten gehabt und seine Frau an Neujahr. Bei diesem Gedanken erschauderte sie. Traurig schaute sie aus dem Fenster, um den weihnachtlichen Wehmutsgedanken loszuwerden.

Dieser Blick! Was sie da draußen erkannte, war fast zu schön, um wahr zu sein. Links von ihr tat sich die Landschaft auf und ließ die Sicht auf das Meer zu, dessen azurblaue Farbe sich im Blau des Himmels zu spiegeln schien. Lara war übervoll mit Glück beim Anblick der ihr vertrauten Natur. Ihre Heimat! Dass sie jetzt vielleicht für immer bleiben würde, machte sie so glücklich, dass sie eine Gänsehaut bekam. Die Sonne schien strahlend hell und legte die herrlichsten Farben Rügens frei. Sattes Blau, schillernde Grüntöne, Blumen in allen Farben des beginnenden Sommers – es war beides zugleich, Erinnerung und Neubeginn.

Lara fuhr weiter in Richtung Baabe und Thiessow, um an einen ganz besonderen Ort zu fahren, ehe sie bei Hedda, die etwas außerhalb von Sellin wohnte, eintraf. Sie setzte den Blinker und parkte ihr Auto auf dem Seitenstreifen, dann stieg sie aus, überquerte ein kleines Stück Wiese und ging einen von Felsen gesäumten Trampelpfad hinab, bevor sie das, was sie so sehr liebte, zum Greifen nah vor sich sah: Sanft und gleichmäßig rollten die Wellen am hellen Strand aus, mild wehte der Abendwind. Die Rufe der Möwen machten die Kulisse perfekt. Lara schluckte, in diesem Moment fiel alles von ihr ab. Die Monate voller Gefühlschaos, der innere Kampf, etwas Neues zu wagen und der eigenen Intuition zu folgen. Gerade fühlte es sich an, als würde sie alles

Negative hinter sich lassen und eine hoffnungsvolle Zukunft vor sich sehen. Sie bückte sich und öffnete die Schnürsenkel. Lächelnd befreite sie ihre Füße, vorsichtig ließ sie die Zehen zwischen den Sandkörnern wandern, langsam und fast andächtig schritt sie auf die gleichmäßig brandenden Wellen zu.

Diese Bucht am Südstrand war ein Geheimtipp – und ihre Lieblingsbucht. Ihr Lieblingsort. Nicht viele Menschen verirrten sich hierher. Entsprechend menschenleer war es auch an diesem Abend. Nur ein Surfer war auf dem Meer zu sehen, der gekonnt das Segel setzte. Lara ließ sich in den Sand plumpsen und beobachtete den Mann, der es offenbar genoss, seine Runden zu drehen. Es wirkte so leicht und unbeschwert … So, als wäre er ein Teil der Natur.

Lara konnte nicht surfen, was eher ungewöhnlich war für ein Inselkind, doch irgendwie hatte es sich nie ergeben. Die Surfer waren immer die Coolen gewesen, sie dagegen die Streberin mit einem Hang zum Perfektionismus. Ihre Eltern hatten stets großen Wert darauf gelegt, dass sie gute Noten nach Hause brachte. Sie wohnten mittlerweile nicht mehr auf Rügen, sondern waren vor einigen Jahren nach München gezogen – ihr Kontakt war eher ein sporadischer.

Lara beobachtete den Surfer, der sich mittlerweile in Richtung Strand treiben ließ, bis er schließlich auf Grund lief und von seinem Board stieg. Er zog es an Land und legte das Segel seitlich daneben. Lächelnd ging er an ihr vorbei, direkt auf einen kleinen Buggy zu, der dem Transport von Brett und Segel diente. Lara beobachte ihn unauffällig, seine schwarzen Locken waren trotz der nassen Haare deutlich zu erkennen. Lächelnd passierte er sie ein zweites Mal, bevor er sein Surfbrett samt Segel auf dem Buggy befestigte. Lara schloss für einen Moment die Augen und inhalierte die salzige Luft, die sich unter jeden ihrer Atemzüge mischte. Als sie ihre Augen wieder öffnete, sah der Surfer sie an. Sie hob kurz die Hand, und auch er verabschiedete sich mit einem wortlosen Gruß. Sie schaute ihm nach, bis er Schritt für Schritt kleiner zu werden schien und schließlich nur noch eine dunkle Silhouette war.

Lara wandte den Kopf wieder zum Wasser und ließ ihre Gedanken kreisen. Sie erinnerte sich an all das Schöne und Aufregende, das sie mit diesem Ort verband und das ihr Herz auf einmal tief bewegte. Das erste und gleichzeitig letzte Mal hatte sie hier geraucht, mit Hedda … Natürlich heimlich, und es war gar keine Zigarette gewesen, sondern eine Zigarre von Heddas Opa. Lara war sofort so schlecht davon geworden, dass sie sich bereits nach dem ersten Zug in den Sand übergeben musste. Sie lachte kurz auf bei dem Gedanken an diesen erinnerungswürdigen Moment. Und dann dachte sie an ihren ersten Kuss, der genau hier, in dieser Bucht, abrupt ihre Kindheit beendet hatte. Frank Babel … Es war magisch gewesen, denn plötzlich hatte sie sich erwachsen und unabhängig gefühlt. So weit weg von den Erwartungen ihrer Eltern, weil ihre Eltern garantiert nie und nimmer damit gerechnet hatten, dass ihre brave vierzehnjährige Tochter nachts am Strand mit einem vier Jahre älteren Jungen knutschte.

Wieder musste Lara lachen: Es war einer dieser Sommer gewesen, die man nie vergisst. Die Leichtigkeit der Jugend lag in jeder Sekunde in der Luft so wie das Rauschen des Meeres und das Wehen des Windes. Sie erinnerte sich an wundervolle, sternenklare Nächte, in denen der Mond das einzige Licht hervorbrachte, das die Nacht erhellte. In jenem Sommer hatte sie sich das letzte Mal unbeschwert gefühlt. Für ein paar Wochen war sie wilder und unnachgiebiger gewesen als jemals zuvor und jemals danach in ihrem Leben. Vielleicht, weil sie wusste, dass Frank Babel samt seiner Ferienfreizeit wieder verschwinden und niemals jemand dahinterkommen würde, dass es ihn überhaupt gegeben hatte.

Vorsichtig öffnete Lara ihre Augen, erhob sich langsam, klopfte den Sand von ihren nackten Beine ab und setzte sich in Bewegung. Sie freute sich – auf Hedda und ganz besonders auf die Arbeit mit den kleinen Patienten auf ihrer Insel.

- 2 -

DIE Reisetasche war so schwer, dass Lara sie nur mit Mühe aus dem Kofferraum hieven konnte. „Mein Gott, dass ein Haufen Stoff derart viel wiegen kann …“ Sie ließ die Tasche auf den Boden plumpsen und zog ein weiteres Gepäckstück aus der hintersten Ecke ihres Kofferraumes hervor. Dieses wog glücklicherweise nur halb so viel und landete deshalb mühelos neben der überdimensionierten Reisetasche. Lara richtete sich kerzengerade auf. Mit in die Hüften gestemmten Händen ließ sie ihren Blick schweifen.

Heddas Haus stand inmitten einer grünen Wiese etwas außerhalb von Sellin. Reetgedeckt und mit roten Klinkern verziert, wirkte es wie ein Schmuckstück. Hedda hatte das Haus von ihrem Opa geerbt und damals keine Sekunde gezögert, dort einzuziehen. Lara griff nach dem kleinen Koffer und machte sich auf in Richtung Haustür, die sich mit ihrer grünen Farbe geschmackvoll von der roten Fassade und den weißen Sprossenfenstern abhob. Sie wollte gerade auf die Klingel drücken, als sich die Tür wie von Geisterhand schwungvoll öffnete.

„ENDLICH“, quietschte Hedda und fiel ihrer besten Freundin um den Hals.

„Das ist ja eine stürmische Begrüßung!“, rief Lara lachend und drückte Hedda fest an sich.

„Und dabei reiß ich mich noch zusammen“, witzelte Hedda und küsste ihre Wange. „Ich freu mich so“, flüsterte sie, zog ihren Kopf ein Stück zurück und sah Lara in die Augen. „Du hast mir GEFEHLT!“

Bevor Lara antworten konnte, tauchte Ruben auf und reckte seinen Kopf über Hedda hinweg in die Höhe. „Hi, Lara.“

„Bist du gewachsen?“, fragte Lara amüsiert.

„Hattest du mich etwa kleiner in Erinnerung?“, entgegnete er.

„Ich hätte schwören können, dass du bei eurer Hochzeit noch keinen ganzen Kopf größer als Hedda warst. Stehst du auf Zehenspitzen?“ Kritisch lugte Lara an den beiden vorbei in Richtung Boden.

„Du warst einfach zu selten hier in den letzten Jahren. Dass du nicht mehr weißt, wie groß mein Mann ist, spricht Bände. Ein Glück, dass du das in Zukunft nie wieder vergessen wirst! Und jetzt komm rein.“ Kraftvoll zog Hedda die Freundin in den Flur.

„Ich habe Kuchen gebacken. Friesentorte.“ Mit stolzgeschwellter Brust stand Ruben da und wies mit seinem Zeigefinger zur Küche.

„Friesentorte am Abend?“, fragte Lara.

„Klar, Friesentorte geht immer und ist schließlich deine Lieblingstorte!“, warf Hedda ein.

Lara wusste, dass Widerrede zwecklos war. Hedda würde sie notfalls füttern wie eine Vogelmama ihr Junges. Auf dem Küchentisch stand ein quietschbuntes Teeservice, in der Mitte war ein noch bunterer Blumenstrauß platziert in einer wild gemusterten Vase. Ein Lächeln huschte über Laras Gesicht beim Anblick des Farbenspiels auf dem Küchentisch. Sie setzte sich.

„Wir haben hier drinnen gedeckt, weil über der Terrassentür ein riesiges Wespennest hängt. Und wenn ich *riesig* sage, dann meine ich auch *riesig!*“

Lara lachte. „Ich weiß, Hedda, du würdest niemals übertreiben.“

„Würde sie nie“, unterstrich ihr Mann grinsend.

„Ist doch so, oder nicht?“ Mit strengem Blick sah Hedda zu Ruben hinüber.

„Absolut“, stimmte er ihr zu und setzte sich.

„Das müssen wir dringend entfernen lassen. Ich liebe Tiere, wirklich, das tue ich, und ich weiß, wie nützlich Insekten sind, doch in diesem Fall müssen wir ein neues Zuhause für sie suchen. Man kann da wirklich nicht sitzen, es sind zu viele“, erklärte Hedda, ging zur Arbeitsplatte und füllte Kaffee aus der Filtermaschine in eine Thermoskanne um. „Das ist wie bei Hitchcock, nur dass es keine Vögel sind, die angreifen, sondern Wespen. Echt gruselig. Ich habe das Gefühl, dass sie nur auf der Lauer liegen und auf einen günstigen Moment warten, um uns im Schwarm totzustechen und unsere vom Gift aufgequollenen Leichen ihrer Königin auf dem wespeneigenen Opferaltar darzubieten. Stellt euch das mal vor … Unsere toten Körper, wie sie inmitten eines Schwarms blutrünstiger Killerwespen im Schein des Mondlichtes durch die

Mönchguter Nacht fliegen … Und die Wespenkönigin sitzt im Lederoutfit vorm Altar und wartet auf ihr Opfer."

„Du hast echt 'nen Knall", stellte Lara lachend fest, „deine Fantasien sind immer noch nicht normal."

„Wieso? Du hast meine Geschichten früher gemocht. Und die Kinder in der Kita mögen sie auch", erwiderte Hedda grinsend. „Trinkst du deinen Kaffee weiterhin schwarz?", fragte sie mit skeptischem Blick und setzte sich endlich zu ihnen.

„Ja."

„Und wann hörst du damit auf?"

„Niemand, der seinen Kaffee pur mag, wird sich das irgendwann abgewöhnen und anfangen, Zucker und Milch zu nehmen."

„Eine steile These", meinte Hedda.

„Nee, da bin ich mir ganz sicher."

„Vielleicht wird es irgendwann irgendeinem Kaffeeschwarztrinker einfach mal zu langweilig – ist doch der stets gleiche langweilige Geschmack tagaus und tagein …"

„Glaub ich nicht …", entgegnete Lara.

Ruben saß da und beobachtete die beiden. „Schon klar, dass das für dich, *die menschgewordene Alltagsroutine,* unvorstellbar ist", frotzelte er.

Lara warf ihm einen ernsten Blick zu. „Ich mag es halt, wenn Dinge so bleiben, wie sie sind. Wenn sie gut sind, meine ich. Wenn ich sie optimieren kann, dann natürlich gern. Doch wenn etwas funktioniert oder Vorteile hat, darf es auch so bleiben."

„Schwarzer Kaffee bietet aber keine Vorteile."

„Natürlich tut er das. Er ist viel gesünder."

„Schmeckt aber scheußlich …"

„Aber er ist gesünder."

„Du trinkst ihn doch nicht, um gesund zu werden, sondern weil er schmecken soll. Kaffee ist keine Medizin."

„Ich mag ihn nun mal so." Mit erhobenem Zeigefinger und strenger Miene saß Lara da. „Es dauert sechs Wochen, bis eine Veränderung zur Gewohnheit wird", fügte sie hinzu.

„Ein Stück Torte, Lara?“, fragte Ruben, um das Hin und Her der Freundinnen abzukürzen.

„Gern, ein Stück geht immer.“

„Zwei auch“, meinte Hedda augenzwinkernd und legte ihre Hand auf Laras. „Schön, dass du hier bist. Du wirst mir guttun.“

„Und du mir!“ Dann ließ Lara die Gabel in das Stück Sahnetorte sinken, bevor sie den ersten Bissen genussvoll in den Mund schob.

„Mmmh.“ Sie seufzte selig. „Vielleicht wären zwei Stücke tatsächlich eine gute Idee.“

„Sag ich doch!“

Lächelnd legte Lara ihren Kopf auf der Schulter ihrer Freundin ab und nahm einen tiefen, zufriedenen Atemzug.

„Was steht morgen an?“, fragte Hedda.

„Ich bin um zwölf Uhr in der Praxis verabredet … Bin gespannt, wie das wird. Das ist alles ganz schön aufregend.“

„Du schaffst das, Lara! Auch wenn ich weiß, wie sehr dich Veränderungen stressen. Aber diese Veränderung ist genau genommen gar keine, sondern das, was du immer schon tun wolltest. Und dass Dr. Wunderlich genau zu diesem Zeitpunkt eine Praxisbeteiligung für die Praxis sucht, in der du selbst als Kind behandelt wurdest, das ist kein Zufall. Das ist Schicksal! Du kannst das. Wirklich. Veränderungen gehören zum Leben dazu.“

Ruben räusperte sich. „Ich lasse euch mal allein“, murmelte er, ohne dass Hedda und Lara seinen Aufbruch bemerkten. Er nahm seinen Teller samt Kuchen in die Hand und verließ die Küche.

„Ich weiß, deshalb bin ich ja auch nach Berlin gezogen … um was zu verändern … um mutiger zu werden.“

„Weiter weg als ich. Für mich hat es nur von Glowe nach Sellin gereicht.“

„Du hast aber auch keine Angst vor Veränderungen und hast schon die halbe Welt bereist. Und tausend Sachen ausprobiert, bevor du Sozialpädagogin geworden bist.“

„Das stimmt“, pflichtete Hedda ihrer Freundin bei, „nur die Arktis fehlt noch. Und was meine Jobs betrifft … Ich denke, ich bin jetzt angekommen. Die Arbeit mit den Kids ist schon cool.“

„Diese Begeisterung teilen wir. Wir lieben beide unseren Job!“

Hedda legte ihren Arm um Lara. „Ja, das tun wir! Außerdem kannst du dich endlich von Dr. Arschloch erholen.“

„Dr. Arschloch“, wiederholte Lara leise und ein wenig wehmütig.

„Ich hoffe, dass dieses Sehnsuchtsgeräusch, das da gerade deinem Körper entweicht, nicht ernst gemeint ist.“

„Er war schon toll …“

„Er war ein Arschloch.“

„Ein ziemlich gut aussehendes …“

„Das ist Geschmackssache, mir wäre der viel zu schnöselig gewesen. Jetzt mal Klartext. Welcher ernst zu nehmende Typ trägt einen rosafarbenen Kaschmirpullover, den er wie eine Stola um seine Schultern drapiert?!“

„Rosé steht ihm total gut. Und Kaschmir ist doch eine tolle weiche Wolle …“

„Lara, er hatte die Ärmel vorn zusammengebunden. Der sah aus wie ein neureicher aristokratischer Volldepp …“

„Wenn du ihn operieren gesehen hättest, dann würdest du anders denken. Er ist ein unfassbar talentierter Kinderneurochirurg. Er hat goldene Hände.“

„Ist doch super, dann kann er seine goldenen Hände ja künftig bei seiner schwangeren Ehefrau zum Einsatz bringen, um ihren Bauch mit Pflegeöl zu massieren.“

Lara schluckte.

„Tut mir leid, das war taktlos. Aber ich bin so sauer auf ihn. Du hast was viel Besseres verdient als eine Pfeife, die nur auf ihren eigenen Vorteil aus und nicht in der Lage ist, Verantwortung zu übernehmen.“

„Da bin ich mir manchmal nicht mehr so sicher.“

„Hey, sag das nicht.“ Sanft strich Hedda über Laras Arm. „Du hast das Allerbeste verdient, was an Testosteron da draußen rumläuft. Glaub mir, genau das wirst du finden. Da bin ich mir ganz sicher.“

„Dein Wort in Gottes Ohr …“

„Mit dieser Einstellung kann es allerdings schwierig werden.“ Angesichts von so viel Pessimismus zog Hedda die Stirn kraus.

„Ich glaub halt nicht mehr dran.“

„Okay, dann beantworte mir nur eine einzige Frage: Wieso sollte eine naturblonde Schönheit mit ozeanblauen Augen und superlangen Wimpern, die obendrein auch noch die klügste und netteste Frau auf diesem Planeten ist, keinen Mann abbekommen?"

Lara zuckte mit den Schultern.

„Eben, es gibt keinen Grund. Gar keinen! Außer sie glaubt selbst nicht daran und strahlt aus, dass sie zwar eine naturblonde, blauäugige Schönheit ist, leider aber sehr verschlossen und langweilig …"

„Verschlossen und langweilig? Im Ernst?" Laras Widerstandsgeist erwachte.

„Ich meine das nicht böse. Du wirkst nur manchmal so … etwas ernst und sehr korrekt …"

„Das bin ich ja auch. Ich bin nun mal keine Rampensau."

„Die musst du auch gar nicht sein. Du bist toll, so wie du bist. Ich wünsche dir einfach nur, dass der nächste Mann ohne Kaschmirpullover die lustige Lara auf Anhieb kennenlernen darf." Milde lächelnd sah Hedda sie an. „Ganz schöner Deep Talk gerade, oder?"

„Mit wem sollte ich sonst solche Deep Talks führen? Danke, dass du immer so ehrlich bist …"

„Hey, ich bin doch selbst weit davon entfernt, perfekt zu sein. Und ich habe mir oft deine Ausdauer gewünscht und deine Zielstrebigkeit."

„Ernsthaft?"

„Ja, klar. Du warst immer das leuchtende Beispiel in unserer Familie: Lara, die Jahrgangsbeste. Lara, die nie betrunken ist. Lara, die auf den richtigen Mann wartet und nicht wild in der Gegend rumknutscht. Lara, die Ärztin wird und alles im ersten Durchlauf mit Auszeichnung schafft. Und Lara, die niemals den Klavierunterricht schwänzt …"

„Deine Eltern vergöttern dich, Hedda!"

„Sie haben sich wohl eher mit dem chaotischen Dasein ihrer Tochter arrangiert."

„Na, so chaotisch bist du gar nicht mehr. In den letzten Jahren bist eher du zur Spießerin mutiert: Haus, Mann, Job, Garten … Und wann kommt der Golden Retriever?"

„Die sind mittlerweile out. Die meisten Familien in der Kita haben jetzt Pudelmischlinge. Die haaren und stinken nicht und lassen sich wunderbar in einen Haushalt mit Kindern integrieren. Erzählen ihre Menschen zumindest. Aber dass ich jetzt eine Spießerin sein soll? Gott, das macht mir Angst, und doch muss ich zugeben, dass darin ein Körnchen Wahrheit steckt … Ruben?“

„Jaaa?“

„Bin ich spießig?“

„Klar, du bist mit einem Lehrer verheiratet und hast ein Haus und einen Garten. Fehlt nur noch ein Hund“, rief er von nebenan.

„Okay, da haben wir es schwarz auf weiß: Ich bin spießig. Vielleicht sollte ich eine Auszeit nehmen und meine Yoga-Ausbildung in Nepal zu Ende bringen.“

„Auf gar keinen Fall solltest du das!“, dröhnte ihr Mann.

„Oookay, ich lasse das jetzt erst mal sacken.“ Dann wandte sie sich wieder an Lara: „Möchtest du noch ein Stück Kuchen?“

„Nee, lass mal, meine Ration Zucker habe ich für heute gehabt.“

„Kuchen ist für die Seele, Zucker hin oder her. Die Seele ist nämlich auch wichtig, Frau Doktor.“

Kurz darauf saß Lara auf dem Bett im Gästezimmer. Der frische Duft von Waschmittel lag in der Luft. Sie schaute umher. Auf dem Schminktisch stand genau wie auf dem Küchentisch ein bunter Sommerblumenstrauß, ebenfalls in einer kunterbunten Vase. Beim Anblick der Blumen musste sie wieder lächeln. Schon immer hatte Hedda ihr Leben mit Farbe gefüllt. Vom ersten Tag an, als sie sich in der Grundschule auf dem Klettergerüst begegnet waren, verkörperte Hedda die Leichtigkeit und die Unbeschwertheit und das Bauchgefühl, das Lara selbst so oft fehlte.

„Pass auf dich auf“, hatte Hedda warnend geflüstert, als Lara ihr von Gunnar erzählt hatte. Und wie so oft hatte Heddas Intuition recht behalten …

- 3 -

NERVÖS ging Lara die Treppe zur Praxis hinauf. Die Sonne schien und wärmte bei jeder Stufe, die sie höher stieg, ihren Rücken. Vor die Eingangstür des alten Herrenhauses war ein gläserner Windfang mit weißen Balken gebaut worden, in dem zwei Kinderwagen und ein Laufrad geparkt waren. Lara betrachtete die drei kleinen Fahrgeschäfte und plötzlich war die Nervosität wie weggeblasen. Genau deshalb war sie hier. Lächelnd streifte sie im Vorbeigehen den Stoff eines Kinderwagens und öffnete die Tür. Doch bevor sie eintrat, schaute sie noch einmal nach links, wo das weiße Praxisschild hing.

Dr. Emil Wunderlich und Dr. Lara Schönweiß, Fachärzte für Kinderpädiatrie stand in großen Buchstaben darauf. Damit hatte Lara jetzt nicht gerechnet, doch dass ihr zukünftiger Kollege sie auf diese Weise willkommen hieß, freute sie ungemein. Erwartungsvoll betrat sie den Vorflur, in dem die Garderobe untergebracht war. Eine Glastür führte in den großen Praxisraum. Sofort strömte ihr der vertraute Geruch von Desinfektionsmitteln entgegen. Zwar nicht so präsent wie auf den Krankenhausfluren der Charité, aber trotzdem so wahrnehmbar, dass sie sich gleich wohlfühlte. Hedda hatte sie schon oft für verrückt erklärt, dass der Geruch von Sterilium ihr ein derartiges Gefühl von Sicherheit vermittelte. Aber so war es – Desinfektionsmittel dufteten für sie nach Pflichtbewusstsein und Routine. Und darüber hinaus nach vielen toten Viren und Bakterien. Und tote Viren und Bakterien waren die von der guten Sorte.

Lara schaute sich um. Es wirkte wie früher. Der helle Raum, die hohen weißen Wände. Durch die weiten Flügelfenster links und rechts des Raumes strömte das Rügener Tageslicht ungefiltert hinein und verlieh diesem Ort eine einladende Fröhlichkeit. An den Wänden hingen farbige Bilder von allseits bekannten Kinderhelden: Biene Maja, Micky Maus, Kermit, der Frosch. Ein Bild stach durch seinen goldenen Rahmen besonders heraus. Zu sehen war Benjamin Blümchen, der in einem weißen Kittel und mit einem Stethoskop um den Hals als Arzt unterwegs war. Lara lächelte und ging auf die Anmeldung zu, die direkt auf der linken Seite war. Gegenüber befand sich offenbar das Wartezimmer, was ein Blick durch die Glastür vermuten ließ. Eine Frau, deren Brille auf ihrer Nasenspitze saß und deren grau melierten Haare zu einem strengen Duett zusammengebunden waren, blickte hinter dem Tresen hervor.

„Guten Tag“, sagte sie mit skeptischem Blick.

„Guten Tag“, erwiderte Lara und streckte ihr die Hand entgegen. „Ich bin Lara Schönweiß.“

Ohne eine erkennbare Regung im Gesicht nahm die Dame ihre Hand. „Frau Dr. Lara Schönweiß, die Ärztin aus Berlin … Herzlich willkommen. Mein Name ist Karin Meinberg. Ich bin die Sprechstundenhilfe, äh, heute sagt man wohl eher MFA“, stellte sie sich vor und schob dabei ihre Brille ein Stück zurecht. „Ich werde sofort Dr. Wunderlich Bescheid geben. Drei Patienten sind es noch vor der Mittagspause. Notfälle …“

„Machen Sie sich keinen Stress, ich warte gern. Notfälle gehen immer vor.“

„Und wie sie das tun“, untermauerte Frau Meinberg in gestrengem Ton. „Möchten Sie etwas trinken?“

„Gern einen Tee.“

Frau Meinberg nickte und trat hinter dem Empfangstresen hervor. „Setzen Sie sich bitte!“, rief sie noch in professionellem Ton zurück und wies auf den Stuhl, der neben der Anmeldung stand.

Lara ließ sich darauf nieder und schloss die Augen. Sie konnte sich nicht helfen, irgendwie hatte sie sich den Empfang freundlicher vorgestellt. Anspannung machte sich in ihr breit und ein paar Atemzüge lang versuchte sie, sich zu entspannen.

„Ihr Tee.“ Frau Meinbergs kräftige Stimme ließ Laras Augenlider reflexartig hochfahren.

„Ich danke Ihnen.“

„Dr. Wunderlich, Frau Dr. Schönweiß ist da!“, rief sie, als der Arzt gerade aus einem der vier Zimmer am Ende des Raumes kam.

Lara erhob sich samt Teetasse und ging auf ihn zu. Lächelnd blieb ihr neuer Kollege stehen, während Frau Meinberg an ihnen vorbei zur Anmeldung huschte, wo das Telefon klingelte.

„Entschuldigen Sie, dass Sie warten mussten, aber der kleine Mann dort hatte sich eine Kugel in die Nase gesteckt.“ Dr. Wunderlich wies auf einen kleinen Jungen, der auf dem Arm seines Vaters aus der Praxis getragen wurde.

„Der Klassiker, oder?“

„Absolut, welches Kind hatte noch keinen Gegenstand in der Nase?!“

„Also, ich kenne keines“, erwiderte Lara lachend.

„Was war es bei Ihnen?“

„Eine Erbse. Und bei Ihnen?“

„Der Kopf einer Spidermanfigur aus einem Ü-Ei. Ich dachte wohl, das wäre ein gutes Versteck für ihn. Hinterhalt und so … Als ich ihn dann mit einem Auftrag zur Rettung der Welt losschicken wollte, blieb sein Kopf stecken …“

„Armer Spiderman.“

„Ja, er war nicht mehr zu retten. Genickbruch.“

„Und Ihre Nase?“

„Ist immer noch das Original“, erwiderte der Arzt und tippte mit dem Zeigefinger auf seine Nasenspitze. „Sollen wir direkt mit dem Du starten?“ Dr. Wunderlich schaffte es auf Anhieb, den kühlen Eindruck, den Frau Meinberg erweckt hatte, auszugleichen.

„Gern. Ich heiße Lara.“

„Emil, sehr erfreut. Schön, dass du da bist. Ich konnte gar nicht glauben, dass ich so schnell Unterstützung finden würde. Ein Glück, dass Hedda die Tochter von Maja und Bent in der Kita betreut. Ohne dieses Ich-kenn-da-wen-der-kennt-den-oder-den würde ich wahrscheinlich heute noch suchen.“

„Ja, das war wirklich ein glücklicher Zufall – und ich denke schon die ganze Zeit darüber nach, warum ich kein Gesicht zu Bent habe. Eigentlich müsste ich ihn kennen. Ich glaube, ich weiß, wo sein Hof und die Pension liegen, erinnere mich aber nicht daran, wie er aussieht.“

Emil lachte. „Ziemlich gut sieht er aus. Sagen alle.“

„Na, dann müsste ich mich erst recht an ihn erinnern. Mich macht das ein wenig nervös, wenn ich solche Dinge nicht zusammenkriege.“ Lara zuckte mit den Achseln. „Auch dass ich mich nicht an Frau Meinberg erinnere, kann eigentlich nicht sein. Ich war als Kind oft krank und wurde hier in der Praxis behandelt“, fügte sie fast entschuldigend hinzu.

„Dann hat sie einfach keinen bleibenden Eindruck bei dir hinterlassen“, erwiderte Emil. „Wobei, das Aussehen täuscht vielleicht. Diese grauen Haare waren einmal pechschwarz und oft mit einer Dauerwelle aufgehübscht. Hat sie selbst erzählt.“ Er wies mit dem Finger auf Frau Meinberg, die noch immer telefonierte. „Soll ich dir unsere Praxis zeigen?“

„Sehr gern. Ich bin schon total gespannt.“

„Die Praxis ist ziemlich groß. Wir könnten eigentlich noch einen Arzt oder eine Ärztin einstellen. Genug Behandlungsräume hätten wir. Und genug Patienten sowieso.“

„Das ist ein so geräumiges, wunderschönes Gebäude. Das fand ich schon als Kind. Man hat gar nicht das Gefühl, in eine Arztpraxis zu kommen. Die Bilder sind übrigens herrlich. Besonders der Benjamin im Goldrahmen.“

„Den hat mir Frieda, meine Frau, geschenkt. Kennst du die Folge mit Dr. Wunderlich? Dem Kinderarzt? Kinderarzt … Wunderlich … Verstehst du den Zusammenhang?“ Emil unterstrich seine Frage mit einer rotierenden Bewegung seines Zeigefingers.

„Ja, ich denke, den verstehe ich“, sagte Lara lächelnd.

„Gut, dann wäre das auch geklärt. So, direkt gegenüber der Anmeldung ist das Wartezimmer. Ich überlege, den Raum daneben auch zu einem Wartebereich auszubauen. Er ist zwar klein, aber als separates Infektionszimmer gut geeignet. Dann müssen die gesunden Kinder, die nur zur Vorsorge oder wegen nicht infektiöser Erkrankungen hier sind, nicht mit den kranken Kindern zusammenhocken. Können wir bei Gelegenheit besprechen.“

„Damit müssen wir gar nicht warten, bin voll auf deiner Linie.“

„Super, unser erstes Dienstgespräch hätten wir bereits erfolgreich beendet.“

„So schnell kann es manchmal gehen.“

Sie grinsten sich an und setzten ihren Rundgang fort.

„Das hier sind die beiden Behandlungszimmer, die ich gerade nutze. Bis jetzt pendle ich immer zwischen den Räumen hin und her. Die Verbindungstür ist goldwert, ich habe das Gefühl, dadurch die subjektiv empfundene Wartezeit verkürzen zu können. Ansonsten haben die Räume natürlich je eine eigene Tür zum Flur, sodass die Patienten dann schon mal reinkommen und im Behandlungszimmer warten können. Dann haben sie das Gefühl, es geht schneller." Er zwinkerte Lara zu. „Hm, du könntest eines der beiden Behandlungszimmer beziehen, was meinst du? Ich überlasse dir die Wahl."

Emil öffnete die weiße Tür zu einem der beiden Räume. Lara drückte sofort auf den Desinfektionsspender, der neben der Tür angebracht war, und verrieb das Mittel in den Händen.

„Raum eins … Sieht doch nett aus, oder? Die letzte Renovierung ist noch gar nicht so lange her, was mich natürlich sehr gefreut hat, als ich die Praxis vor knapp zwei Jahren übernommen habe."

„Ja, absolut, alles ist wirklich gut in Schuss."

„Durch die Verbindungstür kommen wir direkt in Raum zwei."

Emil ging voraus und Lara folgte ihm – und betätigte gleich wieder den Desinfektionsspender. Dann bemerkte sie Emils leicht irritierten Gesichtsausdruck.

„Sorry, die Macht der Gewohnheit. Im Krankenhaus bedeutete jede Tür quasi ein Mal Desinfektion."

„Ich weiß, mache ich hier auch so, nur gerade ist ja kein Patient da, deshalb war ich kurz irritiert. Egal, wie gesagt, das hier ist der zweite Raum. Genauso schön, finde ich."

„Ja, sieht fast identisch aus."

„Also, du kannst wählen."

„Das ist nett, aber ich lasse dir den Vortritt. Du bist der Dienstälteste."

„Okay, dann nehme ich Raum zwei. Einverstanden, Kollegin?"

„Einverstanden."

„Das sind ja wirklich unkomplizierte Dienstgespräche", stellte Emil fest.

Lara lächelte. „Ich mag es strukturiert und zielführend."

„Okay, dann hoffe ich mal, dass du dich in puncto Struktur mit mir und Frau Meinberg gut arrangieren wirst.“

„Ich hoffe, dass ich mich grundsätzlich mit Frau Meinberg arrangieren kann. Ich hatte nicht das Gefühl, dass sie besonders begeistert ist von meiner Ankunft.“

„Sie braucht nur etwas Zeit, um warm zu werden. Das wird schon. Ist für sie ja auch alles neu.“

„Und was ist *in puncto Struktur* bei ihr so schwierig?“

Emil sah Lara an. „Ach, ich will da gar nicht zu viel vorwegnehmen.“

„Jetzt hast du mich aber neugierig gemacht.“

„Sagen wir so, sie würde sehr gern noch mit ihren alten Karteikarten arbeiten, was natürlich umständlich wäre. Mittlerweile macht sie aber alles digital, geht ja gar nicht anders. Doch anfangs wollte sie tatsächlich, dass ich alle Berichte in die von ihr angelegten Karteikarten schreibe oder alles in ein Diktiergerät spreche, damit sie es dann in Ruhe übertragen kann.“ Er runzelte die Stirn. „Hm, war ein bisschen schwierig, die Situation. Ich habe ihr aber erklären können, dass wir uns diesen Schritt sparen, wenn ich alles direkt eintippe. Nun, jetzt läuft es gut. Sie ist ansonsten sehr fit, nur mit dem Computer, da hapert es etwas. Aber das kriegen wir auch noch hin. Es ist prima, dass sie hier ist. Sie hat die Anmeldung im Griff.“

„Eine strukturierte Anmeldung ist echt wichtig. Gut, dass das klappt“, erwiderte Lara und ließ ihren Blick schweifen. Hier also würde sie fortan die meiste Zeit verbringen. Bei dem Gedanken machte ihr Herz einen fröhlichen Hüpfer, gleichzeitig hoffte sie, dass Frau Meinberg und sie schnell eine gute Arbeitsebene finden würden.

- 4 -

DER Wind umwehte Laras Nase, als sie den kleinen Weg oberhalb der Küste entlangradelte. Gleichmäßig trat sie in die Pedalen und genoss die Schönheit ringsum. Die saftigen Wiesen, auf denen wollweiße Schafe grasten. Die Rapsblüte, die die sanften Hügel wie gelbe Farbtupfer zierte. Der Campingplatz, der ein Gefühl von Urlaub in ihr weckte. Sie liebte Mönchgut, diese malerische Halbinsel, deren goldene Sandstrände sich entlang der Küste an das türkisblaue Wasser schmiegten. Deren Wälder und Wiesen so vielen Tieren Heimat boten …

Rügen machte sie seit jeher glücklich, auch wenn es bei ihren Besuchen in den letzten Jahren immer ein wenig gedauert hatte, bis sich das Gefühl von Glück in ihr ausgebreitet hatte. Doch dieses Mal war es anders. Vielleicht lag es daran, dass sie nun nicht mehr den Abschied vor Augen hatte, sondern auf unbestimmte Zeit bleiben würde. Und auch wenn sie glücklich war mit ihrer Entscheidung zurückzukommen – leise Zweifel blieben. War es wirklich richtig, die Charité aufzugeben und aufs Land zu ziehen, zurück an die Ostsee? Frau Meinbergs Verschlossenheit hatte ihr gezeigt, dass nichts selbstverständlich war. Diese Insel war zwar ihre Heimat, doch sie startete wieder bei null. In Berlin hatte sie sich so viel aufgebaut. Ihre Kollegen und Kolleginnen hatten sie und ihre Arbeit stets geschätzt. Jetzt würde sie ganz von vorn beginnen müssen. Ein Glück, dass ihr neuer Kollege so aufgeschlossen war. Das machte ihr Mut.

Sie reckte das Gesicht in die Junisonne und atmete tief durch. „Ist das schööööön“, flüsterte sie in die leichte Brise hinein, die ihr entgegenwehte. Es war die Vollkommenheit der Natur, die ihr half, ihre Zweifel beiseitezuschieben.

Als sie oberhalb ihrer geheimen Bucht ankam, hielt sie an, lehnte das Rad an einen kleinen Felsvorsprung und ging den Trampelpfad zum Strand hinunter. Sofort erfüllte sie das satte Rauschen des Meeres, und als sie um die nächste Ecke bog und die erste Welle sie willkommen hieß, war ihr Glück perfekt.

Innerlich strahlend stapfte Lara den Strand entlang. Der Sand suchte sich seinen Weg durch ihre Sandalen und besiedelte jeden freien Zentimeter zwischen ihren Zehen. Eigentlich mochte Lara dieses Gefühl nicht, doch heute war es anders. Also schenkte sie ihren sandigen Füßen keine Beachtung und ließ sich ein paar Meter weiter in den Sand fallen.

Für einen Moment schloss sie die Augen, eingehüllt von der Wärme und den Klängen des Wassers. Es dauerte ein paar Sekunden, bis Lara wieder im Hier und Jetzt war. Blinzelnd ließ sie ihre Blicke schweifen – über den Strand aufs Wasser hinaus, wo erneut ein Surfer seine Bahnen zog … Je näher er dem Ufer kam, desto deutlicher waren seine dunklen Locken zu erkennen. Lara lächelte, als der Fremde den Strand erreichte und aus dem Wasser stieg. Auch er schien erfreut zu sein, sie zu sehen. Freundlich hob er die Hand.

„Hallo!“, rief er und machte ein paar Schritte auf sie zu. „Wir haben uns schon gestern gesehen, oder?“

„Hi“, erwiderte Lara und nickte.

„Muss ich mir Sorgen machen, dass mein Geheimtipp bald keiner mehr ist?“, fragte er lächelnd.

„Keine Sorge, ich trage dieses Geheimnis schon seit zweiunddreißig Jahren mit mir herum. Ich kann schweigen wie ein Grab.“

„Oh, so lange. Ich kenne diesen Ort erst seit drei Jahren, aber ich habe auch noch keinem etwas verraten.“ Kaum wahrnehmbar zwinkerte er ihr zu.

„Das war sehr klug von Ihnen.“

„Es scheint, dass Sie schon länger nicht mehr hier waren. Ich habe sie erst zweimal gesehen – gestern und heute –, und ich bin oft hier.“

„Stimmt. Bin erst seit Kurzem zurück …“

„Na dann, herzlich willkommen! Viel Spaß noch oder viel Ruhe oder was auch immer Sie sich wünschen.“

„Danke, Ihnen auch.“

Er winkte ihr zu, kehrte zu seinem Surfbrett zurück, zog es erneut ins Wasser und war kurz darauf wieder ein Teil der Wellen. Lara verweilte noch einen Moment und beobachtete den jungen Mann, der ganz in seinem Element war. „Was für ein Glück du hast“, flüsterte sie und malte sich aus, wie wunderbar es sein musste, wenn man etwas aus reiner Freude tat. Ja, sie liebte es, als Kinderärztin zu arbeiten. Gleichzeitig hatte sie sich immer gewünscht, etwas zu finden, ein Hobby, dem sie einfach nur aus Freude nachging. Und nicht, weil jemand es von ihr verlangte, oder weil es sich gut in ihrem Lebenslauf machte. Es einfach nur zu tun, ganz ohne Maßstab. Ohne Bewertung.

Zwanzig Minuten später öffnete sie die Tür zu Heddas Haus. „Hi, bin wieder zurück.“ Doch niemand antwortete. Lara schaute auf ihre Armbanduhr. Es war erst fünfzehn Uhr, Hedda und Ruben waren noch bei der Arbeit.

Lara hatte also noch ein wenig Zeit für sich. Strahlend sah sie sich um. Sie hatte dieses Haus schon immer geliebt. Seinen ganz eigenen Geruch. Seinen Charme. Die Erinnerungen an Kindheit und Geborgenheit. Wie oft waren sie hier gewesen und hatten bei Heddas Oma Friesentorte gegessen und Brausebonbons gelutscht. Und Opa Erwins Gruselgeschichten gelauscht. Hier, an diesem Ort, war immer alles harmonisch gewesen. Es hatte selten Streit gegeben und fast immer war das Haus erfüllt von Lachen gewesen. Hier hatten sie geträumt und ihre Streiche gespielt, immer gewiss, dass Heddas Großeltern ihnen nie hatten böse sein können.

Lara inhalierte ihre Erinnerungen mit einem tiefen Atemzug, dann ging sie in die Küche, um sich nützlich zu machen.

Zwei Stunden später saßen Ruben, Hedda und Lara um den runden Küchentisch.

„Von mir aus kannst du für immer hier wohnen, Lara“, bemerkte Ruben schmatzend. „Es ist einfach großartig, nicht kochen zu müssen, wenn man nach Hause kommt.“

„Auch wenn dein Angebot überaus freundlich ist, lieber Ruben, möchte ich doch bald etwas Eigenes haben. Und als Randnotiz: Ich koche nicht gern.“

„Aber richtig gut“, lobte auch Hedda ihre Freundin. „Und jetzt erzähl, wie war‘s in der Praxis?“

„Eigentlich gut. Mein neuer Kollege, Dr. Emil Wunderlich, ist sehr, sehr nett und die Praxis wirklich schön. Allerdings reagierte Frau Meinberg, die wohl schon lange dort arbeitet, ziemlich distanziert, sogar kühl … Ach, keine Ahnung. Ich hatte einfach das Gefühl, dass sie mir gegenüber sehr skeptisch ist."

„Das legt sich bestimmt, wenn sie merkt, wie nett und talentiert du bist."

„Das hoffe ich. Aber dass Emil offen und nett ist, ist erst einmal das Wichtigste. Morgen ist ja auch erst der richtige Arbeitstag. Dann sieht es vielleicht schon ganz anders aus."

„Du fängst morgen schon an?", hakte Hedda nach.

„Ja, der ganze Bürokratiekram ist durch und ich kann ab sofort als Ärztin arbeiten …"

„Genauso sollte es immer schon sein, Lara. Das Schicksal hat Rügen und dich wieder zusammengeführt. Und uns", ergänzte sie grinsend.

„Manchmal passt es einfach", meinte Ruben. „Apropos. Hast du schon mal nach Wohnungen Ausschau gehalten? Ist vielleicht nicht ganz einfach auf Rügen."

„Ja, hab ich, und es sieht tatsächlich nicht gut aus. Ferienwohnungen könnte ich ohne Ende haben, aber Mietwohnungen sind echt mau. Ich hoffe, dass ich euch nicht ewig auf die Nerven gehen muss."

„Erstens nervst du nicht und zweitens wird es nicht ewig dauern. Ich höre mich mal in der Kita um, vielleicht kennt jemand mal wieder irgendwen …" Hedda schaute Lara aufmunternd an. „Lust auf Kino heute Abend?"

„Hmm. Hab ein bisschen Angst, wenn du den Film aussuchst. Ich kenne ja deinen Geschmack ", erwiderte Lara mit deutlicher Skepsis in der Stimme.

„Ist nichts Schlimmes, versprochen. Nur ein bisschen gruselig …"

„Kann ich ihr trauen?" Lara blickte Hilfe suchend zu Ruben.

„Du kennst sie länger als ich."

„Vielleicht hat sie sich in den letzten Jahren mit dir zum Guten verändert?"

„Ihr Buch- und Filmgeschmack sind noch immer abgefahren."

„Oje." Lara stöhnte.

„Vertrau mir, mein Herz“, sagte Hedda mit betont ruhiger Stimme. „Eltern vertrauen mir ihre Kinder an, dann wirst du wohl einen Kinofilm mit mir überleben.“

„Dein Wort in Gottes Ohr!“

Fünf Stunden später verließen die zwei den Kinosaal in Bergen.

„Das war das letzte Mal, dass ich mit dir ins Kino gegangen bin.“

„Das war doch gar kein schlimmer Film …“

„Hedda, der Film war wi-der-lich. Ehrlich, wie kann man so was mögen?“

„Es ist nur ein Film, und du bist schon groß.“

„Überall und ständig Blut … Das ist schrecklich, Hedda!“

„Aber du bist Ärztin, Blut sollte dich eigentlich nicht aus der Fassung bringen.“

„Ich bin da, um Menschen wieder zusammenzuflicken und ihnen die Schmerzen zu nehmen, und nicht, um mich am Leid anderer zu ergötzen. Ohne Scheiß, ich werde nie verstehen, wie man so viel Drastik und Grausamkeit mögen kann.“

„Und dabei hast du nur die Hälfte gesehen“, neckte Hedda. „Die meiste Zeit hattest du dein Gesicht in deinen Handflächen vergraben.“

Lara schwieg, doch als sie den Ausgang passierten, zuckte sie plötzlich zusammen und stieß Hedda mit dem Ellbogen kräftig in die Seite.

„Aua!“

„Schon klar. Anderen gern beim Sterben zusehen und selbst eine Memme sein!“

Hedda lachte.

„Guck mal, da links … Ist das nicht Justus?“, flüsterte Lara aufgeregt.

„Was für ein Justus?“

„Justus Ehrenfeld.“

„Wo?“

„Da, er steht neben dem schwarzen Audi.“

Hedda zuckte. „Gott, wenn er das ist, dann ist er immer noch so ein aufgeblasener Schnösel wie früher.“

„Du immer mit deinen Schnöseln. Der war schon damals sooo toll.“

„Der war noch nie *sooo toll.*“

„Ist er das jetzt oder nicht?“, fragte Lara sichtlich nervös.

„Ja, ich denke schon. Sieht ihm auf jeden Fall ähnlich.“

In diesem Moment drehte der *Schnösel* seinen Kopf in ihre Richtung. Zunächst irritiert und dann mit einem Gesichtsausdruck, der einen fallenden Cent hätte imitieren können, hob er die Hand und setzte sich in Bewegung.

„O Gott, kommt der etwa hierher?“

„Scheint so …“

„Oje, oje, der sieht echt noch so gut aus wie damals.“ Lara stöhnte.

Hedda verdrehte die Augen. „Tut er nicht, und jetzt reiß dich zusammen! Lächeln. Einfach nur lächeln.“

„Hedda?“, rief der junge Mann freundlich und bewegte sich weiter auf sie zu.

„Justus?“, erwiderte diese gespielt überrascht, während Lara nur dastand wie zur Salzsäule erstarrt.

„Ja, ich bin‘s. Justus Ehrenfeld.“ Er nickte Hedda zu und wandte sich dann explizit an Lara. Unsicher ergriff sie die Hand, die er ihr entgegenstreckte.

„Äh, hi, ich bin Lara, Lara aus der neunten Klasse. Und aus der zehnten. Und der elften eigentlich auch … Gott, was rede ich?“

„Ach, dann warst du auch auf unserer Schule?“

„Ja, ganz viele Jahre lang“, antwortete Lara und strich sich verlegen eine Strähne hinters Ohr.

„Und, Justus, was treibt dich in die Heimat?“, grätschte Hedda dazwischen, und es wirkte, als wollte sie die Freundin vor einer Peinlichkeit bewahren.

„Das Leben“, antwortete er. „Und ihr? Was treibt euch in die Heimat?“

„Auch das Leben“, murmelte Lara.

„Mich treibt nichts hierhin. Mich hat es eher nicht weggetrieben von hier.“

„Du hast dich kaum verändert, Hedda. Und du, Lara, dass ich mich an dich nicht erinnern kann, verstehe ich nicht.“ Justus verzog seine Lippen zu einem charmanten Lächeln.

Wieder schob Lara eine ihrer blonden Strähnen hinters Ohr. Das machte sie immer so, wenn die Unsicherheit überhandnahm.

„Also wohnt ihr beide noch oder schon wieder auf Rügen?“

„Ich noch immer“, antwortete Hedda. „Und Lara ist ganz frisch zurück im Paradies.“

„Wie spannend. Und was machst du beruflich, wenn ich fragen darf?“ Sein Blick war intensiv, und Lara hatte Mühe, ihm in die Augen zu sehen.

„Ich … ich bin Ärztin. Also niedergelassene Ärztin. Also vorher war ich in der Charité und hab dort in der Inneren gearbeitet. Jetzt bin ich wieder hier, also nicht wieder, sondern das erste Mal seit …“

„Sie arbeitet in der Kinderarztpraxis von Dr. Wunderlich“, fasste Hedda zusammen und drückte kurz und unauffällig Laras Hand.

Justus schien auch weiter nur Augen für Lara zu haben. „Was für ein faszinierender Job. Wirklich, Chapeau! Es ist bewundernswert, wenn man sich für andere einsetzt.“

„Und du, Justus? Was treibst *du* so?“ So leicht gab Hedda das Heft des Handelns nicht aus der Hand.

„Ich arbeite als Wirtschaftsprüfer und habe vor einem Jahr die Kanzlei meines Vaters übernommen. Von New York auf die beschauliche Ostseeinsel – ich muss sagen, ich habe es keine Sekunde bereut. Klar, New York ist der Wahnsinn, aber manchmal war es selbst mir zu laut und zu wuselig. Ich wollte mich auch nicht vor der Verantwortung drücken. Mein alter Herr hatte fest mit mir gerechnet.“

„Das ist sehr nett von dir“, flüsterte Lara.

Wieder lächelte Justus einnehmend. „Danke. Nun, als Ärztin weißt du ja selbst, wie wichtig es ist, sich auch einmal … zurückzunehmen.“

„Ja, das weiß ich nur zu gut.“ Lara stand noch immer stocksteif da und wusste nicht recht, wie ihr geschah.

„Okay, war schön, dich wiederzutreffen, Justus. Vielleicht läuft man sich ja zufällig noch mal über den Weg.“ Noch indem Hedda sprach, griff sie nach Laras Handgelenk, doch gerade, als sie sie sanft mit sich ziehen wollte, kramte Justus sein Smartphone hervor. „Manche Dinge sollte man nicht dem Zufall überlassen. Nummerntausch?“

Laras seliger Seufzer war kaum zu überhören. Hastig zog sie ihr Handy aus der Handtasche und konnte nicht glauben, dass Justus Ehrenfeld nun endlich, endlich ihre Nummer haben wollte. Justus, der Schwarm aller Mädchen, der Lara in der Schule regelmäßig übersehen hatte.

- 5 -

„DU wirkst, als hättest du was eingeschmissen." Hedda saß Lara gegenüber und beäugte die Freundin eingehend.

„Findest du nicht, dass er noch immer der Wahnsinn ist?" Verträumt rührte Lara in ihrem schwarzen Kaffee. Ihr Frühstücksbrötchen mit Heddas selbst gemachter Himbeermarmelade lag noch unangetastet vor ihr auf dem Teller.

„Nein, das finde ich nicht. Justus Ehrenfeld", rief Hedda mit einer ausladenden Geste aus, „Wirtschaftsprüfer mit Gel in den Haaren und den Adoniskörper in edlen Zwirn aus eng anliegender weißer Baumwolle verpackt."

„Es war total nett von ihm, dass er mir seine Nummer gegeben hat. Und er wirkte doch echt sympathisch."

„Mag sein, aber ich traue dem Braten nicht."

Jetzt schaute Lara auf und sah Hedda lächelnd in die Augen. „Ich freue mich einfach, dass ich Gunnar für einen Moment vergessen habe und das Gefühl hatte, dass ich mich wieder neu verlieben könnte."

„Aber doch nicht in Justus Ehrenfeld!", rief Hedda entsetzt aus. „Du bist doch nicht in ihn …"

„Quatsch, keine Panik", unterbrach Lara lachend, „so schnell bin ich nicht unterwegs, wenn es ums Verlieben geht. Ich finde ihn nur richtig attraktiv. Und vor fünfzehn Jahren wäre ich für diese Handynummer gestorben!"

„Ich habe es damals schon nicht verstanden und heute verstehe ich es noch weniger. Er ist vom gleichen Schlag wie Gunnar. Überleg mal, wie Justus früher rumgestreunt ist … Der hat an jeder Haustür seine Duftmarke hinterlassen."

„Menschen ändern sich und daran glaube ich."

„Ach, Lara." Hedda seufzte leise und berührte sie sanft mit ihrer Hand. „Du hast schon immer an das Gute im Menschen geglaubt und dabei oft übersehen, dass es eben auch das Schlechte gibt."

„Ich bin nicht naiv, Hedda. Und glaub mir, in der Kinderklinik blickst du häufig in schlimme Abgründe. Da liegen Gut und Böse ganz dicht nebeneinander."

„Das weiß ich doch", entgegnete Hedda mit ernster Stimme. „Ich will nur nicht, dass du wieder einem Traum hinterherjagst, der von Anfang an nicht dazu gemacht ist, Realität zu werden."

„Das passiert mir nicht noch einmal", erwiderte Lara bestimmt. „Ich werde mich nicht noch einmal für dumm verkaufen lassen. Das verspreche ich dir."

„Hey, versprich es lieber dir selbst. Mir bist du nichts schuldig. Und vielleicht liege ich ja auch falsch und Justus ist ein Rohdiamant, den man nur noch vom Dreck befreien und schleifen muss."

„Also optisch muss man da rein gar nichts mehr schleifen." Lara grinste breit. „Gib zu, dass er gut aussieht."

„Niemals."

„Gib's zu!"

„Niiieemals."

„Ich kenne dich, Hedda, und ich merke, dass du ihn heiß findest."

„Okay, er sieht nicht aus, als wäre er gegen einen Schrank gelaufen, aber er wäre absolut nicht mein Typ. Und heiß? Nee, wirklich nicht."

„Gut, das reicht mir als Antwort. *Nicht vor den Schrank gelaufen* bedeutet übersetzt *gut aussehend.* Das genügt." Jetzt griff Lara nach ihrem Brötchen und nahm einen beherzten Bissen.

„Wann musst du heute los?"

Lara hielt sich die Hand vor den Mund. „In zwanzig Minuten. Bin ein bisschen aufgeregt", antwortete sie langsam kauend.

„Du wirst das prima hinkriegen und die kleinen Scheißerchen werden dich allesamt lieben."

„Das hoffe ich. Ich freue mich drauf. Und dann muss ich mich intensiv um das Thema Wohnungssuche kümmern."

„Du weißt, dass du bleiben kannst …"

„Ja, das weiß ich, aber ich möchte es nicht. Ich weiß es echt zu schätzen, dass ich übergangsweise bei euch unterkomme, aber das ist keine Dauerlösung."

„Wie gesagt, ich höre mich in der Kita um."

„Das wäre super. Danke.“ Lara blickte auf die Wanduhr.

„Ich muss mich sputen … Zähne putzen und so … Will ja nicht schon an Tag eins zu spät kommen.“ Bedächtig und konzentriert kaute sie trotzdem zu Ende.

Hedda beobachtete ihre Kieferbewegungen eingehend. „Dafür, dass du dich sputen musst, kaust du sehr ordentlich.“

„Mmmh, das ist echt wichtig. Mindestens dreißigmal, damit der Darm alles gut aufnehmen kann und der Magen nicht so viel Arbeit hat. So viel Zeit muss sein.“

Hedda tat es ihrer Freundin nach und fing an, bewusst das Stück Brötchen in ihrem Mund zu zermalmen. „Scheiße, mein Schluckreflex ist zu ausgeprägt für solche Spielchen. Achtmal, mehr geht nicht“, bekundete sie und erhob sich von ihrem Platz. „Ich kaue dann mal im Gehen zu Ende, muss mich nämlich auch sputen. Bis heute Nachmittag!“

Eine Stunde später betrat Lara den hellen Flur der Praxis. Mit einem Lächeln auf den Lippen ging sie zur Anmeldung, wo Frau Meinberg bereits mit tief sitzender Brille konzentriert auf den Bildschirm blickte.

„Guten Morgen!“, begrüßte Lara sie.

Frau Meinberg hob den Blick. „Frau Dr. Schönweiß, Sie sind tatsächlich wiedergekommen.“

„Das habe ich ab jetzt an jedem Wochentag vor“, erwiderte Lara irritiert.

„Na dann, einen schönen Arbeitstag.“ Die Sprechstundenhilfe lenkte ihren Blick zurück zum Bildschirm.

Lara atmete tief durch. „Frau Meinberg, würden Sie mir verraten, wie der Ablauf hier ist? Ich möchte nichts durcheinanderbringen.“

Frau Meinberg schaute auf, und Lara glaubte, Verwunderung in ihren Augen zu erkennen.

„Gut, wie Sie wünschen. Ab acht Uhr ist die offene Sprechstunde, immer von acht bis zehn. Danach vergeben wir feste Termine. Jetzt im Sommer ist es morgens recht ruhig. Aber im Winter, da stehen sie manchmal schon um sieben vor der Tür.“

„Guten Morgen!“ Emils Stimme ertönte.

„Guten Morgen!“, erwiderten Frau Meinberg und Lara im Chor. Und gleich darauf betrat eine Frau die Praxisräume, groß gewachsen, die langen blonden Haare zu einem Pferdeschwanz zusammengebunden.

„Morgen“, sagte sie mit herber Stimme.

„Das ist Frau Sander“, erklärte Emil, „unsere zweite MFA.“

Frau Sander reichte Lara die Hand und drückte beherzt zu.

„Damit wäre das Team dann komplett“, stellte Emil fest.

„Dann kann die Zusammenarbeit ja jetzt starten. Auf dass es ein ruhiger Tag ohne schwere Erkrankungen werde.“ Er drehte sich zu Lara um. „Wollen wir uns kurz besprechen?“

Lara nickte und betrat nach ihm den Behandlungsraum, der von nun an der ihrige sein würde. Emil schloss die Tür.

„Freust du dich?“

„Ja, sehr sogar. Ich bin so gespannt, wie es sich anfühlt. Irgendwie ist es doch toll, wenn man die Kinder über einen langen Zeitraum begleiten kann, oder? In der Klinik erfährt man fast nie, wie es weitergegangen ist mit ihnen.“

„Stimmt. Das ist übrigens auch ein Grund, warum ich aus dem Krankenhausdienst rauswollte, um in einer eigenen Praxis zu arbeiten. Und diese hier ist perfekt. Gerade im ländlichen Rügen baust du eine Beziehung zu den Kindern auf.“

„Hast du eigene Kinder?“, fragte Lara unvermittelt. „Ähm … entschuldige, ich wollte nicht zu persönlich werden … ich …“, schob sie gleich hinterher.

„Schon gut, kein Problem. Die Antwort lautet Jein“, fuhr er fort.

„Jein?“

„Frieda, meine Frau, und ich erwarten im November unser erstes Kind.“

„Oh, wow, herzlichen Glückwunsch!“

„Danke, wir freuen uns sehr.“

„Das glaube ich dir. Ist bestimmt eine aufregende Zeit.“

In diesem Moment klopfte es an der Tür und Frau Sander steckte ihren Kopf durch den Spalt. „Die ersten Patienten sind da.“

„Okay, also dann: auf in den Tag!“, sagte Emil mit fester Stimme und verschwand durch die Verbindungstür ins Nachbarzimmer.

Einen Moment später betrat eine junge Frau Laras Behandlungsraum. Auf dem Arm trug sie ein kleines Mädchen, das verschüchtert ihren Kopf an der Schulter ihrer Mutter vergrub.

„Guten Morgen“, begrüßte Lara die junge Frau. „Ich bin Lara Schönweiß, die neue Kinderärztin hier im Ort. Und du bist?“, fragte sie und tippte zart auf den Rücken des kleinen Mädchens, das aber keine Anstalten machte aufzusehen. Stattdessen bohrte sie ihren Kopf noch tiefer zwischen Schulter und Arm.

„Mia, bitte, die Ärztin muss dich einmal untersuchen. Ich setze dich jetzt ab.“

„Neeein!“, schrie die Kleine und krallte sich an ihrer Mutter fest.

Lara schaute auf den Bildschirm, um zu sehen, wie alt Mia war. Sie war gerade drei geworden.

„Kein Problem“, beruhigte Lara die junge Frau, „das kriegen wir auch so hin. Hey, Mia, ich bin Lara und du kannst die ganze Zeit auf dem Arm deiner Mama bleiben. Versprochen. Sie setzt sich jetzt auf die Liege und dann erzählt sie mir, was dir wehtut.“

Laras Worte schienen das kleine Mädchen tatsächlich zu beruhigen, denn das Weinen ließ nach.

„Setzen Sie sich bitte“, sagte Lara freundlich und wies auf die Behandlungsliege. „Wie kann ich helfen?“

„Mia hustet seit Tagen und jetzt hat sie Fieber.“

„Okay, dann höre ich sie mal ab … Hey, Mia, ich habe hier ein Stethoskop. Weißt du, was das ist?“

Mia schüttelte den Kopf, ohne Lara anzusehen.

„Pass auf, es gibt ein tolles Lied, das heißt *Dümdidümdidüm*. Kennst du das?“

Wieder schüttelte Mia den Kopf.

„Du kennst *Dümdidümdidüm* nicht? Dann wird es aber Zeit, dass du es kennenlernst. Pass auf. Ich singe es, und immer, wenn ich es singe, wandert ein kleiner Stethoskopzwerg über deinen Rücken. Und wenn ich aufhöre zu singen, dann muss der Zwerg stoppen, und wir müssen alle gaaaanz leise sein und lauschen, ob er uns etwas zuflüstert. Einverstanden?“

Mia nickte.

„Gut, dann geht es los. Deine Mama schiebt dein T-Shirt ein Stück hoch, okay?“

Wieder stimmte Mia zu.

„Dümmdidümmdidümm ...“ Laras ruhige Stimme erklang und ihre Hände bewegten im Takt das Stethoskop über Mias Rücken. Und dann, als ihre Stimme verstummte, stoppte sie die Bewegung und hörte konzentriert auf Mias Atem. „Und, hörst du den Zwerg flüstern?“

„Nein“, flüsterte Mia zurück.

„Dann atme mal gaaanz tief durch. Vielleicht ist er eingeschlafen und du musst ihn wecken.“

Mia holte Luft.

„Das kitzelt“, nuschelte Lara mit piepsiger Zwergenstimme. „Oh, da, ich hab was gehört.“

Mit großen Augen schaute Mia auf.

Lara lächelte und sang das Lied noch zwei weitere Male, bis sie eine sichere Diagnose stellen konnte.

„Mia, du hast einen echt starken Husten. Das nennt man auch Bronchitis. Damit das besser wird, musst du ab jetzt zweimal am Tag Medizin einatmen. Das ist ziemlich toll, weil die Kinder dabei meist eine Geschichte vorgelesen bekommen oder Fernsehen gucken dürfen.“

Mias Mama lächelte und auch Mia schien der Gedanke zu gefallen.

„Ich schreibe Ihnen alles auf. Zweimal am Tag, eine ganze Woche lang. Danach sollte es gut sein. Wenn das Fieber nicht sinkt, kommen Sie bitte noch einmal in die Praxis.“ Sie reichte der Frau die Hand.

„Vielen Dank“, sagte die junge Mutter und strich ihrer Tochter über den Kopf.

„Ciao, Mia.“

Mia hob die Hand und winkte.

Auf dem Rückweg von der Arbeit nach Hause machte Lara noch einen Abstecher zu ihrer Lieblingsbucht am Thiessower Südstrand. Auf dem Weg dorthin ließ sie gedanklich ihren ersten Arbeitstag Revue passieren. Zwanzig kleine Patienten waren heute in ihrer Obhut gewesen. Nicht viele für einen ganzen Tag, aber Emil hatte extra den Terminkalender noch nicht zu voll packen lassen, damit Lara einen sanften Start hatte. Impfen, Vorsorgeuntersuchungen, Virusinfekte und kleine Blessuren … Abwechslungsreich war es gewesen. Und das Wichtigste für sie war, dass es sie erfüllt hatte. Und das zu fühlen, war gerade wunderschön. Angekommen an der Bucht, stellte sie das Fahrrad ab und ging erneut den kleinen Weg entlang. Der frühe Abend begrüßte sie mit noch hellen Sonnenstrahlen und einem milden Wind, der sich wie warme Seide auf ihre Haut legte. Das Rauschen des Meeres war heute leiser als in den letzten Tagen. Sanft kräuselten sich die Wellen am Ufer. Lara ging am Wasser entlang. Immer wieder schloss sie die Augen, um die salzige Luft und die Geräusche des Wassers noch ein wenig intensiver zu fühlen. Heute war kein Surfer unterwegs.

Sie blieb stehen und lenkte ihren Blick über das Wasser bis zum Horizont. Und dann durchzuckte es sie. Sie kniff die Augen zusammen, um besser gegen das Licht der Abendsonne ansehen zu können. Sie hatte sich nicht getäuscht, auf dem Wasser trieb ein menschlicher Körper! Ohne auch nur eine Sekunde zu zögern, befreite sie sich von ihren Turnschuhen und sprintete in die Fluten. Es fiel ihr nicht schwer, gegen das Wasser anzuschwimmen, das Adrenalin in ihrem Körper setzte unglaubliche Kräfte frei. Sie kraulte dem Körper entgegen, prustete und versuchte, so wenig Wasser wie möglich zu schlucken. Mit einer ausladenden Bewegung erreichte sie ihr Ziel, griff beherzt unter den Brustkorb der leblosen Person, um sie umzudrehen. Millisekunden später, begleitet von einer Wasserfontäne, fuhr die eben noch leblose Person aus dem Wasser hoch.

„Scheiße!“, schrie Lara, deren Herz bis zum Hals schlug.

„Wow, Sie haben mir einen Mordsschrecken eingejagt!“, rief der Mann und fing an zu husten.

„Nee, *Sie* haben *mir* einen Schrecken eingejagt. Was zur Hölle tun Sie hier?“

Lara wischte sich mit beiden Händen das Wasser aus den Augen – und erkannte, wem sie gerade beinahe das Leben gerettet hätte.

„Ich trainiere“, antwortete der Mann und schenkte ihr ein breites Lächeln. Mit der Hand streifte er seine nassen Locken aus der Stirn nach hinten.

„Was soll das für ein Training sein? Sind Sie Schauspieler, oder was?!“

„Nein, nein, das bin ich nicht. Ich trainiere, die Luft anzuhalten. Toter Mann …“

Die Wellen schwappten lautstark um sie herum und langsam wurde es kühl im Wasser, denn im Gegensatz zu ihrem beinahe Geretteten trug sie nur eine leichte Sommerhose, die vollgesogen an ihrem Körper klebte. Egal, ihre Neugierde war größer …

„Ähm, wieso das denn?“, fragte sie Zähne klappernd.

„Ich bin Apnoetaucher.“

„Ernsthaft?“

„Ja, deshalb muss ich regelmäßig trainieren.“

„Dann trainieren Sie das nächste Mal doch einfach *unter* Wasser!“

„Normalerweise verirrt sich um diese Zeit niemand mehr in diese Bucht. Tut mir leid, dass Sie sich Sorgen gemacht haben.“

„Ist okay, ich weiß ja nun, was Sie so treiben, wenn Sie nicht gerade auf dem Surfbrett stehen.“

„Ich bin übrigens Hannes.“

„Können wir die Förmlichkeiten vielleicht am Strand regeln? Meine Hose ist verdammt schwer und zieht mich nach unten.“ Lara biss die Lippen zusammen. Es war so verflixt kalt. Ohne seine Antwort abzuwarten, drehte sie sich um und kraulte zurück. Als sie wieder Boden unter den Füßen spürte, stapfte sie schwerfällig aus dem Wasser und setzte sich. Nur Sekunden später setzte sich Hannes neben sie.

„Danke noch mal, dass du mir das Leben gerettet hättest“, bemerkte er lächelnd.

„Das war selbstverständlich und hätte jeder gemacht.“

„Trotzdem … Also, ich bin der Hannes!“ Er streckte ihr seine Hand entgegen.

„Lara“, erwiderte sie, drehte ihren Kopf und sah ihn an. Dann legte sie ihre Hand in seine.

„Ist wirklich eine schöne Bucht“, sagte er.

„Die schönste, die es auf Rügen gibt“, entgegnete sie und bekam trotz der lauen Luft eine Gänsehaut. Unwillkürlich schlug sie die Arme vor die Brust.

„Ist dir kalt?“

Lara nickte.

„Wenn du willst, kannst du mit zu mir kommen und dich umziehen.“

„Leider habe ich nicht an Wechselklamotten gedacht. Ich hatte nämlich eigentlich nicht vor, mit Klamotten schwimmen zu gehen“, erwiderte sie leicht genervt.

„Irgendwas würden wir schon finden.“

„Wie weit ist es denn?“

„Nicht weit. Wir müssen ein Stück den Südstrand rauf bis zur Surfschule. Mein Haus liegt nur ein paar Meter davon entfernt, etwas oberhalb.“

„Ach, lass mal, ich hab das Fahrrad oben stehen und es sind ja auch nur zwölf Kilometer bis zum Haus meiner Freundin …“

„… die dir in nassen Klamotten wie fünfzig vorkommen werden.“

Lara seufzte. „Okay, ist vielleicht vernünftig, dass ich mich erst umziehe. Sonst bin ich in zwei Tagen krank und muss kurz nach meinem Einstieg in die Praxis schon das erste Mal krankfeiern.“

„Arbeitest du bei einem Arzt?“, fragte er und stand auf.

„Ich bin Ärztin und neu in der Kinderarztpraxis hier in Thiessow.“

„Oh, bei Dr. Wunderlich?“

„Ja, kennst du ihn?“

„Klar, Emil hat schon mal einen Surfkurs besucht. Er ist echt talentiert.“

„Ah, okay, cool … Also, dann folge ich dir mal.“ Nun stand auch Lara auf, griff nach ihrer Tasche und ging hinter Hannes her, der sich bereits in Bewegung gesetzt hatte.

- 6 -

DIE blaue Holztür knarzte, als Hannes sie öffnete. Das Haus stand in ruhiger Lage, umgeben von Kiefern und hochgewachsenen Büschen mit Blick auf das Wasser. Lara fragte sich, ob sie überhaupt jemals bis hierher den Südstrand hinaufgegangen war. An die Surfschule und das dazugehörige kleine Holzhaus am Strand, an dem sie eben vorbeigegangen waren, konnte sie sich nicht erinnern. Sie trat ein und sofort fiel ihr auf, wie hell und freundlich der Flur war. Durch ein Fenster strömte das schönste Rügener Abendlicht. Dieses ganz besondere Licht, das es nur hier gab. Es verzauberte alles und legte einen Weichzeichner über die Umgebung.

Hannes ging voraus und wies auf eine Tür links von ihm.

„Wenn du willst, kannst du eben in der Küche warten. Ich suche dir schnell was Passendes raus."

Lara nickte. Mit verschränkten Armen versuchte sie noch einmal, sich zu wärmen, und ließ gleichzeitig ihre Blicke schweifen. Die Küchenmöbel waren aus hellem Holz und schon ziemlich in die Jahre gekommen, alles wirkte ein wenig zusammengewürfelt, aber gemütlich. Auch der Küchentisch mit den bunten Holzstühlen erinnerte Lara an die Möblierung einer WG. Sie wippte von einem Bein aufs andere.

„Hier, schau mal, ob das passt." Hannes hielt Lara ein paar Klamotten hin und ein Handtuch.

„Danke!"

„Ich gehe mal raus, dann kannst du dich umziehen."

Lara nickte und befreite sie sich schleunigst aus den nassen Klamotten. Im Slip stand sie da und faltete Hannes' T-Shirt auseinander. Kritisch hielt sie es mit ausgestreckten Armen in die Höhe. *Beachlife* stand in grellen Buchstaben auf grauem Stoff.

„Nun ja …", murmelte sie skeptisch, zog sich das Shirt über den Kopf und schlüpfte in die Jogginghose. Sie blickte an sich hinunter und musste grinsen, als sie den abstehenden Hosenbund sah. Sie zog das Gummiband zusammen und krempelte die Hosenbeine hoch.

Es klopfte. „Fertig? Kann ich reinkommen?“

„Ja, bin fertig.“

Hannes lugte um die Ecke. „Sehr schick“, stellte er schmunzelnd fest.

„Ich weiß, dass du lügst“, erwiderte Lara, ebenfalls schmunzelnd.

„Nee, ich mein‘s ernst. Dieses T-Shirt ist mit Abstand das schönste, das in meinem Schrank zu finden ist. Und es steht dir.“

„Echt jetzt?“ Ungläubig sah Lara ihn an.

„Klar, oder magst du‘s etwa nicht?“

„Äh, doch, klar. Es ist sehr, sehr schön.“

„Du musst nicht flunkern.“

„Ich flunkere nicht.“

„Ich glaube, du flunkerst.“

„Okay, okay, ich mag Mottoshirts nicht so besonders.“

„Du magst keine Mottoshirts?“

„Nee, ehrlich gesagt finde ich sie bescheuert. Ich meine, wieso läuft man mit Sinnsprüchen auf der Brust durch die Gegend, die man eh nicht lebt?“

„Auf deinem steht *Beachlife* und wenn du kurz aus dem Fenster schauen würdest, dann …“

„Schon gut, ist ja auch kein richtiges Mottoshirt …“

„Und ob, das ist mein Lebensmotto.“

„Ooookay, das hat was“, gab sie stirnrunzelnd zu.

„Etwa nicht?“

Lara lachte auf. Dann zupfte sie noch einmal ihr Outfit zurecht. „Also, vielen Dank, dass du mir dein schönstes Shirt ausleihst. Ich werde es dir gewaschen und gebügelt zurückbringen. Nicht zu vergessen die Jogginghose. Jedenfalls wird es mir langsam wieder warm.“

„Erschreck‘ mein Shirt nicht mit deinem Bügeleisen. So was kennt es nicht“, bemerkte er.

Lara schüttelte amüsiert den Kopf. „Ich werde mir Mühe geben. Mach‘s gut, Hannes.“

„Du auch.“

Lara winkte ihm noch einmal kurz zu und verließ das Haus. Als sie draußen war, stockte ihr Blick und sie blieb abrupt stehen. Das Schild neben der Tür war ihr noch gar nicht aufgefallen.

Zimmer zu vermieten!

„Suchst du etwa eine Bleibe?“ Hannes‘ Stimme ertönte aus dem Fenster rechts neben der Eingangstür.

„Ja, schon, aber mehr eine richtige Wohnung.“

„Hier geht es um *eine richtige Wohnung*. Es ist sogar ein ganzes Haus.“

Lara warf ihm einen Blick zu und lachte. „Ich meine, dass ich eine Wohnung für mich allein suche. Nicht bloß ein Zimmer.“

„Schwierig im Moment, oder?“

„Ja, der Wohnungsmarkt ist echt beschissen. Tschuldigung, schlecht, meine ich.“

Hannes grinste. „Alles gut. Wenn du willst, kannst du gern hier einziehen. Ich plane eine längere Reise und würde mich über eine Untermieterin freuen. Du hättest quasi in absehbarer Zeit das Haus für dich allein. Und du hättest damit Zeit gewonnen, dir in Ruhe etwas anderes zu suchen.“

Lara wusste nicht recht, was sie antworten sollte. Auf den ersten Blick konnte sie sich nicht vorstellen, hier einzuziehen. So eine Zwischenlösung erinnerte sie eher an Zeiten, denen sie längst entwachsen war.

„Danke, ich überlege es mir“, antwortete sie deshalb diplomatisch. „Bis dann, Hannes. Ich bringe dir schnellstmöglich die Klamotten vorbei.“

„Lass dir Zeit und genieß den Rest des Abends. Mach‘s gut.“

Lara drehte sich um und ging zurück zum Strand, wo ihr Fahrrad hoffentlich noch dort stand, wo sie es vorhin abgestellt hatte.

Eine halbe Stunde später war sie an ihrem Zuhause auf Zeit angekommen. Sie öffnete die Haustür und legte die nassen Klamotten auf dem Flurboden ab, sie würde sie gleich in den Keller bringen. Dann ging sie in Richtung Wohnzimmer, und gerade als sie den Raum betreten wollte, zuckte sie zusammen. Hedda und Ruben saßen knutschend und inniglich auf der samtgrünen Couch. Peinlich berührt drehte Lara sich um und hoffte von Herzen, dass die beiden sie nicht bemerkt hatten.

Natürlich war es nicht das erste Mal, dass sie ihre beste Freundin mit ihrem Mann knutschen sah, doch in diesem Moment fühlte es sich unangenehm an. Sie kam sich vor wie ein ungebetener Gast, der in einen intimen Moment geplatzt war. Auf Katzenpfoten huschte sie in den Flur zurück, griff nach den nassen Sachen und öffnete leise die Haustür. Als sie draußen war, versuchte sie, die Tür ebenso leise wieder ins Schloss zu drücken. Geschafft! Lara atmete tief durch und schaute auf die Uhr. Dann setzte sie sich auf die Bank, die vor dem Haus stand, und schloss für einen Moment die Augen.

„Ich brauche dringend eine eigene Wohnung", murmelte sie, nahm ihr Smartphone zur Hand und fing an, wie schon die Tage zuvor die entsprechenden Internetseiten aufzurufen. Wie frustrierend das war, fühlte sie bereits nach fünf Minuten. „Das ist echt aussichtslos!", schimpfte sie und stopfte das Smartphone zurück in ihre Tasche.

Sie fühlte eine Unruhe in sich, die sie nicht gut aushalten konnte. Und dann, aus einem Impuls heraus, den sie nicht beschreiben konnte, stieg sie auf ihr Fahrrad und fuhr zurück zum Südstrand.

Sie radelte auf dem schmalen Weg, der sich oberhalb des Boddens entlangschlängelte. Der Abendwind, der ihr Gesicht streifte, hinterließ einen salzigen Geschmack auf ihren Lippen und eine Ahnung von Kiefernduft kitzelte ihre Nase. Lara genoss die meergetränkte Luft und den Anblick des Wassers, das glitzerte wie tausend kleine Diamanten. Als sie fast die Surfschule erreicht hatte, stieg sie ab und schob ihr Rad den Rest des Wegs den Strand entlang neben sich her, da der Boden zu sandig war, um gut auf ihm fahren zu können. Sie ließ die Surfschule links neben sich liegen und schob das Rad den kleinen Trampelpfad die Düne hinauf. Nach guten fünfzig Metern erkannte sie das Haus von Hannes, der an etwas zu werkeln schien. Als hätte er Laras Kommen bemerkt, drehte er sich um und beobachtete sie.

„Du hast aber schnell arbeitende Haushaltsgeräte …", bemerkte er grinsend und nahm ihr Aussehen in Augenschein. „… oder doch nicht. Kannst dich wohl nicht trennen von meinem Mottoshirt."

„Glaub mir, wenn ich gekonnt hätte, hätte ich dieses Outfit längst in die Waschmaschine verfrachtet."

„Was hat dich davon abgehalten?"

„Das sag ich nicht."

„Okay, musst du auch nicht. Kann ich dir helfen? Du wirst ja einen Grund haben, dass du so schnell wieder da bist, oder?"

Lara räusperte sich. „Ja, ich wollte mich doch mal unverbindlich nach dem Zimmer erkundigen. Beziehungsweise danach, wann du weg bist und wie die Konditionen sind und so weiter …"

„Oh, damit hatte ich jetzt nicht gerechnet …"

„Ich auch nicht", murmelte Lara mehr zu sich selbst. „Ich will es mir auf jeden Fall ansehen. Ist ja ziemlich nah zu meiner Praxis und offen gestanden fehlen mir gerade die Alternativen. Ich brauche einfach was Eigenes. Meine Freundin und ihr Mann sind super, ich kann da aber nicht ewig bleiben. Zudem glaube ich, dass ich allein wohnen muss, damit ich begreife, dass ich wirklich zurück bin auf der Insel – und hierbleiben werde." Sie seufzte. „Das hört sich bestimmt verrückt an, ist aber so. Also, erzähl mir, wie du dir die Vermietung vorgestellt hast. Was sind die Rahmen- beziehungsweise die Vertragsbedingungen?"

„Es gibt keine."

„Wie meinst du das?"

„Bis jetzt gibt es keine. Du kannst sie mit mir aushandeln. Ich plane so was nicht, weil ich ja vorher gar nicht weiß, wer kommt. Fest steht: Ich würde gern untervermieten und du möchtest gern mieten."

Lara kratzte sich am Kopf. „Also ich … ich plane grundsätzlich sehr, sehr gern."

„Nur zu, fang an."

„Äh, gut. Hätte ich ein eigenes Klo?"

„Jep, sogar ein ganzes Bad. Wollen wir reingehen?"

Lara nickte und folgte Hannes zum zweiten Mal an diesem Tag in sein Haus.

„Ich würde dir die obere Etage abtreten. Da hättest du zwei Zimmer sowie ein Bad und einen kleinen Abstellraum. Die Küche müssten wir uns teilen. Aber oben ist eine Etagentür direkt vor der Treppe. Du hättest also genug Privatsphäre."

„Machst du das jetzt wirklich spontan?“

„Ja.“

„Das heißt, du würdest nicht jedem die obere Etage anbieten?“

„Wahrscheinlich nicht. Aber du wirkst, als könnte das ein entscheidendes Argument für dich sein.“

„Da könntest du durchaus richtigliegen. Darf ich?“, fragte sie und zeigte auf die Treppe.

„Klar, nur zu.“

Lara stieg die weiße Holztreppe hinauf und öffnete die Zwischentür. Wieder fiel ihr auf, wie lichtdurchflutet das Haus war. Sie betrat den Dielenboden, der auf der ganzen Etage verlegt worden war. Es waren alte Dielen, die scheinbar schon lange nicht mehr behandelt worden waren, denn Unregelmäßigkeiten und Kratzer zierten die Oberfläche. Lara begutachtete erst das Zimmer links von ihr. Es war ausreichend groß, um als Schlafzimmer genutzt zu werden. Die alte Couch, die an der Wand stand, blendete sie aus und stellte sich ein bequemes Boxspringbett vor. Sie sah sich weiter um. Der alte Schrank könnte bleiben. Er wirkte geräumig und hatte Flair. Am liebsten hätte sie über das alte Holz gestrichen.

Lara verließ das Zimmer und ging, vorbei an Hannes, der im Flur stand und sie beobachtete, in den gegenüberliegenden Raum. Dieser war groß genug, um ihr Wohnzimmer auf Zeit zu werden. Mit jedem Schritt schrumpfte ihre Skepsis. Hier war etwas, das sie ruhiger werden ließ. Als Letztes inspizierte sie das Bad, es war klein, aber ausreichend.

„Und du würdest mir das wirklich alles vermieten? Für wie lange?“

„Solange du willst. Ich brauche den Platz nicht.“

„Aber wäre es okay, wenn ich wieder ausziehe, sobald ich eine richtige Wohnung gefunden habe? Entschuldigung, ich meine, eine mit eigener Küche und so …“

„Klar, es kommt, wie‘s kommt.“

„Wir müssten vorher aber einen Vertrag aufsetzen, in dem auch die Kündigungsfrist festgehalten würde. Du hättest damit eine gewisse Planungssicherheit. Denn ich müsste mich an die Fristen halten.“

Hannes grinste. Und dieses Grinsen verunsicherte Lara.

„Waaas?“

„Lara, ich brauche keine *Planungssicherheit.* Du kannst hier einziehen und bleiben, solange du möchtest. Und wenn ich auf Reisen bin, freue ich mich, wenn jemand im Haus ist, was jedoch nicht zwingend notwendig ist. Es ist nicht das erste Mal, dass ich mein Haus allein lasse. Vielleicht komme ich auch gar nicht mehr zurück, dann kannst du für immer, nur mit dir allein, hier wohnen bleiben. Wer weiß so was schon …"

„Also, ich wüsste das", erwiderte sie.

„Ich nicht. Wie gesagt, es kommt, wie's kommt."

Lara atmete tief ein. „Gut. Die Küche würden wir uns dann teilen, solange, wie du noch hier bist."

Er nickte.

„Ähm … Gibt es noch andere Interessenten? Ich meine, muss ich mich schnell entscheiden?"

„Ich habe das Schild heute erst aufgehängt, und wenn es dir weniger Stress bereitet, nehme ich es wieder ab und warte, bis du so weit bist."

„Oh, so einfach …" Sie nickte etwas hilflos. Hannes' offensichtliche Ruhe und Planlosigkeit überforderten sie. „Gut, das ist gut … Ich würde gern eine Nacht drüber schlafen und dir dann Bescheid geben."

„Lara", sagte er und legte kurz seine Hand auf ihre Schulter, „lass dir Zeit. Wirklich. Entweder soll es sein mit uns als WG oder nicht."

„Aber wenn gleich jemand kommt, der kein Dach über dem Kopf hat, und der oder die ist supernett und würde keine Sekunde zögern, mit Hund und Fahrrad bei dir einzuziehen, dann würdest du doch …"

„… dann würde ich ihm oder ihr sagen, dass ich gerade kein Zimmer frei habe, weil ich noch auf eine Antwort von jemandem warte."

Lara fühlte, wie ihre Wangen rot wurden. „Das ist nett von dir. Danke."

„Ich bin gespannt, wie du dich entscheidest", erwiderte er, drehte sich um und stieg die Treppe hinab.

Lara folgte ihm, und mit jedem Schritt, den sie machte, fühlte sie sich wohler bei dem Gedanken, übergangsweise hier einzuziehen.

- 7 -

„DU warst aber lange arbeiten“, begrüßte Hedda die Freundin, als sie vor ihr stand und das Rad an die Hauswand stellte. Hedda nutzte das letzte Abendlicht, um Blumen in den Weidenkorb neben der Haustür einzupflanzen. Lässig klopfte sie ihre Hände aneinander und befreite sie von der Erde. „Nicht, dass du am Ende mehr arbeitest als in der Charité.“

„Keine Sorge, ich war noch am Strand und bin ein bisschen rumgefahren. Rügen ist einfach der schönste Ort der Welt. Ich muss das alles aufsaugen, damit ich realisiere, dass ich jetzt bleiben werde.“

„Komm mal her“, sagte Hedda, legte ihre Arme um Lara und zog sie an sich. „Es ist so schön, dass du es genießt, hier zu sein.“

„Das tue ich“, erwiderte Lara und schloss für einen kleinen Moment die Augen.

„Hast du Hunger?“

„Und wie!“

„Das trifft sich gut. Wir haben noch nicht gegessen und Ruben zaubert gerade seine grandiose Spinatlasagne.“

„Klingt fantastisch!“

Plötzlich zog Hedda die Stirn kraus. „Seit wann trägst du eigentlich Mottoshirts?“, fragte sie und blickte skeptisch an ihrer Freundin hinunter. „Und Jogginghosen …“

„Seit ich vorhatte, jemandem das Leben zu retten.“

„Wie jetzt?“

„Lange Geschichte … Ich dachte, dass jemand ertrinken würde. Er war aber nur Apnoetaucher, der mir dann dieses Outfit zur Verfügung gestellt hat, weil ich klatschnass war, und jetzt ziehe ich eventuell bei ihm ein.“

„Guter Witz.“

„Das ist kein Witz.“

„Lara, ich kenne dich seit Ewigkeiten. Du würdest niemals bei einem fremden Mann einziehen. Es sei denn, er heißt Justus Ehrenfeld, aber der ist ja auch kein Fremder im eigentlichen Sinne. Im Ernst, du würdest das nicht tun. Schon gar nicht, wenn er ebenfalls in der Wohnung wohnt." Misstrauisch musterte Hedda ihre Freundin.

„Du musst mich gar nicht so angucken. Ich meine das ernst. Es ist eine Chance auf einen Anfang und nicht für die Ewigkeit gedacht. Ich hätte eine eigene Etage, nur die Küche würden wir uns teilen. Das Bad ist meins!"

„Du verarschst mich wirklich nicht, oder?"

„Nein, wirklich nicht. Er wird bald für längere Zeit auf Reisen sein, und dann hätte ich das Haus ganz für mich allein und könnte in Ruhe Ausschau halten nach einer geeigneten Wohnung. Und ihr wärt mich wieder los."

„Ich will dich gar nicht loswerden …"

„Das weiß ich doch. Aber das ist gerade eine gute Gelegenheit, in eigene vier Wände zu ziehen."

„Und wo wäre das?"

„In Thiessow, an der Surfschule. Der Typ heißt Hannes."

Hedda lachte laut auf. „Das glaub ich nicht."

„Was glaubst du nicht?"

„Dass du bei Hannes einziehst. Das ist … Ich weiß nicht, das ist eigentlich unvorstellbar." Noch immer lachte sie.

„Wieso?"

„Weil Hannes und du das ist wie Wasser und Wüste, wie Ordnung und Chaos, wie Duft und Gestank … Ich glaube nicht, dass es dort draußen eine weitere Paarung aus zwei so verschiedenen Menschen gibt."

Lara zog die Schultern nach oben. „Er ist ja eh nicht mehr lange da und sein Haus ist … nett. Es hat sich halt so ergeben. Anders als geplant, aber irgendwie okay …"

„Ja, ist es auch, *okay.* Aber dir ist bestimmt aufgefallen, dass an der Decke kein Stuck angebracht ist, es keine Ledercouch im Wohnzimmer gibt und die Küche aus einem Sammelsurium aus ausrangierten Möbeln besteht?"

„Was willst du mir damit sagen?“, fragte Lara leise und fühlte, wie sich Verunsicherung in ihr breitmachte.

„Einfach nur, dass diese Wohnung nichts von dem hat, was du magst und dir vorstellst.“ Als würde sie Laras Unsicherheit spüren, legte Hedda den Arm um sie. „Ich bin halt total überrascht, dass du so spontan an diesen Ort ziehen möchtest. Du überdenkst so etwas meistens ewig und planst es genau durch, aber jetzt stehst du hier und sagst, dass du bei Hannes einziehen willst, den du eben erst kennengelernt hast. Ich wundere mich einfach. Wenn du das aber wirklich durchziehst, wäre das richtig cool. Wirklich, Chapeau!“

„Ich fand sein Haus hell und einladend. Klar, es könnte aufgeräumter sein, doch das hat mich gar nicht abgestoßen. Da ist einfach was, eine gute Atmosphäre … Und wenn er nicht da ist, kann ich ja mal richtig Ordnung machen.“

„Ich wusste gar nicht, dass er auf dem Absprung ist.“

„Kennst du ihn gut?“

„Nein, nicht gut, aber ich organisiere schon mal Aktionen für die Kita bei ihm in der Surfschule. Ist also mehr die berufliche Ebene. Er ist richtig toll mit den Kindern, in Sachen Organisation jedoch leider … Puh, das würdest du nicht aushalten. Einmal hatten wir morgens um halb neun einen Ausflug zu ihm geplant. Ich stand da mit einer Horde ungeduldiger Eltern nebst Kindern und weit und breit kein Hannes in Sicht. Ich habe ihn schlussendlich aus dem Bett geklingelt. Na ja, die Surfschule läuft gut, ganz so schlimm kann es nicht sein mit ihm. Zumindest scheint es so.“

Lara zog die Stirn kraus. „Vielleicht ist das alles doch keine so gute Idee. Du hast recht, ich kenne ihn kaum und vielleicht macht er jeden Abend Party und ich riskiere einen Nervenzusammenbruch. Ich lass das besser und suche weiter, bis ich was Passendes gefunden habe. Irgendwann wird das schon klappen.“

Hedda seufzte laut. „Schluss, Lara! Kein Gedankenkarussell, kein Hin und Her. Ich hätte einfach meine Klappe halten sollen. Natürlich ziehst du dort ein. Vergiss, was ich erzählt habe.“

„Sehr lustig, als ob so was ginge.“

„Doch, das geht. Keine Widerrede. Endlich tust du mal was Verrücktes.“

Bevor Lara antworten konnte, vibrierte ihr Handy. Sie öffnete ihre Tasche und kramte es hervor. „O mein Gott." Reflexartig drehte sie das Display in Heddas Richtung.

„Das glaub ich nicht …"

„Ich kann da nicht rangehen."

„Nicht?"

„Nein!"

„Natürlich kannst du das!"

„Kann ich?"

„Los jetzt!"

Tief seufzend berührte Lara den Touchscreen. „Lara Schönweiß", sagte sie zögerlicher, als sie es wollte.

„Justus hier … Ich hoffe, du erinnerst dich?"

Und wie, dachte Lara mit roten Wangen. „Äh, ja, klar, ich war kurz etwas durcheinander, aber jetzt kann ich dich zuordnen." Flehend blickte sie zu ihrer Freundin. Hedda zuckte mit den Schultern.

„Ich wollte dich fragen, ob du am Wochenende vielleicht Lust hast, mit mir essen zu gehen?"

Laras Herz legte einen Sprint ein. Sie schluckte und fühlte, wie der Boden unter ihren Füßen schwankte.

„Äh, am Wochenende, klar, das passt."

„Super, dann hole ich dich ab. Schickst du mir deine Adresse?"

„Ähm, ja, kann ich machen."

„Okay, Samstag, neunzehn Uhr?"

„Ist 'ne ganz tolle Zeit." Lara verzog das Gesicht, als würden ihr ihre eigenen Worte Schmerzen bereiten.

„Ich freue mich. Dann können wir in aller Ruhe über alte Zeiten plaudern."

„*In aller Ruhe,* das klingt gut." Sie biss sich auf die Unterlippe.

„Dann bis Samstag?"

„Ja, bis Samstag", antwortete Lara mit pumpendem Herzen, während Hedda sie mit einer Mischung aus Skepsis und Amüsement anstarrte.

„Ich habe mich verhalten wie eine Fünfzehnjährige, oder?", quetschte Lara kleinlaut hervor, nachdem sie aufgelegt hatte.

„Wie fünfzehn nicht, wie siebzehn vielleicht."

„O Mann, ich verliere immer die Kontrolle über mein Sprachzentrum. Das ist wie eine Mauer, vor der ich stehe und die mir den Zugang zu klaren Gedanken und Worten verwehrt.“

„Du bist so eloquent, nur wenn sich ein Mann, den du gut findest, auf deinen Radar beamt … *Error! Error! Error!*“ Liebevoll drückte Hedda die Freundin an sich. „Das wird schon werden. Irgendwann überwindest du diese Unsicherheiten.“

„Und wann soll das sein? Wenn ich achtzig bin?“

„Sei nicht so pessimistisch. Mit Gunnar konntest du ja auch reden …“

„Mit ihm hatte ich zu Beginn auch eine fachliche Ebene, da musste ich keinen Small Talk machen. Oje, wenn ich an Samstag denke, wird mir schlecht.“

„Hey, eigentlich solltest du dich freuen …“

„Jaaaa … ich finde ihn wirklich toll“, flüsterte Lara.

„Guck mal, mit Hannes konntest du auch reden. Sogar so gut, dass du bei ihm einziehen willst. Und Hannes ist nicht gerade unattraktiv …“, meinte Hedda aufmunternd.

„Der ist überhaupt nicht mein Typ, deshalb hab ich auch kein Problem.“

„Nicht dein Typ? Der ist im Gegensatz zu Justus Ehrenfeld wirklich heiß …“

„Mag sein, doch ein Surflehrer ist nicht das, was ich mir für meine Zukunft wünsche.“

„Stimmt, er trägt nie Kaschmirwolle, glaube ich, was ihn zu einem furchtbaren Vater und Ehemann machen wird.“ Hedda lachte laut auf.

„Du spinnst, so meine ich das gar nicht.“

„Wie dann?“

„Keine Ahnung. Ich denke halt, dass ich mit einem Mann wie Justus mehr Gemeinsamkeiten habe, die gleiche Vorstellung vom Leben, vom Arbeiten teile … alles eben. Ein solides Fundament, auf dem man aufbauen kann.“

„Das klingt, als würdest du am Samstag einen Bausparvertrag abschließen.“

Jetzt musste auch Lara lachen. „An einem Bausparvertrag ist nichts verkehrt. Und nun beenden wir das Thema, okay?“

„Klar, wie Sie wünschen, Frau Doktor."

Hedda bückte sich und rückte den frisch bepflanzten Weidenkorb zurecht. Lara öffnete die Tür und betrat den Flur, durch den bereits der Duft von gratiniertem Käse waberte. Laras Magen knurrte laut auf. Sie ging, gefolgt von Hedda, auf direktem Weg in die Küche, wo Ruben gerade dabei war, den Tisch zu decken.

„Hey", begrüßte er Lara, „du warst aber lange arbeiten heute. So viel los?"

„Nein, ich war noch am Strand und in der Gegend unterwegs."

„Hunger?"

„Unglaublich großen Hunger."

„Lara wird übrigens schon bald ausziehen", verkündete Hedda und setzte sich an den Tisch.

„Ach was, hast du eine Wohnung gefunden? Das ging aber schnell." Ruben öffnete die Backofentür und wirbelte mit einem Topflappen die heiße Luft, die aus dem Inneren strömte, durcheinander.

„Darf ich erzählen?", fragte Hedda in Laras Richtung.

„Das würdest du dir doch eh nicht nehmen lassen, oder?"

Hedda grinste. „Okay, ich würde gerne ein Quiz daraus machen."

Ruben seufzte laut. „Muss ich mitmachen?"

„Klar musst du. Also, zuerst der Ort. Ich gebe einen Tipp." Mystisch faltete sie die Hände. „Von der Arbeit ist es nicht mehr weit, zum Surfengehen bleibt ganz viel Zeit", reimte sie.

„Du ziehst zu Hannes?"

„Na toll, der Tipp war wohl zu leicht, geliebter Ehemann."

„Nun … Ich denke drüber nach", beantwortete Lara Rubens Frage.

„Hat er denn eine Wohnung frei in seinem Haus?"

„Ich hätte die obere Etage zur freien Verfügung, nur die Küche würden wir uns teilen."

„Okay, Hannes ist ein netter Typ, freut mich für dich, wenn das klappt."

„Ich schlafe heute Nacht noch mal drüber, aber so viel spricht nicht dagegen."

„Was sollte denn dagegen sprechen?", entgegnete Ruben und tischte die dampfende Lasagne auf.

„Oh, die sieht richtig lecker aus“, lobte Lara, und während Ruben ihren Teller füllte, dachte sie an Samstag. Daran, wohin Justus sie wohl ausführen würde. Daran, was ihre ersten Worte sein würden, wenn er ihr gegenüberstehen würde. Daran, was sie von sich erzählen würde. Und daran, wie der Abend wohl ausklingen und ob es danach noch ein nächstes Mal geben würde. Und dann hatte sie Hannes‘ Haus vor Augen, und plötzlich fühlte sie eine innere Ruhe, die so gar nicht zu der Aufregung passte, die der Gedanke an ihr Date mit im Gepäck hatte.

- 8 -

„HANNES ist echt in Ordnung“, sagte Emil, während er die Praxistür hinter sich zuzog und den Schlüssel umdrehte.

„Das haben Ruben und Hedda auch gesagt, ich schwanke nur noch ein bisschen, ob es wirklich das Richtige für mich ist.“

Die Sonne stand schon etwas tiefer am Himmel, schien aber noch so kraftvoll, dass die letzten Strahlen auf Laras Wangen tanzten und sie in ihrem Feierabend willkommen hießen.

Emil drehte sich zu ihr. „Das wirst du erst wissen, wenn du es ausprobiert hast.“

„Stimmt, wahrscheinlich sind all meine Gedanken vollkommen umsonst …“

„Zumindest sind sie nicht mehr als reine Spekulation.“

„Vielleicht sollte ich es wirklich tun.“ Lara strich die Haare hinter ihre Ohren. „Ja, ich mach es“, sagte sie dann plötzlich mit fester Stimme. „Ich mach es einfach.“

„Na dann, herzlichen Glückwunsch zur neuen Bleibe!“ Emil grinste breit.

„Noch ist sie nicht in trockenen Tüchern. Vielleicht hat er es sich auch anders überlegt.“

„Wenn Hannes dir das zugesagt hat, dann meint er das auch so, keine Sorge.“

„Wenn du es sagst … Ich fahre jetzt bei ihm vorbei und frage nach.“

„Gute Idee. Dann hast du es bald nicht mehr weit bis zu unserer Praxis.“

„Ist quasi ums Eck“, erwiderte Lara lächelnd.

„Und dazu gibt es einen wunderschönen Radarbeitsweg. Du wirst es genießen“, entgegnete Emil.

Lara atmete tief durch.

„Alles okay?“

„Ja, alles bestens.“

„Wie waren denn deine Patienten heute?“

„Allesamt lieb und keiner ernsthaft krank. Die sind echt süß, die kleinen Mäuse. Ein Junge hat mir heute erzählt, dass sein Opa mit nur einem Ohr wackeln kann und er jetzt jeden Tag übt, damit er das auch hinkriegt.“

„Ja, süß sind sie“, bestätigte Emil. „Übrigens, ich würde morgen gern mit dir einen Fall besprechen … Ein kleiner Junge, drei Jahre alt, dessen Stoffwechsel im Rahmen von Infekten immer wieder komplett entgleist. Er ist schon einmal auf den Kopf gestellt worden, die gängigsten Stoffwechselerkrankungen wurden ausgeschlossen.“

„Wurde seine Nebennierenrinde auch schon geschallt?“, hakte Lara nach.

„Nein, das noch nicht.“

„Das würde ich machen, um einen Tumor auszuschließen, aber ja, lass uns morgen intensiver drüber sprechen. Ich sehe mir dann auch seine Akte an.“

Emil lächelte. „Schön, dass du da bist, Lara. Es tut richtig gut, eine kompetente Kollegin an meiner Seite zu wissen.“

„Dito“, gab Lara zurück. „Bin echt froh, dass ich mich für Rügen und für deine Praxis entschieden habe.“ Wieder nahm sie einen tiefen Atemzug. „Also dann. Bis morgen, Emil.“

„Mir fällt noch was ein. Kannst du eigentlich surfen oder wirst du einen Kurs bei Hannes machen?“

„Weder noch. Surfen war nie mein Ding.“

„Vielleicht jetzt?“

„Nee, lass mal. Ich gucke lieber den anderen dabei zu.“

„Dann schöne Grüße an Hannes.“

„Richte ich ihm aus. Und euch einen schönen Abend“, erwiderte Lara und schwang sich aufs Rad.

Zehn Minuten später bog sie auf einen Weg ab, der ebenso wie der kleine Strandweg in der Düne direkt zu Hannes‘ Haus führte. Er verlief oberhalb des Boddens mit Blick auf das Wasser, und Lara freute sich, diesen anderen Zuweg kennenzulernen. Saftige Wiesen, gespickt mit lilafarbenen Kornblumen und rotem Mohn, säumten ihren Weg. Das Schöne an Thiessow war, dass es förmlich von Wasser umgeben war. Bodden und Meer, die hier fast unbemerkt aufeinandertrafen und eine ganz besondere Atmosphäre schufen. Der Bodden lag meist ruhig da, aber wenn der Wind über das Wasser glitt und das Schilf am Rande des Boddens tanzte, dann hatte dieser Ort etwas Magisches.

Lara atmete wieder tief ein, dann sah sie das Haus vor sich. Die weiße Fassade und die blauen Fensterläden, von denen wie auch von der blau angestrichenen Haustür die Farbe abblätterte, was dem Charme des Ganzen allerdings keinen Abbruch tat. So unperfekt wie es war, so urig wirkte es. Lara wunderte sich selbst darüber, dass ihr das Haus so ein gutes Gefühl gab. Eigentlich hatte sie sich immer mehr im Ostseebad Binz in einem der großen Strandhäuser mit großzügigen Wohnungen gesehen, doch nun fühlte sie sich auf seltsame Art und Weise gerade zu diesem Ort hingezogen. Sie stieg ab und schob das Rad die letzten Meter. Erst jetzt bemerkte sie das Carport, unter dem Surfbretter und Segel auf- und nebeneinandergestapelt waren. Wahrscheinlich lagerte Hannes hier die Bretter, die er nicht an der Surfschule brauchte. Sortiert wirkten sie nicht auf Lara, die gern ihrem Impuls nachgegeben hätte, um hier Ordnung zu schaffen – was sie natürlich nicht tat.

Als sie ihr Rad neben der Haustür abstellte, spürte sie Nervosität. Was, wenn Hannes es sich anders überlegt hatte? Es konnte ja tatsächlich sein, dass er seine Vermietungspläne plötzlich für eine Schnapsidee hielt. Oder dass jemand Entscheidungsfreudigeres den Zuschlag erhalten hatte? Was wusste sie schon von ihm und seiner Zuverlässigkeit?

„Lara, du wirst das alles erst wissen, wenn du diesen Klingelknopf betätigt hast“, flüsterte sie sich selbst zu. „Also, jetzt drücken.“ Als der Klingelton ertönte, zuckte sie zusammen, nun gab es kein Zurück mehr. Es war entschieden. Sie würde hier einziehen.

„Lara, hey, das ist ja schön.“ Hannes stand mit einem einladenden Lächeln breitbeinig in der Tür – und mit einem Mal war alle Nervosität wie weggeblasen.

„Hey, darf ich reinkommen?“

„Nur zu, ist bloß nicht aufgeräumt.“

„War es gestern auch nicht“, erwiderte Lara lauter, als sie wollte. „Oh, das war nicht so gemeint“, entschuldigte sie sich umgehend.

„Ich denke schon, dass es so gemeint war, aber du hast ja recht. Offensichtlich war es jedoch nicht so schlimm, dass es dich abgeschreckt hätte wiederzukommen."

„Ganz und gar nicht. Alles okay so weit."

„Möchtest du was trinken?" Er ging voraus in die Küche und Lara folgte ihm. „Ich hätte Dosenbier, Dosencola und Energydrinks in Dosen."

„Ganz schön viele Dosen."

„Ja, schmeckt einfach am besten aus Dosen."

„Hättest du vielleicht ein Wasser?"

„Wenn du eine Dose willst, dann muss ich passen", entgegnete er, verschmitzt dreinschauend.

„Ich würde einfach ein Glas Leitungswasser nehmen."

„Du bist ja genügsam …"

„Leitungswasser ist das am besten kontrollierte Lebensmittel in Deutschland."

„Da sollte man dann auf jeden Fall zuschlagen." Hannes holte ein Glas aus einem der Küchenschränke und ließ Wasser hineinlaufen. „Bitte schön." Er hielt ihr das Glas hin. „Du hast tatsächlich das T-Shirt ausgezogen? Ich hätte gewettet, dass du dich nicht mehr davon trennen wirst, wenn du es erst einmal in seiner ganzen Schönheit wahrgenommen hast. Es stand dir richtig gut."

„Da hast du dich ziemlich verwettet … Es liegt bereits vor der Waschmaschine und wartet darauf, endlich wieder zu dir zurückzukommen."

„Ich vermisse es schon. Mir steht es nämlich auch verdammt gut." Hannes öffnete den Kühlschrank und holte eine Coladose hervor. Mit einem Zischen schob er die Öffnungsschnalle nach oben und setzte die Dose an den Mund. „Mmmmh, es geht nichts über kalte Dosencola."

„Und über kaltes Leitungswasser."

„Das am besten kontrollierte Lebensmittel Deutschlands", wiederholte Hannes grinsend Laras Worte.

„Machst du dich lustig?", fragte sie mit strengem Blick.

„Das würde ich nie", antwortete er lächelnd und zwinkerte kaum merklich. „Okay, Lara Schönweiß, wie kann ich dir helfen?"

„Ich würde gern dein Angebot annehmen und bei dir einziehen“, antwortete sie ohne Umschweife.

„Okay, cool …“ Er fuhr sich mit den Händen durch die Haare. „Offen gesagt hatte ich nicht wirklich damit gerechnet.

„Du hast wem anderes zugesagt, stimmt‘s? Das ist okay, echt, ich war ja noch recht unentschlossen. Ich verstehe das. Ist vielleicht besser so, wenn ich nicht …“

„Lara, hey!“, unterbrach er sie sanft und legte wie schon gestern für einen kleinen, fast flüchtigen Moment seine Hand auf ihre Schulter. „Ich habe niemandem zugesagt. Ich hätte nur nicht gedacht, dass du wirklich hier einziehen willst. Ich freue mich, dass du da bist und dass du Bock drauf hast. Wirklich, ich finde, dass das eine richtig gute Idee ist.“

„Echt?“

„Ja, *echt.* Das wird lustig. Und eine Ärztin in der Nähe zu haben, ist ein großes Ding. Wer hat das schon?“

Lara lächelte. „Das heißt, wir sind ab jetzt Vermieter und Mieterin?“

„Genau das heißt es.“

„Mietvertrag?“

„Setze ich auf.“

Er trat an den Küchentisch, auf dem ein Stapel Briefe lag, nahm einen alten, aufgerissenen Umschlag an sich und fing an, ohne sich hinzusetzen, auf ihm zu schreiben. Kurze Zeit später richtete er sich auf und hielt Lara den Umschlag entgegen. Sie unterdrückte ein Stirnrunzeln, nahm ihn an sich und las:

Mietvertrag zwischen Hannes und Lara

Lara mietet die obere Etage und die Hälfte der Küche.
Und sie ist verpflichtet, Hannes bei Bedarf das Leben zu retten.

Miete: zweihundert Euro.

Unterschrift

Hannes

Lara

„Einverstanden?“, fragte er.

„Nein, die Miete ist viel zu niedrig!“

„Lara, nur zur Info: Du bist die Mieterin, du solltest die Miete nicht in die Höhe treiben. Das wäre mein Part.“

„Das kann ich nicht unterschreiben. Du bist so weit unterm Mietspiegel, das ist … ich würde dich ausnutzen. Das geht nicht, Hannes.“

„Okay, gib her.“ Er zog Lara das Stück Papier aus der Hand, drückte es an den Küchenschrank und kritzelte die Zahl durch.

„Einverstanden?“ Er hielt ihr den Umschlag hin.

„Dreitausend Euro? Das ist zu viel.“

Hannes grinste. „Sehr gut, jetzt bist du eine richtige Mieterin. Was würdest du denn vorschlagen?“

„Fünfhundert Euro plus Nebenkosten!“, antwortete sie.

Wieder berichtigte er den Mietzins, dann drückte er das Schriftstück an den Küchenschrank. „Deine Unterschrift bitte“, forderte er sie auf.

Lara stellte sich neben ihn und mit ihrer schwungvollen Unterschrift besiegelte sie die Vereinbarung.

„Willkommen in deinem neuen Zuhause!“, rief Hannes und hielt ihr die Coladose hin.

Fragend sah sie ihn an.

„Anstoßen … Ich wollte mit dir anstoßen“, erklärte er.

„Ach so, warte.“ Sie griff nach dem Glas Wasser. „Auf unseren Mietvertrag“, sagte sie und stieß ihr Glas an Hannes‘ Dose.

„Und auf eine gute Zeit“, ergänzte er.

„Wann hast du eigentlich vor, auf Reisen zu gehen?“, fragte sie.

„Willst mich wohl loswerden?“

„Nein, nein, so war das nicht gemeint, tut mir leid …“

„Ist doch okay, das ist ja Teil der Absprache. Ich denke, dass ich spätestens in drei Monaten aufbrechen werde. Dann ist die Saison vorbei, und ich hab hier nichts mehr zu tun.“

„Bist du dann den ganzen Herbst und Winter weg?“

„Weiß ich noch nicht, wird sich alles zeigen.“

„Und wohin wirst du gehen?“

„Australien, das ist der *Plan.*“

„Zum Surfen?“

„Klar.“

„O Gott, das würde ich ja nie tun. Ich hätte viel zu viel Schiss vor Haien.“

„In Australien zu surfen, ist gigantisch. Da denkst du nicht an Haie. Die Wellen sind so krass. Das ganze Lebensgefühl dort ist krass. *Beachlife at its best …*“

„Warst du schon oft dort?“

„Ich habe bis vor drei Jahren dort gelebt.“

„Wo genau?“

„In Sydney.“

„Und wie kommt man auf die Idee, von Sydney nach Rügen auszuwandern?“

„Verpflichtungen? Heimweh?“

„Nach Rügen? Echt?“

„Irgendwie schon.“

„So was gibt es? Ich bin überhaupt keine Weltenbummlerin und stelle mir immer vor, dass alle, die Deutschland verlassen, ihr Glück an ihrem Sehnsuchtsort finden und nicht mehr zurückwollen.“

„Glück ist an keinen Ort gebunden. Das hast du immer im Gepäck genauso wie Traurigkeit. Wer nicht glücklich ist, wird es auch am Bondi Beach von Sydney nicht werden.“

„Hmmm, darüber muss ich nachdenken. Weil … Rügen macht mich gerade glücklich.“

„Ich glaube eher, dass du selbst es bist, die dich glücklich macht. Und dass du deshalb diesen Ort wunderschön findest. Wärst du todtraurig, wäre der Ort zwar wunderschön, traurig wärst du aber trotzdem.“

„Oookay, auch darüber muss ich noch etwas nachdenken.“

„Mach das“, erwiderte er spitzbübisch.

„Wieso sagst du das so?“

„So wie?“

„So halb amüsiert.“

„Ich finde es einfach cool, dass du dir die Zeit nimmst, über meine Weisheiten nachzudenken. Das tut längst nicht jeder.“

„Ich finde es wichtig, dass man sich eine Meinung bildet. Also muss ich nachdenken …"

„Klar, nur zu. Lässt du mich wissen, zu welchem Ergebnis du gekommen bist?"

„Darauf kannst du wetten."

„Ich bin sehr gespannt drauf. Wann ziehst du ein?"

„Wann kann ich?"

„Jetzt?"

„Äh, nee, das ist mir zu spontan. Ich sag dir Bescheid, okay? Ich muss ja auch noch ein paar Möbel organisieren. Gehört dir das Haus eigentlich?"

„Klar, sonst könnte ich es dir ja nicht vermieten.

„Doch, untervermieten könntest du es schon."

„Aber nicht mit einem Mietvertrag, der auf einen alten Briefumschlag geschrieben ist."

„Stimmt, klar, dann müsste alles wirklich rechtssicher sein. Ist es okay, wenn ich dir ein paar Tage vor dem Einzug Bescheid gebe?

„Ist es. Hier steht alles bereit."

„Danke", erwiderte Lara und freute sich – auf das Haus, die Nähe zum Strand und ein bisschen auch auf Hannes.

- 9 -

„DAS sieht nicht gut aus", jammerte Lara und betrachtete sich mit verzerrtem Gesichtsausdruck im Ganzkörperspiegel, der am Ende des Flurs aufgestellt war.

„Du spinnst, das sieht einfach nur wunderschön aus."

„Ich sehe aus, als würde ich es drauf anlegen."

„Legst du es nicht drauf an?", witzelte Hedda.

„Nee, tue ich nicht. Nicht am ersten Abend!" Hektisch streifte Lara das eng anliegende Sommerkleid ab und bückte sich nach einer schwarzen Jeans, die neben ihr auf dem Boden lag.

„Lass mich raten … Dazu wirst du eine weiße Bluse tragen?"

„Was wäre falsch daran?"

„Nichts, nur dass du dann Gefahr läufst, heute Abend mit der Kellnerin verwechselt zu werden."

„Ich mag weiße Blusen, damit ist man immer angezogen."

„Jetzt hörst du dich an wie meine Oma."

Lara seufzte. „Vielleicht sollte ich das Date besser absagen … Ich fühl mich nicht gut."

„Hast du Fieber?", fragte Hedda gespielt besorgt.

„Ja, Lampenfieber", murmelte Lara und setzte sich auf den Fußboden. „Ich hab keine Ahnung, was ich anziehen soll … Und nackt zu gehen, ist wohl keine Option."

Mitfühlend strich Hedda ihr über den Arm und zeigte auf die schwarze Jeans. „Zieh das an, was *du* am liebsten trägst. Eine schwarze Hose und eine weiße Bluse."

„Meinst du?"

„Ja, das meine ich."

„Und wenn ich wirklich wie eine Kellnerin wirke?"

„Ach, Lara, du kennst mich doch. Ich bin manchmal viel zu direkt, und was dann meinem Mund entwischt, ist größtenteils Quatsch. So wie gerade. Du solltest das tragen, worin du dich wohlfühlst, und dich nicht für einen Typen verstellen."

„Ich mag das Kleid ja, aber ich trau mich nicht."

„Würdest du es denn gern tragen?"

„Eigentlich schon …"

„Dann trag es."

„Ich weiß nicht … Steht es mir?"

„Davon abgesehen, dass du selbst in einem Kartoffelsack umwerfend aussehen würdest, steht dir dieses Kleid unfassbar gut. Ich liebe Farben und zu dir passen die Rosatöne ganz besonders gut."

Lara berührte den Stoff des Kleides. „Beim nächsten Mal, wenn es denn ein nächstes Mal geben wird."

Hedda lächelte. „Beim nächsten Mal!", wiederholte sie aufmunternd und legte den Arm um Lara.

„Und was mache ich mit meinen Haaren?"

„Einfach offen tragen."

„Nicht besser einen Zopf?" Lara griff an ihren Hinterkopf und legte ihre Haare zu einem Pferdeschwanz zusammen.

„Perfekt, genau so solltest du es machen."

„Das sagst du nur, weil du mich nicht weiter verunsichern willst."

„Ich sage das, weil es bei dir mit den Haaren genauso ist wie mit dem Kartoffelsack: Es steht dir alles, und du solltest das machen, was dir ein gutes Gefühl gibt."

Lara atmete tief durch. „Ich bin sooo aufgeregt. Mir ist schon richtig schlecht."

„Hey", erwiderte Hedda sanft, „ich weiß, dass es nichts bringt, wenn ich dir das sage, ich tue es trotzdem. Du hast nichts zu verlieren! Und wenn du einfach Lara bist, die lustige, redegewandte und sooo tolle Lara, dann kann er gar nicht anders, als sich Hals über Kopf in dich zu verlieben. Wirklich, er wird dich vergöttern!"

„Du bist lieb, dabei weiß ich jetzt schon, dass ihm eine gaaanz andere Lara gegenübersitzen wird."

„Aber was will die?"

„Wenn ich das wüsste …"

„Lara, ganz ehrlich, das heute ist keine Hochzeit. Es ist ein erstes Kennenlernen. Sieh es als ein unverbindliches Infogespräch für einen Bausparvertrag an."

Auf Laras Gesicht breitete sich ein Lächeln aus. „Bausparvertrag", wiederholte sie, „eine risikolose, planbare und sichere Investition in die Zukunft …"

„Und das Beste daran ist, dass du erst mal nur ansparst und am Ende nicht gezwungen bist, den Kredit aufzunehmen."

„Dann wird das ja das perfekte Date."

„Und wie es das wird", bekräftigte Hedda. „Ein Date, das nichts weiter ist als ein erstes, unverbindliches Infogespräch. Merk dir das!"

Eine Dreiviertelstunde später saß Lara in ihrer schwarzen, eng geschnittenen Jeans, einer weißen, kurzärmeligen Bluse und mit einem flott gebundenen Pferdeschwanz in der Küche und wippte auf ihrem Stuhl hin und her.

„Sicher, dass du keine Pumps tragen willst?", fragte Hedda, die ihr gegenübersaß.

„Ganz sicher, ich leg mich damit nur lang. Ich bleibe bei den flachen Ballerinas."

„Okay, klar, verstehe."

Das Ticken der Wanduhr war deutlich zu hören und untermalte wie ein Soundtrack die nervöse Atmosphäre.

„Fühlt sich an, als hätte ich gleich eine Prüfung."

„In-fo-ge-spräch", wiederholte Hedda betont langsam.

„Jaja, schon gut. Ich versuche, es mir ja auch die ganze Zeit einzureden. Ich …"

Das Klingeln an der Tür ließ Lara abrupt erstarren.

„Scheiße", flüsterte sie.

„Dein Date erscheint zum Date, das ist erst mal gut und keinesfalls scheiße. Okay, atme ganz tief durch – und dann auf zum Bausparvertrag."

Mit aufgeplusterten Wangen erhob sich Lara und verließ die Küche langsamen Schrittes.

„Viel Spaaaaß!", rief Hedda.

Wie in Trance schlich Lara den Flur entlang. Und dann schoss ihr eine Frage durch den Kopf, die so gar nicht zu einem Infogespräch passen wollte. *Wie* würde sie ihn begrüßen? Einem Bankberater gab man die Hand. Aber Justus? Ihr Herz raste und am liebsten hätte sie auf dem Absatz kehrtgemacht. Als hätte Hedda den Braten gerochen, erschien sie im Flur und schob die Freundin sanft zur Tür.

„Kopf aus, Lara! Er ist hier, weil er hier sein will. Er ist hier, weil er dich kennenlernen will. Er ist hier, weil du ihn bei eurem ersten Aufeinandertreffen schon so verzaubert hast, dass er dich unbedingt wiedersehen möchte. Er wird genauso nervös sein wie du."

Mit diesen Worten im Kopf und einer Hand im Rücken, die sie immer noch sanft nach vorn schob, öffnete Lara die Tür. Und da stand er: Justus Ehrenfeld, ihre heimliche Jugendliebe, der heute noch besser aussah als jemals zuvor.

„Hi", begrüßte er sie lächelnd, machte einen Schritt auf sie zu und drückte sie sanft an sich. Damit war die Frage der Begrüßung abgehakt. Ein intensiver Geruch drang in Laras Nase – holzig, herb und trotzdem frisch. Für einen Moment schloss sie die Augen und fühlte ihren Herzschlag bis in die Schläfen. „Ich freue mich, dass das geklappt hat heute", murmelte Justus und hielt sie noch immer an sich gedrückt. Er war nur ein kleines Stück größer als sie, sodass seine Worte ihr Ohr streiften und für Gänsehaut sorgten.

„Ja", erwiderte sie.

Er löste sich vorsichtig aus der Umarmung und sah ihr selbstbewusst in die Augen. „Ich habe mir was ganz Besonderes einfallen lassen. Ich hoffe, es gefällt dir."

„Das … das wird es", stammelte Lara und hatte Mühe, seinem intensiven Blick standzuhalten.

„Nach dir", sagte er höflich. Er nickte Hedda zu, die er jetzt erst wahrzunehmen schien, während Lara sich wie ferngesteuert in Bewegung setzte. Draußen schlängelte er sich an ihr vorbei und öffnete die Beifahrertür seines schwarzen SUVs. „Bitte sehr", sagte er.

Lara stieg ein und Justus schloss vorsichtig die wuchtige Tür.

„Ich bin sehr gespannt, was du sagen wirst", bemerkte er, als er ins Auto stieg.

„Ich auch."

„Angeschnallt?", fragte er, und als sie nickte, startete er den Motor und lenkte den Wagen vom Hof. „Schön, dass du heute Zeit hast, Lara. Wie war dein Tag?"

„Gut, ähm, sehr gut. Ich bin echt froh, dass ich nach Rügen zurückgekehrt bin." Sie räusperte sich, denn ihre eigene Stimme klang dermaßen fremd, dass sie sich in diesem Moment selbst verfluchte. Weil sie es hasste, wenn sie so verunsichert war und sich fühlte, als lege sie eine Prüfung ab.

„Vermisst du Berlin denn gar nicht?"

„Äh, nein, eigentlich nicht. Und du? Fehlt dir New York?" Leise sog sie die Luft ein, merkte, wie sich ihr Herzschlag beruhigte.

„Nein, ich vermisse es nicht."

Für eine Sekunde wandte er seinen Blick zur Seite und schaute sie an. Lara drehte ihren Kopf und erwiderte seinen Blick.

„Schön, dass du hier bist", sagte er lächelnd.

„Da wären wir!", rief Justus gute zwanzig Minuten später und fuhr auf einen großen Parkplatz. Lara erkannte sofort, wo sie waren. Das riesige Gutshaus ragte imposant zwischen den grünen Wiesen und der großzügigen Parkanlage hervor. Jeder, der auf Rügen lebte, kannte es, denn es beherbergte nicht nur Rügens bestes Restaurant, es hatte auch schon häufiger als Kulisse für Kinofilme und Fernsehserien hergehalten.

„Wow", flüsterte Lara, „hier essen wir?"

„Ich hoffe, du hast Hunger", erwiderte er und zwinkerte ihr kurz zu.

„Und wie", log Lara, deren Magen sich noch immer so flau anfühlte, als wäre sie auf stürmischer See per Schiff hierhergesegelt.

Justus stieg aus, ging um das Auto herum und öffnete die Beifahrertür. „Wir hatten Glück, Eduard Carlson ist ein langjähriger Freund unserer Familie. Normalerweise muss man mindestens ein halbes Jahr im Voraus reservieren."

Lara dankte ihm und stieg auch aus. „Das ist wirklich ein großes Glück", wiederholte sie ein wenig außer Atmen und hatte Mühe, mit Justus Schritt zu halten, was er in diesem Moment zu bemerken schien, denn er drosselte sein Tempo und drehte sich zu ihr.

„Entschuldige, ich habe immer so einen Stechschritt drauf. Das kommt vom Marathontraining."

Lara pustete kurz durch. „Du läufst Marathon? Ich müsste auch mal wieder mehr Sport machen. Du siehst ja, wie es konditionell um mich steht."

„Ich brauche den Sport als Ausgleich zu meinem Job. Wenn du Lust hast, können wir ja mal zusammen laufen."

„Äh, hmm, ich meine, wenn du alle zwei Meter eine Pause machen willst, dann gern …"

„Ist alles eine Sache des Trainings, glaub mir, wenn du einmal Blut geleckt hast, wirst du nichts anderes mehr tun wollen. Und in kürzester Zeit steigerst du deine Leistung. Als Ärztin hast du doch bestimmt genug Biss. Ich meine, das Studium muss man ja erst mal schaffen."

„Also mein Kopf und mein Körper sind da etwas unterschiedlich zu händeln", erwiderte sie und musste tatsächlich grinsen. Und dass, obwohl sie immer noch nervös war.

Endlich erreichten sie die ausladende Freitreppe, die zum Eingangsbereich führte. Eine breite hölzerne Flügeltür, umrahmt von üppig bepflanzten Blumenkästen, bildete den stilvollen Eingang.

Justus öffnete die eine Türhälfte. „Bitte, nach dir", sagte er. Mit Herzklopfen ging Lara an ihm vorbei und betrat zum ersten Mal in ihrem Leben das legendäre Gutshaus Kümpernich. Fast ehrfürchtig stand sie da und betrachtete den stattlichen Flur, das edel aufbereitete Parkett und die großen Kronleuchter an der Decke.

„Ist das schön hier", flüsterte sie.

„Ich hatte gehofft, dass es dir gefällt." Justus trat neben Lara und legte kurz seinen Arm um sie. „Ich habe auf Anhieb gemerkt, dass du Stil hast."

„Stil? Hmm. Was mich beeindruckt, ist, dass diese alten Gebäude schon so viel gesehen und so viel erlebt haben. Sie können uns ganze Geschichten erzählen …"

Bevor Justus reagieren konnte, bog ein schwarz-weiß gekleideter Herr um die Ecke und begrüßte sie.

„Guten Abend. Was darf ich für Sie tun?"

„Ehrenfeld, guten Abend, Eduard, ähm, ich meine, Herr Carlson hat einen Tisch für uns herrichten lassen“, entgegnete Justus.

„Ah, sehr wohl. Bitte folgen Sie mir.“ Er ging geradewegs auf einen Raum zu. „Der private Saal“, erklärte er und öffnete mit Bedacht die Tür, „mit Blick in den Park.“

Die Wände waren in einem satten Weinrot gestrichen und überall hingen golden gerahmte Porträt- und Landschaftsbilder. Opulente Blumenbouquets und flackernde Kerzen zierten die Tische.

„Der Tisch am Fenster mit den roten Rosen ist Ihrer“, erklärte der Mann in Schwarz-Weiß.

Lara lächelte.

„Ich hoffe, es sagt dir zu“, meinte Justus leise und begleitete Lara an ihren Tisch.

- 10 -

„ZUM Menü empfehlen wir eine Weinbegleitung." Der freundliche Herr, der sich als ihr Kellner für diesen Abend vorstellte, stand in professionellem Abstand zum Tisch.

„Sehr gern lassen wir uns von Ihnen und Ihrer Expertise durch den Abend begleiten", entgegnete Justus freundlich und warf Lara einen Blick zu. „Oder?"

„Ja, sehr gern."

„Gut, dann starten wir mit einem Champagner als Aperitif. Er wird Ihnen sogleich gebracht, Herr Ehrenfeld." Der kundige Herr machte auf dem Absatz kehrt und verließ den Raum.

„Ich liebe es, mich überraschen zu lassen und einfach mal keine Entscheidungen treffen zu müssen." Entspannt lehnte Justus sich zurück. „Deshalb wähle ich, wann immer es geht, Mehrgangmenüs und die dazu passende Weinbegleitung. Dann muss ich mich mit nichts auseinandersetzen und habe gleichzeitig nicht das Gefühl, etwas zu verpassen. So ein Menü vereint in der Regel das Beste aus allem … Und du?"

„Ähm, also ich, ich gebe ungern die Kontrolle ab", antwortete Lara.

„Dann ist das hier geradezu eine Herausforderung für dich, nicht wahr?", entgegnete er lächelnd.

„Ach, Quatsch, nein, so schlimm ist es nicht. Ich bin auch froh, wenn ich mal etwas Verantwortung abgeben kann."

„Das freut mich, dann sind wir in diesem Punkt ja schon ganz auf einer Wellenlänge."

Lara nickte. Der Kellner trat erneut an ihren Tisch und kredenzte zwei gefüllte Champagnergläser.

„Wir haben heute für Sie einen besonderen Jahrgang, Moët & Chandon. Genießen Sie dazu unsere kleine Auswahl an herzhaften Crêpes und eine Interpretation der berühmten Quiche Lorraine." Indem er sprach, servierte er zwei kleine Teller.

„Herzlichen Dank“, sagte Justus.

„Herzlichen Dank“, wiederholte Lara.

„Dann guten Appetit, Lara.“

Justus‘ Blick war so intensiv, dass sich ihr Magen unwillkürlich zusammenzog. Ihr wurde schon wieder richtig flau.

„Alles in Ordnung?“, fragte Justus und legte mit besorgter Miene seine Hand auf Laras Unterarm.

„Äh, ja … alles okay …“

„Ich dachte nur, du siehst ein wenig blass aus.“

„Nein, nein, wirklich, alles okay, ich freue mich jetzt auf das Essen“, flunkerte Lara, bemüht, ihr Unwohlsein mit tiefen, unauffälligen Atemzügen zu verdrängen.

Justus setzte das fein geschliffene Glas an und prostete ihr zu. „Oh, der ist fantastisch. Vollmundig und gleichzeitig leicht“, schwärmte er mit geschlossenen Augen und ließ den Champagner wie ein Sommelier in seinem geschlossenen Mund tanzen.

Lara fragte sich, ob es wohl okay ist, den Champagner einfach ganz still und mit offenen Augen zu trinken. Unsicher führte auch sie das Glas zu ihrem Mund. „Mmmh, lecker“, sagte sie dann doch.

„Schmeckt er dir wirklich?“

„Ja, sehr gut. Ich schmecke nur nicht immer so auf Anhieb das Besondere heraus. Da bin eher etwas amateurhaft unterwegs.“

„Lust, zukünftig tiefer in die Welt der edlen Schaumweine einzutauchen?“, fragte Justus und hielt symbolhaft das Champagnerglas in die Höhe.

„Ja“, antwortete Lara knapp und hing an einem Detail fest, das Justus‘ Satz ebenfalls beinhaltete. *Zukünftig* – er wollte sie also wiedersehen …

Zwei Stunden später stellte Justus den Motor seines Autos ab. Die Scheinwerfer beleuchteten die Außenwand von Heddas Haus, die Welt um sie herum war in ein wohltuendes Dämmerlicht getaucht.

„Das war ein sehr schöner Abend.“ Seine tiefe Stimme durchdrang jede Faser von Laras Körper. Er sah sie von der Seite an. Was genau bedeutete *schön?* Was sollte dieser Blick ausdrücken? Und wie sollte sie darauf reagieren? Ihr Herz pulsierte spürbar in ihrer Brust.

„Und, hat es dir gefallen?“, hakte er nach und berührte eine Strähne ihres blonden Haares.

Lara schluckte und nickte zugleich. Das hier ging zu schnell. Beängstigend schnell, und gleichzeitig war es so aufregend, dass ihr Magen endgültig rebellierte.

„Ich … ich fand es auch sehr schön“, antwortete sie.

„Das freut mich. Wollen wir diesen Abend wiederholen?“, fragte er, legte seinen Arm hinter Lara auf der Lehne ab und beugte sich noch näher zu ihr heran.

„Gern … ja … gern würde ich das … wiederholen.“

„Das freut mich“, sagte er wieder. „Wirklich, Lara, das bedeutet mir viel.“

Sie fühlte seinen Atem, der sie aufdringlich streifte, und ihr Herz, das noch immer aufgeregt pumpte.

„Dann wünsche ich dir eine Gute Nacht“, flüsterte er, zog sich ein Stück zurück und lächelte warm.

Lara schaute ihn an. „Ich dir auch, Justus. Und nochmals danke.“

„Ich lasse mir für das nächste Mal wieder etwas Tolles einfallen, okay?“

„Ich freu mich schon drauf“, antwortete Lara und öffnete die Beifahrertür.

„Schlaf schön!“, rief er und startete den Motor, während Lara auf wackeligen Beinen in Richtung Haus ging.

Sie steckte den Schlüssel ins Schloss und betrat den Flur. Aus dem Wohnzimmer schien Licht, und Lara fragte sich, ob sie wohl erneut in einen intimen Moment platzen würde, wenn sie jetzt noch einen Blick hineinwarf. Doch der Drang, ihrer besten Freundin von diesem Abend zu erzählen, besiegte alle Unsicherheit. Vorsichtig lugte sie durch die geöffnete Tür. Hedda lag auf dem Sofa und hielt ein Buch in den Händen.

„Hi“, grüßte Lara leise.

Hedda ließ das Buch sinken und setzte sich auf. „Oh, du bist zurück. Komm, setz dich zu mir und erzähl mir alles ganz genau!“

„Ich muss mich erst mal sammeln." Lara sog Luft ein und nahm dann neben Hedda Platz.

„Okay, schieß los. Ich platze vor Neugierde."

„Es war … es war … schön … ja, schön."

„Okay?! Wie schön?"

„Aufregend schön. Fremd schön. Magengrummelnd schön. Ich weiß es nicht. Er ist wahnsinnig selbstbewusst …"

„Nett selbstbewusst?"

„Hmm, ich finde schon. Wir waren essen. Im Gutshaus Kümpernich."

„Oh, wie vornehm. Da hat er sich ja nicht lumpen lassen."

„Er hat mich sogar eingeladen."

„Ein richtiger Gentleman."

„Stimmt. Ich fand es süß, dass er das gemacht hat."

„Hmm", murmelte Hedda. „Eine Einladung also. In entspannter Atmosphäre und ohne Hintergedanken?" Sie lächelte vielsagend. „Gibt es eine Wiederholung?"

Lara seufzte selig. „Entspannt? Nee, manchmal war mir echt flau. Hintergedanken? Nee, wie du sagst, ein Gentleman. Eine Wiederholung? Ja, die wird es geben. Er will sich etwas ganz Besonderes einfallen lassen."

„Na, dann bin ich gespannt, wie er Gut Kümpernich toppen will. Und dir war flau zumute? Ehrlich gesagt, für mich wäre das ein Horrordate gewesen, in so einem edlen Schuppen."

„Ich fand es total schön dort. Das Essen war unbeschreiblich gut."

„Bist du denn satt geworden?"

„Mir war die ganze Zeit schlecht, deshalb war ich heilfroh, dass die Portionen so klein waren", erklärte Lara und hatte das Gefühl, endlich loslassen zu können. Die Anspannung wich einem breiten Grinsen.

„Glück gehabt, würde ich sagen." Hedda zog die Freundin zu sich heran. „Und, war die lustige, wortgewandte und superschlaue Lara am Start oder eher die wortkarge, unsichere?"

„Ich fürchte, von beiden etwas. Obwohl die zweite Lara etwas größere Anteile hatte. Justus hat eine wahnsinnig einnehmende Aura …"

„Einnehmend oder einschüchternd?"

„Hedda, es nervt. Ich habe einnehmend gesagt und das im positiven Sinn. Er ist ein charismatischer Mann, der weiß, was er will. Der im Leben steht und einfach sehr zielstrebig ist. Ich mag das und ich brauche das auch. Ich könnte mit einem Träumer, der sein Leben nicht auf die Kette kriegt, nichts anfangen."

„Na ja, also zwischen einem Träumer, der sein Leben nicht auf die Kette kriegt, und einem sehr zielstrebigen Mann, der im Leben steht, gibt es ja auch noch mehr."

„Du kannst ihn nicht leiden und das merke ich bei jedem Satz von dir. Ich will ihn kennenlernen und der Abend war schön. Kannst du das einfach akzeptieren?"

In Laras Stimme schwang eine Portion Wut mit, was Hedda natürlich nicht entging. Sie zog Lara noch ein Stück näher an sich heran, sodass sie ihren Kopf auf Heddas Schulter ablegen konnte.

„Tut mir leid. Hast ja recht. Ich verspreche dir hoch und heilig, dass ich meine Klappe halten werde. Du bist erwachsen und weißt am besten, was gut für dich ist. Und wenn es denn Justus Ehrenfeld sein soll, dann soll es so ein. Ich meine, es wäre doch ein großes Glück, wenn du nicht nur hierher zurückgekommen bist, sondern auch noch die Liebe deines Lebens finden würdest. Haus, Garten, Kinder …"

„Ich wünsche mir das wirklich sehr", sagte Lara leise. Stille schob sich zwischen sie.

„Entschuldigung angenommen?", fragte Hedda vorsichtig.

„Klar, ich kann dir doch nie böse sein."

Am nächsten Morgen lag Lara in ihrem Bett und genoss die Sonnenstrahlen, die durch das geöffnete Fenster ins Zimmer schienen. Sie drehte ihren Kopf zur Seite und blickte auf den Wecker. Es war sieben Uhr und ihr Magen knurrte bereits so aufdringlich, dass sie beschloss, Hedda und Ruben mit einem ausgiebigen Sonntagsfrühstück zu überraschen. Und dann, nach dem Frühstück, würde sie zu Hannes fahren, um ihren Einzugstermin klarzumachen.

Mit einem Lächeln auf den Lippen stand sie auf, trat an den Kleiderschrank und holte eines der leichten Sommerkleider hervor, das sie sehr an sich mochte. Es war zwar bunt und geblümt, was eigentlich nicht ihrem Geschmack entsprach, doch sie mochte den Schnitt und das Gefühl des zarten Stoffes auf ihrer Haut. In diesem Kleid fühlte sie sich immer leicht und unbeschwert.

Nach einer schnellen Dusche knüpfte sie das Band, das um ihre Taille gelegt war, zu einer Schleife zusammen und atmete tief ein. Sie freute sich auf das Frühstück und darauf, später ihre neue Bleibe noch einmal in Augenschein zu nehmen.

Leise verließ Lara das Zimmer, schlich den Flur entlang und die Treppe hinunter. Im Haus war es noch still, Hedda und Ruben schliefen also noch. Auf Katzenpfoten betrat sie die Küche, öffnete die Schränke und holte das Geschirr heraus. Teil um Teil wanderte auf den Tisch, das Ticken der Wanduhr war deutlich zu hören. Bemüht, so wenig Krach wie möglich zu machen, füllte sie die Kaffeemaschine und gab Eier in eine Schüssel, um Rührei vorzubereiten, auch die Pfanne stellte sie bereit. Dann machte sich auf den Weg, um Brötchen zu holen. Ein Glück, dass der Bäcker auch sonntags geöffnet hatte.

Als Lara die Haustür öffnete, strömte ihr der Duft des Inselsommers entgegen. Die Rosen und der Lavendel, die Hedda in den Weidenkorb gepflanzt hatte, verströmten ihr süßes Aroma. Dazu ein Himmel, der blitzblauer nicht sein konnte. Bienen flogen summend umher und wanderten von Blüte zu Blüte, Schmetterlinge spielten in der Luft. Lara blieb stehen und sog die Umgebung und diesen einen Moment in sich auf, begleitet vom Zwitschern der Vögel, das diesen Morgen noch perfekter und einzigartiger machte. Ein freudiges „Jaaa!“ entschlüpfte ihr, als sie sich einmal um sich selbst drehte. Dieses Gefühl von Wohlsein verband sie von jeher mit ihrer Insel. Was immer auch vor ihr lag, sie freute sich darauf!

- 11 -

LARAS Kleid wehte lustig in der Brise, als sie den Strand in Richtung Surfschule entlanggging, die Sandalen in der einen, eine kleine Korbtasche mit den frisch gewaschenen Sachen von Hannes in der anderen Hand. Sie hatte heute auf das Fahrrad verzichtet, zu schön war der Tag, zu intensiv ihr Gefühl, die Natur mit allen Sinnen spüren zu wollen. Immer wieder ließ sie ihren Blick über die einzigartige Landschaft wandern, genoss den Klang der Wellen und fühlte reine Freude in sich.

Es war früher Nachmittag und der Wind hatte etwas aufgefrischt. Die Frühstücksüberraschung für Ruben und Hedda war ein voller Erfolg gewesen. Hedda war so gerührt gewesen, dass ihr doch glatt die Tränen in die Augen gestiegen waren … Jetzt hielt Lara inne und dachte an den Abend mit Justus. An das exquisite Menü. An ihren flauen Magen, der sie den ganzen Abend begleitet hatte. An seinen Atem, der ihren Nacken gestreift hatte … Sie war gespannt, wann er sich wieder melden würde.

Schneller als gedacht kam sie an der Surfschule an. Surfbretter standen angelehnt rings um das kleine, grau gestrichene Holzhaus, das ein bisschen an ein Kioskbüdchen erinnerte. Besonders das Schild mit leckeren Eissorten darauf, das direkt an der Hauswand abgestellt worden war, unterstrich diesen Eindruck. Die beiden Fensterflügel neben der hölzernen, weiß gestrichenen Eingangstür waren geöffnet, und Lara konnte deutliche Geräusche aus dem Inneren vernehmen.

„Scheiße“, hörte sie eine männliche Stimme fluchen.

Sie trat näher an das Fenster und beugte sich über die Fensterbank nach innen.

„So ein Mist!“

Hannes hockte auf dem Boden und begutachtete mit verzerrtem Gesicht einen riesigen Flatschen kaputter Eier, deren Inhalt sich weitläufig auf dem Fußboden verteilt hatte.

„Machst du Rührei?“

Er hob den Kopf und blickte Lara direkt in die Augen. „Klar, willst du auch welches?“, entgegnete er mit einem angedeuteten Lächeln.

„Hast du denn auch gut aufgepasst, dass keine Schale drin ist? Da bin ich sehr pingelig.“

„Safe, keine Schale. Ich hab ganz sauber gearbeitet.“

„Dann nehme ich gern welches.“

Hannes erhob sich und wischte seine Hände am T-Shirt ab. Genervt blickte er auf das Eigelb, dass jetzt sein Shirt zierte. „Na, super“, murmelte er und versuchte, den Fleck mit hektischen Bewegungen loszuwerden. „Nicht mein Tag heute, bin zu früh aufgestanden.“

„Wie lange bist du denn schon wach?“

„Zwei Stunden oder so.“

„Oookay, das ist nicht wirklich früh.“

„Wann stehst du denn so auf?“

„Am Wochenende oder in der Woche?“

„Beides.“

„Sechs Uhr in der Woche und am Wochenende spätestens um acht. Wenn ich zu lange schlafe, kommt mein Rhythmus durcheinander und ich bin montags so müde, dass ich schon um acht Uhr abends ins Bett falle, was dazu führt, dass ich dienstags bereits um vier oder so wach bin, weshalb ich dann mittags so müde bin, dass ich eigentlich ein Powernap brauchen würde, wozu ich aber im Normalfall keine Zeit habe. Ist kompliziert, weshalb ich einfach zu ziemlich regelmäßigen Zeiten schlafen gehe und morgens aufstehe.“

Hannes musterte sie. „Wir werden uns wahrscheinlich niemals begegnen in unserem Haus“, mutmaßte er amüsiert.

„Möglich“, erwiderte Lara. „Soll ich dir helfen?“, fragte sie und wies auf die Eiermatsche.

„Brauchste nicht.“

„Na denn … Guck mal, falls du dein T-Shirt wechseln möchtest.“ Lara reichte ihre Korbtasche durchs Fenster.

Hannes nahm sie an sich und zog den Inhalt hervor. „Als hättest du es geahnt.“ Ohne zu zögern, streifte er das frisch duftende – und gebügelte – Mottoshirt über den Kopf.

Lara versuchte, ihren Blick an ihm vorbeizunavigieren, um nicht den Eindruck zu erwecken, dass sie ihn anstarren würde. Doch einen kleinen, unauffälligen Blick konnte sie sich nicht verkneifen. Und das, was sie sah, sah wirklich gut aus. Die To-do-Liste eines Berufssportlers hinterließ deutliche Spuren in Form von durchtrainierten Muskeln, die genau dort zum Vorschein traten, wo sie sich ausgesprochen gut machten. Lara räusperte sich und war froh, als das frisch gewaschene Shirt endlich an seinem Platz war.

„Ich habe gleich ein Gespräch mit einem Interessenten für die Surfschule. Besser, wenn ich dann nicht nach Eiern stinke."

„Kaufinteresse?", fragte Lara verwundert.

„Nein, nein, er würde pachten. Ich höre mir mal an, was er zu sagen hat. Hat sich so ergeben und irgendwie passt es in meinen Australienplan. Hier hält mich eigentlich nichts." Er sagte das auf eine seltsam traurige Art und Weise, dass Lara irritiert zu ihm hochsah.

„Echt? Ich hatte gedacht, dass du es nicht ganz ernst meinst, nicht mehr wiederzukommen … Willst du deine Zelte tatsächlich komplett abbrechen?"

Hannes atmete tief durch. „Weiß ich noch nicht, anhören kann ich ihn mir ja auf jeden Fall. Und wenn ich mich entschließe, ganz fortzugehen, dann könntest du mein Haus kaufen."

„Scherzkeks."

„Wieso? Das wäre doch 'ne coole Lösung?!"

Lara ließ den Gedanken eine Runde durch ihren Kopf drehen. „Klar, könnte ich machen", antwortete sie dann keck und grinste.

„Ernsthaft?"

„Absolut."

„Glaub ich dir nicht."

„Nicht?"

„Nö, du meinst das nicht ernst."

„Ich meine es genauso ernst, wie du es ernst meinst."

Hannes lachte. „Dann warten wir mal ab, was das Leben für uns bereithält. So, und jetzt muss ich die Sauerei hier wegmachen. Du hast nicht zufällig Küchentücher in der Tasche?"

„Zufällig nicht, aber du kannst deine Jogginghose nehmen."

„Kann ich sie dir nachher wieder zum Waschen mitgeben? Die Sachen riechen so gut nach deinem Waschmittel …“

„Ich schicke dir ein Foto von der Marke, dann musst du nie wieder auf den Duft verzichten.“

„Hmmmm, wolltest du eigentlich zu mir?“, fragte er auf einmal unvermittelt.

„Äh, ja, ich wollte mit dir meinen Einzug besprechen, also wann es dir recht ist und so weiter.“

„Wann immer du willst. Möchtest du noch streichen oder irgendwas anderes vorbereiten?“

„Ich denke nicht, es sah doch alles ganz okay aus.“ Ein wenig wunderte Lara sich selbst, denn normalerweise käme es für sie nicht in die Tüte, in eine unrenovierte Wohnung zu ziehen. Ungläubig schüttelte sie den Kopf.

„Ich kann für dich streichen, wenn du möchtest. Also falls du es wolltest, es aber zeitlich nicht schaffst.“

„Das … das muss nicht sein“, entgegnete sie zögerlich.

„Würde ich aber tun.“

Lara kratzte sich am Kopf. „Das kann ich doch nicht annehmen … Es ist schon so nett, dass du mich überhaupt bei dir wohnen lässt. Nein, ich beauftrage einen Maler oder eine Malerin.“

„Dann wirst du wahrscheinlich erst Weihnachten einziehen können. Der Handwerkermarkt ist so beschissen, dass ich mittlerweile sogar mein Dach selbst decken würde. Also, mein Angebot steht. Dann kann ich gleich unten die Wände mit auf Vordermann bringen, wird echt Zeit.“

„Na, wenn das so ist, würde ich mich freuen. Aber wirklich nur, wenn das kein Problem ist.“

„Ich würde es nicht anbieten, wenn es ein Problem wäre. Ende nächster Woche ist deine Etage bezugsfertig. Einverstanden?“

Lara musterte Hannes‘ markante Gesichtszüge. Seine Haut war gebräunt und die Wangenpartie von feinen, kaum sichtbaren Barthaaren bedeckt.

„Ja, das passt mir gut. Bis dahin werde ich auch die Möbel zusammenhaben.“

„Hast du deine alten nicht mitgenommen?“

„Nein, die habe ich dem Nachmieter überlassen. Ich wollte einen Cut, einen richtigen Neuanfang. Da hätten mich die alten Möbel nur gestört. Sinnloser Ballast.“

„Das verstehe ich gut. Es reist sich besser mit leichtem Gepäck. Deshalb besitze ich auch nicht viel.“

Lara legte die Stirn in Falten. „Du hast eine Surfschule und ein Haus. Das ist verdammt viel.“

„Beides hatte ich nicht geplant.“

„Lottogewinn?“

„Nein, Haus und Schule gehörten einem guten Freund von mir, der mir alles günstig überlassen hat. Sehr günstig. Ist ‘ne lange Geschichte.“ Er wirkte, als wollte er nicht darüber reden.

„Oh, okay, verstehe. Geht mich ja auch nichts an.“

„Trotzdem schön, dass du nachgefragt hast.“

Lara lächelte, dann rümpfte sie unvermittelt die Nase. „Die Eier stinken.“

„Wird Zeit, dass ich mich drum kümmere. Das Blöde ist nur, dass ich jetzt keine Pfannkuchen mehr machen kann und heute Abend wahrscheinlich verhungern werde.“

„Das solltest du nicht riskieren und überlegen, vielleicht in ein Restaurant zu gehen.“

„Restaurant … Das hört sich aus deinem Mund sehr schick an.“

„Wie bitte? Ich habe doch ganz normal *Restaurant* gesagt.“

„Ja, hast du, aber es klang so französisch.“

„Spinner.“

„Im Ernst, du sprichst das Wort ganz besonders aus. Das ist süß.“

„Süß“, wiederholte Lara ungläubig und fühlte die Hitze in ihren Wangen. Ein untrügliches Zeichen dafür, dass ihre Gesichtsfarbe in ein peinliches Rot wechselte. „Ich kann jetzt nie mehr dieses Wort sagen.“

„Wieso?“

Sie wies auf ihre Wangen.

„Sieht auch süß aus.“

„Gleich werde ich lila“, brachte sie lachend hervor.

„Wie oft muss ich noch süß sagen, bis du lila wirst?“

„Hör auf, bitte!“ Mit einem tiefen Atemzug sammelte sie sich. „Also, noch einmal, um alles richtig verstanden zu haben. Ende nächster Woche kann ich hier einziehen?“

„Ja, das wird klappen. Hast du übrigens irgendwelche Farbwünsche? Grün, Gelb, Blau?“

„Nein! Bitte keine Farbe an den Wänden!“, rief sie aus. „Gern alles in frischem Weiß.“

„Okay, das ist machbar.“

„Kann ich vorher noch mal vorbeikommen und mir die Zimmer ansehen? Dann könnte ich einen Zollstock an die Wände halten, damit ich weiß, wie groß meine Möbel sein können.“

„Wenn du möchtest, können wir das auch jetzt erledigen. Ich wische das nur eben weg.“

„Und der Kaufinteressent?“

Hannes blickte auf seine Smartwatch. „Pachtinteressent ... Der kommt frühestens in einer Stunde. Willst du schon mal vorgehen? Die Tür ist nicht abgeschlossen. Bin in drei Minuten da.“

„Okay, danke. Bis gleich, Hannes.“

Vor dem Haus schaute sich Lara einen Moment lang um, ein intensiver Duft ließ sie innehalten. Dann wanderte ihr Blick zu der riesigen Kletterrose, die sich ihren Weg an der Regenrinne entlangbahnte.

„Du bist aber schön“, flüsterte sie fast ehrfürchtig und berührte die rosafarbenen Blütenblätter. Sie stellte sich davor, hielt die Nase an die geöffneten Blüten und sog noch einmal den Duft ein. Eine ganze Weile blieb sie so stehen, versunken in einer angenehmen inneren Ruhe. „Du bist nicht nur schön, du duftest auch ganz besonders.“

„Ich spreche auch oft mit ihr.“ Hannes‘ Stimme ertönte hinter ihr, mit dem Putzen hatte er sich offenbar nicht sehr lange aufgehalten.

„Musst du dich so anschleichen?“, rief Lara und legte ihre Hand symbolisch auf ihr Herz.

Hannes lächelte. „Seit ich mich jeden Tag mit ihr unterhalte, kann man ihr beim Wachsen zusehen.“

„Und was erzählst du ihr so?“

„Alles! Meine Ängste und Sorgen, meine schönsten Erlebnisse … ja, alles.“

„Ich glaub dir kein Wort.“

„Ich spreche wirklich mit ihr. Ich nenne sie Rosalie. Glaub es oder glaub es nicht.“ Augenzwinkernd ging er an ihr vorbei und hielt ihr die Haustür auf. „Kommst du?“

„Mach‘s gut, Rosalie“, flüsterte sie und berührte noch einmal die zarten Blüten.

Hannes stand im Türrahmen und wartete auf sie.

„Rosalie“, murmelte Lara ungläubig, als sie sich an ihm vorbeischob und den Flur betrat. Sofort fiel ihr etwas auf: Der Flur wirkte aufgeräumt und nicht mehr so zugestellt. Sie konnte sich ein Grinsen nicht verkneifen.

„Was macht dich so glücklich gerade?“

„Der Flur. Er ist aufgeräumt.“

„Es ist ein bisschen erschreckend, dass das so offensichtlich ist. Sah es vorher so schlimm aus?“

„Quatsch, war alles im Rahmen. Ich freue mich aber, dass du das gemacht hast. Danke.“

„Ist ja nicht so, dass es mir nicht selbst gefällt. Bin ja auch keine neunzehn mehr.“

„Sondern?“

„Dreiunddreißig.“

„Ich habe es schon mit neunzehn ordentlich gemocht.“

„Das habe ich nicht anders erwartet“, erwiderte er spitzbübisch.

Lara schaute sich um. „Was ist das für ein Zimmer?“, fragte sie und wies auf eine Tür links neben ihr.

„Zeig ich dir bei Gelegenheit.“

„Deine geheime Rumpelkammer?“, fragte sie flapsig.

„Ja, genau, da habe ich alles reingeschoben. Besser, du schaust da jetzt nicht rein, sonst war der aufgeräumte Flur umsonst, weil der gute Eindruck dahin ist.“

Lara musterte das weiße Türblatt und war schon neugierig, was sich dahinter befand. Doch das ließ sie sich nicht anmerken.

„Bist du dir sicher, dass wirklich keine Farben an deine Wände sollen?“, lenkte Hannes ab.

„Glaub mir, es gibt nicht viele Sachen, bei denen ich mir so sicher bin. Keine Farben an den Wänden, keine Mustertapeten, keine Wandtattoos. Weiß, einfach weiß. Alles andere würde mich wahnsinnig machen.“

„Wie du möchtest“, entgegnete Hannes und stieg die Treppe hinauf.

Lara folgte ihm und fühlte mit jedem Schritt, dass die Entscheidung, hier einzuziehen, genau die richtige war.

- 12 -

GERADE als Lara die Tür zu Heddas Haus öffnete, kündigte das Vibrieren ihrer Smartwatch eine Nachricht an. Sie zog die Tür wieder zu, setzte sich auf die Bank neben der Haustür und öffnete die Nachricht auf ihrer Uhr.

Liebe Lara,

der Abend mit dir war so schön, dass ich ihn gern wiederholen würde. Was hältst du von Freitag, 19:00? Dann hast du nach Dienstschluss noch genug Zeit.

Bitte Turnschuhe anziehen, es wird sportlich.

Justus

Lara schluckte. Die Nachricht war auf so vielen Ebenen aufregend, dass ihr Herz sofort lossprintete. Justus Ehrenfeld wollte sie wiedersehen, was sich so unwirklich anfühlte, dass sie sich seine Nachricht noch einmal durchlas. Gleichzeitig war da dieses eine Wort, dass ihr förmlich den Atem raubte. *Sportlich. Sportlich,* das war so ziemlich das Schlimmste, was er hätte schreiben können. Abgesehen von einem Korb, aber den hatte sie glücklicherweise nicht bekommen.

Was um alles in der Welt hatte er vor? Er war Marathonläufer … Lara schluckte und blickte flehend gen Himmel.

„Ich kann das nur vergeigen“, flüsterte sie gequält.

Sie war nicht unsportlich, aber sie hasste jede Form von Wettkampf, jede Form von Beobachtung. Sie war am liebsten allein, ohne jemanden, der ihr dabei zusah. Sie erhob sich und betrat das Haus. Laute Musik ertönte aus der Küche, Lara folgte dem Klang der schnellen Bässe.

„Hi!“, rief sie Hedda zu, die tanzenderweise den Boden wischte.

„Hey, komm und tanz mit mir“, erwiderte die Freundin lachend.

„Nee, lass mal.“

„Na los, zier dich nicht!“ Hedda tanzte auf Lara zu, stellte den Wischmopp zur Seite und zog sie an sich. Und dann fing auch Lara an zu wippen, lupfte ihr Kleid und begann, es im Takt der Musik umherzuschwingen.

„Wohooo!“, rief Hedda aus.

Mit geschlossenen Augen ließ Lara sich von der Musik leiten. Irgendwann öffnete sie die Augen. „Eigentlich ist mir gar nicht nach Tanzen.“

„Tanzen geht immer und sollten wir eigentlich jeden Tag tun. Es ist erwiesenermaßen Medizin!“

Lara streckte Hedda ihre Uhr entgegen. Mit leicht zusammengekniffenen Augen las diese die Nachricht von Justus.

„Na, und das bringt dich nicht zum Tanzen?“, fragte sie irritiert. „Hey, Siri, Lautstärke auf zwanzig Prozent!“ Sofort pegelte sich die Musik nach unten ein.

„Hast du dir die Nachricht denn nicht durchgelesen, Hedda?“

„Klar, ist ja jetzt nicht allzu viel Info drin enthalten. Er fand es toll mit dir und er will dich wiedersehen. Das ist doch sehr erfreulich, wenn man auf den Typen steht, der einem solch eine Nachricht schickt.“

„Ich soll TURNSCHUHE anziehen!“

„Auch das dürfte dir entgegenkommen. Das Thema Pumps hattest du ja schon beim letzten Mal unter deiner Unsicherheit begraben.“

„E-s w-i-r-d s-p-o-r-t-l-i-c-h!“, schrie Lara betont langsam und sehr laut. „Sportlich … Das ist mein Albtraum.“

„Wieso? Du bist doch sportlich.“

„Aber nicht, wenn mir jemand dabei zusieht. Ich hasse das. Schon immer. Was meinst du, warum ich immer bei den Bundesjugendspielen gefehlt habe?“

„Dann schreib ihm halt, dass du keine Lust drauf hast und lieber mit ihm essen gehen möchtest.“

„Das kann ich nicht bringen.“

„Wieso nicht?“

„Weil das unhöflich wäre.“

„Nein, es wäre ehrlich und ein guter Zeitpunkt, die Positionen zu klären und sich nicht zu verstellen.“

„Das ist doch kein Verstellen …“

„Doch, du würdest ihm zuliebe etwas tun, das dir nicht behagt. Das ist nicht gut, finde ich.“

„Bei den ersten Dates verstellt man sich doch immer.“

„Nee, das ist Quatsch. Und selbst wenn das ein ungeschriebenes Datinggesetz sein sollte, wird es höchste Zeit, das zu ändern. Man soll sich doch ins Original verlieben und nicht in eine Kopie mit einem Filter drauf, der die Realität verschleiert. Ist nur meine Meinung. Aber ich habe dir ja versprochen, dich zu unterstützen. Also, was könnte schlimmstenfalls passieren?“

„Dass er mit mir einen Marathon läuft.“

Hedda lachte. „Das schließe ich jetzt einfach mal aus. Und das Zweitschlimmste?“

„Golf?“

„Das würde ich durchaus im Rahmen der Möglichkeiten verorten.“

„Ich nerve, oder?“, murmelte Lara.

„Ja, aber das müssen beste Freundinnen von Zeit zu Zeit. Das gehört sich so.“ Heddas mildes Lächeln tat Lara gut.

„Ich lasse es einfach auf mich zukommen.“

„Das ist die richtige Einstellung! Vielleicht geht ihr ja auch einfach nur gemeinsam über die Insel.“

„Das wäre schön“, seufzte Lara und setzte sich mit dem bekannten flauen Gefühl auf einen Küchenstuhl.

Am nächsten Morgen betrat sie die Praxis, in der Hand einen Pappteller mit belegten Brötchen vom Bäcker nebenan. Noch immer fühlte ihr Magen sich unruhig an, dieses Mal allerdings nicht wegen Justus Ehrenfeld, sondern wegen Frau Meinberg und Frau Sander. Ein gutes Team um sich zu haben, war Lara wahnsinnig wichtig. Deshalb hoffte sie, dass die beiden sich schnell für sie und ihre Arbeit erwärmen würden. Für ihren Teil würde Lara jedenfalls alles tun, um dauerhaft einen guten Eindruck zu machen.

„Guten Morgen“, sagte sie freundlich, als sie vor Frau Meinberg stand.

„Morgen“, erwiderte diese und schaute nur kurz von ihrem Computer hoch.

„Störe ich?“

„Frau Dr. Schönweiß, Sie sind die Chefin. Sie entscheiden, wann Sie stören.“

„Ich habe Brötchen mitgebracht, wenn Sie mögen?“

„Ich frühstücke nicht …“

Lara schluckte. Warum reagierte die Sprechstundenhilfe immer so kühl?

„… aber stellen Sie den Teller doch in den Kühlschrank. Heute Mittag würde ich mir ein Brötchen gönnen“, fügte Frau Meinberg hinzu.

Die Erleichterung war Lara ins Gesicht geschrieben. „Das mache ich“, sagte sie und trug ihren Pappteller in den kleinen Sozialraum, in dem eine Küchenzeile eingebaut war.

„Guten Morgen.“ Frau Sanders herbe Stimme schallte durch die Praxis.

„Frau Dr. Schönweiß hat Brötchen mitgebracht. Sie stehen im Kühlschrank. Du frühstückst ja auch nicht“, hörte Lara Frau Meinberg sagen.

Lara seufzte heimlich.

„Danke für die Brötchen!“, rief Frau Sander im Vorbeigehen. „Nett, dass Sie an uns gedacht haben.“ Frau Sander lächelte kurz und sagte dann wie nebenbei: „Frau Liebrecht, deren Tochter Mia Sie gestern betreut haben, war sehr angetan von Ihnen.“

„Danke“, sagte Lara überrascht. Dann drehte sie sich um und klopfte an Emils Praxistür.

„Hi“, begrüßte sie ihn und reckte den Kopf durch den Türspalt.

„Hi, Lara.“

„Ich habe Brötchen mitgebracht, stehen im Kühlschrank.“

„Oh, coole Idee. Ich habe es noch nicht geschafft zu frühstücken.“

„Schön, dass wenigstens ein weiterer Mensch aus dieser Praxis normalerweise frühstückt.“

Er schaute sie an, dann begriff er, was sie meinte. „Ja, Frau Meinberg und Frau Sander tun es nicht, denen machst du eher mit einem großen Stück Sahnetorte eine Freude.“

„Das hätte ich vorher wissen sollen.“

„Ach, es wird noch genug Gelegenheiten geben, an denen du Torte verteilen kannst.“

In diesem Moment hörte Lara Stimmen hinter sich. Sie blickte auf die Uhr, für die ersten Patienten war es eigentlich noch zu früh. Trotzdem wandte sie sich um und musste zweimal hinsehen, um sicherzugehen, sich nicht verguckt zu haben.

„Es dauert noch zwanzig Minuten, bis wir aufmachen“, hörte sie Frau Meinberg freundlich, aber bestimmt sagen.

Laras Augenmerk war auf das kleine Mädchen gerichtet, das von einem Bein auf das andere trat.

„Bis später“, sagte sie zu Emil, schloss die Tür und trat in den Flur. „Guten Morgen. Kann ich euch helfen?“, fragte sie verwundert und musterte das kleine Mädchen, das ganz verweinte Augen hatte.

„Frau Dr. Schönweiß, wir öffnen in zwanzig Minuten, es wäre gut, wenn Sie sich …“

„Das ist Hannes, Frau Meinberg, ein guter Bekannter. Das geht schon in Ordnung.“

„Wenn Sie meinen“, erwiderte Frau Meinberg kopfschüttelnd.

„Kommt mit“, forderte Lara die beiden freundlich auf. Das Mädchen folgte an Hannes‘ Hand.

Lara öffnete die Tür zu ihrem Behandlungsraum und drückte sie gleich wieder zu, nachdem die beiden eingetreten waren. Irritiert starrte sie auf das dunkelblond gelockte Mädchen, dann auf Hannes.

„Das ist Jette. Sie ist seit eben bei mir. Und als ihre Mama gefahren ist, da hat sie so geweint und ist dann hingefallen. Auf den Kopf … Ich muss wissen, ob alles okay ist mit ihr. Es ist wichtig, dass alles okay ist mit ihr.“ Hannes‘ Aufregung war überdeutlich zu spüren.

„Äh, okay, ist sie … ist sie deine …?“

„Ja“, unterbrach er Lara, „Jette ist meine Tochter. Sie ist nicht ganz so oft bei mir und wenn ihr bei mir was passiert, dann fürchte ich …“

„Hey, Jette“, warf Lara mit weicher Stimme ein. Sie wollte nicht, dass das kleine Mädchen die Aufregung ihres Papas – und ihre eigene Verwirrung – so deutlich zu spüren bekam. „Ich bin Lara und eine Ärztin. Weißt du, was eine Ärztin so macht?“

Jette zuckte verschüchtert mit den Schultern. Lara ging in die Knie und hockte sich vor die Kleine.

„Also, ich helfe Kindern dabei, gesund zu bleiben oder ganz, ganz schnell wieder gesund zu werden. Dein Papa hat mir gerade erzählt, dass du hingefallen bist. Tut dir was weh?"

Jette biss sich auf die Unterlippe und schüttelte den Kopf.

„Wie alt bist du denn, Jette?"

Die Kleine starrte auf ihre Hände. Mit angestrengtem Gesicht sortierte sie ihre Fingerchen und reckte dann die Hand in Höhe.

„Wow, schon drei Jahre alt. Das ist ein tolles Alter, Jette. Drei ist richtig, richtig toll."

Jetzt lächelte das Mädchen.

„Guck mal, hier ist eine Taschenlampe. Und damit darfst du jetzt deinem Papa einmal in die Augen leuchten."

Hannes bückte sich und Lara reichte Jette das Lämpchen.

„Und, was siehst du?"

„Ein Auge", antwortete sie.

„Gut gemacht. Und jetzt würde ich dir gern in die Augen leuchten. Ist das okay?"

Jette nickte und reichte Lara die Lampe. Versiert untersuchte Lara die Augen und tastete außerdem vorsichtig den Kopf und auch Jettes Körper ab.

„Hat sie sich erbrochen oder war sie ohnmächtig?"

„Nee, nichts dergleichen."

„Okay, Jette, ich denke, du bist topfit. Dein Papa muss sich keine Sorgen machen. Kinder fallen oft auf die Nase, oder? Fällst du oft?"

Jette grinste und nickte.

Lara sah Hannes an. „Ich denke, dass alles gut ist. Sie sollte sich in den nächsten vierundzwanzig Stunden nicht erbrechen. Falls doch, kommt ihr bitte noch einmal vorbei. Schläft sie bei dir?"

„Ja, das erste Mal. Und das muss einfach klappen. Corinna muss beruflich los und Fred ist auf Geschäftsreise. Ich bin die absolute Notlösung. Es muss einfach klappen. Ich bringe sie gleich in die Kita, wenn du das Okay gibst."

Lara machte ihm ein Zeichen, dann kniete sie sich noch einmal vor das Mädchen. „Schläfst du heute bei deinem Papa?“

Jette nickte.

„Das ist prima. Ich habe gehört, dass er toll vorlesen kann. Wenn du Lust hast, kannst du dir aus dem Zimmer draußen ein Buch aussuchen, dass dein Papa dir später vorliest. Magst du?“

Mit einem breiten Grinsen griff Jette wieder nach der Hand ihres Papas. „Komm, Buch aussuchen“, sagte sie und zupfte an seinem T-Shirt.

„Danke“, flüsterte er in Laras Richtung, drehte sich um und verließ mit seiner Tochter den Raum.

„Kita geht klar!“, rief Lara ihnen hinterher, dann setzte sie sich auf ihren Schreibtischstuhl und schüttelte nachdenklich den Kopf. Damit hatte sie nicht gerechnet. Dass Hannes eine Tochter hatte, darauf hätte sie niemals gewettet.

Als sie wenige Minuten später in den Flur trat, lehnte Frau Meinberg an einer Wand und schaute ihr entgegen. Mit strenger Miene, so schien es Lara.

„Frau Dr. Schönweiß, ich weiß, dass Sie sich erst noch einarbeiten müssen, aber ich würde Sie bitten, sich zukünftig nicht in die Abläufe an der Anmeldung einzumischen. Wenn wir einmal mit solchen Sonderregelungen starten, dann wird hier das Chaos ausbrechen.“

„Frau Meinberg, ich verstehe Sie gut. Wirklich, Sie haben grundsätzlich recht. Aber es gibt Situationen, da möchte ich entscheiden, ob ich einen Patienten behandle. Ich hoffe, das ist in Ordnung für Sie? Ansonsten halte ich Ihre Praxisregelungen für absolut notwendig und Sie genießen mein vollstes Vertrauen. Es wäre schön, wenn auch Sie mir vertrauten. Vertrauen und Offenheit sind eine gute Grundlage, um miteinander zu arbeiten. Es wäre mir eine Erleichterung, wenn das unsere gemeinsame Basis werden könnte.“

Frau Meinberg richtete sich auf. „Wie Sie meinen, Frau Doktor.“

Lara hatte Schwierigkeiten, Frau Meinbergs Gesichtsausdruck zu deuten – nicht dass sie ihre Worte in den falschen Hals bekommen hatte. Aber selbst wenn dem so gewesen sein sollte: Sie musste sich positionieren und war lange genug in diesem Job, um solche Entscheidungen treffen zu können.

- 13 -

ALS sie am späten Nachmittag den Weg nach Hause fuhr, hielt sie plötzlich an, wendete ihr Rad und fuhr in die entgegengesetzte Richtung weiter. Unvermittelt verspürte sie das Bedürfnis, einer kleinen Patientin, die eigentlich gar keine war, noch einen späten Hausbesuch abzustatten.

Hannes saß vorm Haus auf der weißen Treppe, Jette auf seinem Schoß und in den Händen hielt er ein Buch. Einen Moment lang beobachtete Lara die Szenerie und wollte gerade auf leisen Sohlen kehrtmachen, als Jette hochschaute und sie entdeckte.

„Daaa!“, rief sie aus und zeigte in Laras Richtung. Hannes sah auf und begleitet von einem Lächeln winkte er Lara zu sich heran.

„Ihr habt sehr schöne Bücher in eurer Praxis, oder, Jette?“

Jette nickte.

Lara machte ein paar Schritte auf die beiden zu. „Ich wollte nur mal nach euch schauen und fragen, ob alles okay ist“, erklärte sie ihren Spontanbesuch.

„Das ist nett von dir.“ Er sah sie an und streichelte dabei Jette über den Kopf. „Du hattest recht, sie ist topfit. Wir waren sogar schon auf dem Surfbrett paddeln.“

„Das ist ja cool, dann wirst du bestimmt mal eine richtige Surferin, Jette.“

Die Kleine verstand nicht wirklich, was Lara zu ihr sagte, oder sie hatte anderes im Kopf, denn sie drehte ihren Kopf weg und tippte mehrmals auf die aufgeschlagene Buchseite.

Lara verstand nur zu gut, dass das Bilderbuch Priorität hatte. Sie lächelte. „Wenn alles in bester Ordnung ist, dann will ich nicht länger stören.“

„Du störst nicht. Bleib doch noch und iss mit uns. Das würde mich freuen. Und Jette bestimmt auch. Sie hat die ganze Zeit von dir erzählt.“

„Hat sie das?“

Hannes nickte, und irgendwie hatte Lara das Gefühl, dass es ihm helfen würde, wenn sie bliebe.

„Was gibt es denn zu essen?“

„Nudeln!“, rief Jette aus und reckte ihre Ärmchen in die Höhe.

„Mit selbst gemachter Tomatensoße“, ergänzte Hannes und drückte Jette einen Kuss auf die Wange.

„Also dann kann ich nicht Nein sagen. Nudeln mit selbst gemachter Tomatensoße sind nämlich mein absolutes Lieblingsessen.“

„Als hätten wir‘s geahnt …“

„Kann ich helfen?“, fragte Lara und setzte sich neben die beiden.

„Du könntest Teller aus der Küche holen und hinter dem Haus den Gartentisch decken. Dort warst du noch nicht, oder?“

Lara schüttelte den Kopf.

„Dann bin ich gespannt, was du dazu sagst. Das ist mein absolut-absoluter Lieblingsort auf dieser Insel. Sogar noch besser als unser Geheimstrand …“

„Jetzt bin ich aber neugierig.“ Lara stand auf und marschierte in die Küche. Ein wenig planlos sah sie sich um und öffnete einen Küchenschrank nach dem nächsten, bis sie schließlich die Teller entdeckte. Gabeln und Messer fand sie in einer der Schubladen. Dann trug sie alles hinaus.

„Alles gefunden?“, fragte Hannes.

„Alles da.“

„Okay, dann geh einmal rechts ums Haus und warte auf uns. Ich lese Jette nur noch schnell die Geschichte zu Ende vor.“

Lara folgte seiner Beschreibung und konnte nicht glauben, was sie sah. Vor ihr lag anmutig die Ostsee in ihrem blautürkisen Kleid, so nah, dass das Flüstern der seichten Wellen ihre Seele streichelte. Die vielen dicht gewachsenen Kiefern, die vor und um das Haus herum standen, ließen diesen freien, unverbauten Blick gar nicht vermuten. Lampions schmückten die Terrasse, Blumentöpfe mit Hortensien und bunten Rosen umrahmten die schlichten Holzmöbel und verliehen dem Ort den Charme von Cornwall. Lara stellte die Teller neben sich auf dem Tisch ab, setzte sich auf einen Stuhl mit Blick aufs Wasser und starrte auf die fantastische Natur, die sich vor ihr ausbreitete.

„Vielleicht war dieser Blick der Grund, warum ich herwollte“, flüsterte sie. „Gott, ist das schön!“

„Cool, oder?“ Hannes‘ Stimme ertönte hinter ihr.

Lara drehte sich um und lächelte ihm und Jette, die er auf dem Arm hielt, entgegen.

„Als ich diesen Platz das erste Mal gesehen habe, war mir sofort klar, dass das ein guter Ort zum Bleiben ist.“

„Und wie er das ist“, unterstrich Lara und drehte ihren Kopf wieder in Richtung Horizont. „Ich brauche noch eine Minute, um mich sattzusehen, dann bin ich wieder ganz bei euch.“

„Du wirst dich garantiert nicht sattsehen.“

„Wahrscheinlich nicht.“ Sie atmete tief ein und aus, ein und aus …

„Sagst du mir, wenn du so weit bist? Dann würde ich dir kurz Jette überlassen und die Nudeln aufsetzen. Die Soße ist schon fertig, muss ich nur noch warm machen.“

„Ich kann das hier auch sehr gut mit ihr zusammen genießen. Kommst du zu mir, Jette?“

Die Kleine nickte. Offenbar hatte Lara heute Morgen einen wirklich positiven Eindruck hinterlassen. Ohne zu zögern, setzte sich Jette neben Laras Stuhl auf die Terrassendielen.

„Siehst du die Möwen dort?“, fragte Lara und zeigte auf zwei Vögel, die kreischend über dem Wasser kreisten.

Mit wachen, großen Augen verfolgte Jette die Tiere am Himmel und grinste.

„Manchmal möchte ich fliegen können. Das stelle ich mir ganz toll vor. Möchtest du auch fliegen können, Jette?“

„Kann nicht fliegen“, erwiderte sie und starrte weiter in den Himmel. Die Strahlen der tief liegenden Sonne spiegelten sich im Wasser wider und verzauberten diesen frühen Abend.

„Als ich so klein war wie du, oder vielleicht war ich auch schon ein bisschen älter, da war ich einmal mit meiner Tante Elli ein Eis essen. Magst du Eis?“

„Erdbeere!“, rief Jette und strahlte.

„Oh, Erdbeere liebe ich auch. Weißt du, was? Als ich mit meiner Tante Elli Eis essen war, war es bestimmt Erdbeereis.“ Lara lächelte

Jette an und fuhr dann fort: „Wir sind die Strandpromenade entlanggelaufen und plötzlich kam eine Möwe angesaust und hat mir mein Eis stibitzt. Kannst du das glauben? Und dann ist die Möwe mit meinem Eis im Schnabel einfach davongeflogen. Ist dir so was auch schon mal passiert, Jette?"

Die Kleine schüttelte den Kopf und zeigte nach oben. „Möwe!", rief sie, als nun ein ganzer Vogelschwarm über sie hinwegsegelte.

„Stimmt, das sind Möwen. Viele Möwen. Aber heute gibt es kein Eis für sie." Lara beobachtete das Kind, das mit weit aufgerissenen Augen neben ihr saß. Und dann, vollkommen unvermittelt, stand Jette auf und kletterte auf Laras Schoß.

„Wo ist Papa?", fragte sie.

„Der kommt gleich. Der holt nur schnell unsere Nudeln."

Kurz darauf bog Hannes um die Ecke, in der einen Hand eine Schüssel mit dampfenden Nudeln und in der anderen einen Topf mit Soße.

„Vorsicht, heiß", sagte er und setzte das Essen in der Mitte des Tisches ab.

Jette juchzte, als sie die Nudeln entdeckte und krabbelte von Laras Schoß auf einen Hochstuhl, der zusammen mit den Holzstühlen um den Tisch stand. Sofort füllte Hannes seiner Tochter eine Portion auf, goss ein bisschen Soße darüber und zerkleinerte die Nudeln in mundgerechte Stücke. Dann hob er den Teller nah an sein Gesicht und pustete kräftig den Dampf zur Seite.

„Vollprofi", sagte Lara lächelnd.

„Ich gebe mein Bestes", erwiderte er, ebenfalls lächelnd.

Vorsichtig schob er den Teller nah an Jette heran. Zielgenau landete die kleine Hand in der roten Soße.

„Gabel, Jette", sagte Hannes und hielt ihr eine aus Plastik hin. Jette griff zu und versuchte, eine Spirellinudel aufzupiken, was ihr nicht gelingen wollte. Behutsam legte Hannes seine Hand um ihre und führte mit ihr die Bewegung aus. Grinsend reckte sie die Gabel in die Höhe, als sie endlich eine Nudel am Haken hatte.

„Und jetzt allein?", fragte er sie, und schon der nächste Versuch war von Erfolg gekrönt. Nudel um Nudel wanderte in Jettes Mund und auch Lara probierte die erste Gabel.

„Mmh, das ist echt lecker", lobte sie und kaute genüsslich.

„Danke, Tomatensoße kann ich gut. Eines der Gerichte, das man meiner Meinung nach überall auf der Welt anbieten und praktisch jeden Tag essen kann."

„Deine Soße ist ganz besonders lecker. Was hast du reingetan?"

„Alle Gemüsereste aus dem Kühlschrank … Möhren, Zwiebeln, Zucchini und natürlich Tomaten."

„Schmeckt es dir auch, Jette?", fragte Lara.

Mit erkennbarem Appetit bewegte die Kleine ihren Kopf von oben nach unten. Ein eindeutiges Ja.

Nach dem Essen hob Hannes seine gähnende Tochter aus dem Stuhl. „Ich glaube, hier muss jemand ganz dringend ins Bett."

Es war schön mitanzusehen, wie Jette sich offenbar pudelwohl bei ihrem Vater fühlte. Vertraut lehnte sie ihren Kopf an seine Brust. Auch wenn er sie nicht allzu oft zu sehen bekam, war das Band zwischen ihnen doch deutlich zu spüren, dachte Lara.

„Bleibst du noch?", fragte Hannes.

„Ähm, ich weiß nicht …"

„Ich würde mich freuen."

„Okay, dann bleibe ich noch."

„Cool, bis gleich, ich hoffe, dass sie gut einschlafen kann."

Lara sah den beiden nach. In diesem Moment erreichte sie eine Nachricht. Sie nahm das Smartphone zur Hand, öffnete den Messengerdienst, las und antwortete sogleich.

Hedda: *„Hi, beste Freundin, muss ich mir Sorgen um dich machen?"*
Lara: *„Nein, alles bestens. Bin noch bei Hannes."*
Hedda: *„Cool, dann viel Spaß!"*
Lara: *„Danke."*

Lara legte das Handy auf den Tisch und fing an, die Teller zu stapeln, um das Geschirr in die Küche zu bringen. Auf dem Weg dorthin musterte sie den Garten und die Umgebung noch einmal genauer. Der Außenbereich hinter dem Haus wirkte so viel … erwachsener als das Innere des Hauses. So, als hätte Hannes hier angefangen, sesshaft zu werden, und es im Haus dann wieder aufgegeben. Es war ein seltsamer Gedanke, aber er setzte sich auf unerklärliche Weise in Laras Kopf fest. Dass Hannes eine Tochter hatte, passte für sie nicht zu seinem Vorhaben, länger auf Reisen zu gehen. Dafür wirkte er viel zu besorgt und gleichzeitig zu glücklich. Wie dem auch sei, bestimmt hatte er seine Gründe …

Ganz leise betrat sie das Haus. Aus dem Zimmer links neben der Tür, der geheimen Rumpelkammer, raunte Gemurmel. Lara blieb stehen und lauschte. Jettes Glucksen klang herzenswarm, und in diesem Moment fühlte Lara mit voller Wucht, wie sehr sie sich ein eigenes Kind wünschte. Und wie sie das dachte, musste sie an Justus denken, daran, dass er sie wiedersehen wollte, und daran, dass er einem Kind wahrscheinlich viel zu bieten hatte. Und dann hörte sie Hannes, der das Bellen eines Hundes imitierte. Und wie sie ihn so hörte, dachte sie, dass auch Hannes einem Kind eine Menge zu bieten hatte. Sie setzte sich wieder in Bewegung, brachte Geschirr und Besteck in die Küche, stellte anschließend noch die beiden Töpfe mit dem Rest an Nudeln und Soße dazu und kehrte in den Garten zurück.

Eine halbe Stunde später gesellte sich Hannes zu ihr, in der einen Hand ein Babyfon, in der anderen zwei Flaschen Bier.

„Ich hoffe, du magst Bier?“

„Klar, immer gern.“

Er reichte ihr die Flasche.

„Öffner?“

„Muss ich suchen.“

„Und wie machst du dann deine Flaschen auf?“

„Wahlweise mit einer anderen Flasche oder an diversen Kanten, die mir die Umgebung zur Verfügung stellt.“

Lara streckte ihm ihrer Flasche entgegen. Er setzte sie am Kronkorken seiner Flasche an und öffnete sie mit einer Hebelbewegung.

„Respekt, das sah gekonnt aus.“

„Möchtest du das auch können? Dann hätten wir eine Aufgabe für uns, wenn du hier einziehst."

„Wie viel Geduld hast du?"

„Sehr, sehr viel. Sowohl fürs Flaschenöffnen als auch fürs Surfen." Er zwinkerte ihr zu. „Ich bringe vielen, oftmals sehr untalentierten Leuten das Surfen bei. Und bis jetzt hat es jeder und jede am Ende geschafft, auf dem Brett zu stehen."

„Bei mir würdest du scheitern."

„Nee, Lara, ich scheitere nicht. Nicht beim Surfen."

„Jede Wette?"

„Die gehe ich ein, ohne auch nur eine Sekunde drüber nachzudenken."

„Du würdest das erste Mal einen Nervenzusammenbruch kriegen."

„Krieg ich nicht. Ich liebe das Surfen. Ich brenne dafür und dieses Feuer habe ich noch in allen entfacht. Pass auf, wir starten mit dem Kronkorkending. Wenn du das kannst, dann bist du fällig – surffällig. Deal?"

Lara nickte und wunderte sich einmal mehr über sich selbst. Er hielt ihr seine Hand hin und sie schlug ein.

„Ich wette also, dass Lara schon sehr bald Bierflaschen ohne Flaschenöffner öffnen und den Fahrtwind in ihrem eigenen Surfsegel genießen wird. Top, die Wette gilt."

„Du wirst dich noch wundern", entgegnete Lara lachend. „Darf ich dich was fragen?"

„Immer gern."

„Wieso willst du hier weg?" Lara schluckte, denn sie hatte Angst, dass diese Frage zu privat war.

„Weil Bleiben im Moment zu wehtut", antwortete er unerwartet offen.

„Wegen Jette?"

Er nickte. „Sie immer sehen zu wollen und es nicht zu dürfen, das ist härter, als sie gar nicht mehr zu sehen. Zumindest glaube ich das oder will es glauben."

„Wieso schließt ihre Mutter dich aus?"

„Weil sie es mir nicht zutraut, Lara. Weil ich nicht zuverlässig genug bin. Weil ich nicht der Typ Mann bin, den man sich als Vater für sein Kind wünscht. Weil ich wirke, als wolle ich keine Verantwortung übernehmen. Weil ich keine Spülmaschine habe … Weil, weil, weil … Die Liste ist lang und ist mir schon mehrfach vorgetragen worden. Dass Jette heute bei mir ist und hier übernachtet – glaub mir, das ist für ihre Mutter die notlösigste Notlösung, die es geben kann. Sie wird alle angesprochen haben, bevor sie mich gefragt hat. Wahrscheinlich sogar die Verkäuferin beim Bäcker."

„Hast du das Sorgerecht?"

„Ja, und du glaubst gar nicht, wie froh ich darüber bin. Auf dem Papier muss sie mich einbinden. Im wahren Leben halte ich die Füße still, um nicht zu riskieren, dass man es mir wegnimmt."

„Das tut mir von Herzen leid für dich, Hannes." Lara schaute ihn an. „Und auch für Jette. Bist du ihretwegen nach Rügen gekommen?"

Er seufzte und atmete tief ein. „Ja. Ja, das bin ich. Als ich von ihr erfahren habe, bin ich direkt hierher. Weil ich Teil ihres Lebens sein will. Ich bin ihr Papa, verstehst du?"

„Und wie ich das verstehe", erwiderte Lara und legte für den Hauch eines Moments ihre Hand auf seine.

- 14 -

„OKAY, damit habe ich jetzt nicht gerechnet."

Hedda betrachtete Lara, die ein eng anliegendes, rosafarbenes Sommerkleid trug, das es am letzten Wochenende nicht aufs Date geschafft hatte. Wieso auch immer, Lara hatte sich die ganze Woche schon leicht gefühlt. Vielleicht lag es daran, dass sie ein wunderschönes, altes Bett in dem Antiquitätenladen von Emils Frau gefunden hatte und dass sie morgen endlich in ihr neues Zuhause einziehen würde. Vielleicht lag es auch daran, dass die Sonne die ganze Woche so hell gestrahlt hatte und der knallblaue Himmel ganz ohne Wolken ausgekommen war, dass er perfekter nicht hätte sein können. Vielleicht lag es aber auch daran, dass die kleinen Patienten und deren Eltern sie allesamt auf so nette Art willkommen hießen. Fehlte nur noch, dass Frau Meinberg ihr ein bisschen weniger skeptisch gegenübertreten würde, aber da muss ich einfach geduldig bleiben, dachte sie.

„Mir ist heute danach", stellte sie lächelnd und mit einem Blick in den Spiegel fest.

„Er wird sterben, wenn du ihm die Tür aufmachst."

„Vor Entsetzen?"

„O nein, vor Entzücken! Du siehst hammermäßig gut aus. Gigantisch. Umwerfend. Traumhaft."

„Du übertreibst."

„Nee, ich übertreibe nicht. Wer da nicht schwach wird, ist blind. Aufgeregt?", fragte Hedda dann und berührte Laras Schulter.

„Schon, ja, aber nicht so schlimm wie letztes Mal."

„Solltest du dich nicht eigentlich sportlich anziehen?", hakte Hedda mit krausgezogener Stirn nach.

Lara machte einen Schritt zur Seite, griff nach dem Handy, das auf dem Sideboard lag, öffnete den Messengerdienst und hielt die Nachricht ihrer Freundin unter die Nase.

Liebe Lara,

leider hat meine Idee für unser Date nicht geklappt. Deshalb brauchst du kein sportliches Outfit. Ich hole dich am Freitag um 19:00 Uhr ab. Ich freue mich sehr auf dich.

Justus

„Glück gehabt."

„Das kannst du wohl laut sagen. Bin echt gespannt, was er vorhatte."

„Denkst du, er verrät es dir?"

„Wieso nicht?"

„Weil er dich vielleicht beim nächsten Mal damit überraschen will?"

„Du denkst, es ist nur aufgehoben und ich bin nicht aus dem Schneider?"

„Ich würde das heutige Zeitfenster nutzen, um ihm von dir zu erzählen und einfließen zu lassen, dass du ein sportliches Date für keine so gute Idee hältst."

„Du bist lustig. Und wie soll ich das bitte schön machen?"

Hedda atmete tief durch. „Justus, es ist gar nicht schlimm, dass das mit der sportlichen Aktivität nicht geklappt hat. Ich bin da eh kein großer Fan von. Das hier, heute mit dir, ist doch auch eine ganz wunderbare Idee", säuselte Hedda gekünstelt.

„Die ersten beiden Sätze waren noch in Ordnung, allerdings müssen wir dringend an deiner Tonalität arbeiten." Lara seufzte. „Mal sehen, vielleicht erwähne ich das wirklich an irgendeiner Stelle." Mit Blick auf die Uhr ging sie noch mal ins Badezimmer. „Ich muss mich beeilen, er kommt in fünfzehn Minuten!"

Genau fünfzehn Minuten später trat Lara vors Haus und setzte sich auf die Bank, um auf Justus zu warten. Der Himmel war ausgerechnet heute von dicken grauen Wolken durchzogen, und in der Luft lag eine Mischung aus kühler Regenluft und schwüler Gewitterlage. Lara hoffte, dass Justus keine Outdooraktivität geplant hatte, denn das Risiko, dass diese heute ins Wasser fallen würde, schien ziemlich real. Ein lautes Motorengeräusch kündigte seine Ankunft an. Und prompt stieg Laras

Nervositätspegel spürbar an. Ihr Herz beschleunigte seinen Takt, und auch ihr Magen meldete sich.

„Bitte keine Übelkeit heute“, flehte sie und streichelte kurz über ihren flachen Bauch. Der schwarze SUV kam zum Stehen und die Tür öffnete sich. Lächelnd stieg Justus aus, und als Lara sich erhob und vor ihm stand, schluckte er deutlich.

„O Mann, du siehst … umwerfend aus. Wirklich, sehr schön.“

Hitze wanderte Laras Wangen hinauf und sie spürte die rote Farbe förmlich ihr Gesicht überfluten.

„Danke, das ist sehr nett von dir.“ Verlegen strich sie sich eine Haarsträhne hinters Ohr. „Ich hatte Lust auf Farbe.“

„Hmm, das sehe ich. Ist etwas ungewohnt an dir, aber sehr, sehr schön.“ Er musterte sie ganz offensichtlich.

„Jetzt frage ich mich allerdings, ob unser Date noch zu deinem Outfit passt.“

Seine Worte verunsicherten sie. „Wie meinst du das?“

„Ich hatte mich ja ganz auf dieses Sportdate eingeschossen und fest damit gerechnet, dass man es möglich macht. Doch manchmal hilft auch Geld nicht weiter. Jedenfalls war es dann etwas zu spät, in einem besonderen Restaurant noch einen Platz zu finden, deshalb habe ich kurzerhand … ach was, das verrate ich nicht. Lass dich überraschen.“

Er lächelte zuckersüß und hatte keine Ahnung, dass Lara Überraschungen höchst selten mochte.

„Wollen wir?“, fragte er und wies auf sein Auto.

Lara nickte und zupfte ihr Kleid zurecht. Ganz plötzlich fühlte es sich so an, als würde es nicht optimal sitzen.

Schneller als gedacht parkte Justus den SUV vor einer beeindruckenden Villa. Die Fassade war in gebrochenem Weiß gehalten, ein weißer, verschnörkelter Holzbalkon, der über der doppelflügeligen Haustür schwebte, zierte die Frontseite des Hauses. Bodentiefe Sprossenfenster veredelten die Außenansicht.

„Darf ich vorstellen? Mein Zuhause. Frisch gekauft und gerade zu Ende renoviert.“

„Wow, das ist wunderschön“, schwärmte Lara und fühlte aufrichtig, was sie sagte. Wenn man wie sie alte Gebäude liebte und klare Strukturen mochte, die trotzdem nicht kalt wirken durften, dann musste man diesen Anblick schätzen. Hätte Lara sich je ein Haus wünschen dürfen, dann hätte es wie dieses ausgesehen.

„Es gefällt dir wirklich, oder?“

„Wie könnte einem so etwas nicht gefallen?“

„Das stimmt natürlich. Ich hatte mir gedacht, dass ich mein bescheidenes Heim für diesen Abend zu einem … ach, das erzähle ich dir gleich.“

„Du machst es aber spannend.“

„Jetzt muss dir nur noch mein Zuhause von innen gefallen, dann wäre ich wunschlos glücklich an diesem Abend – und das, obwohl er gerade erst anfängt. Wollen wir aussteigen?“, fragte er, und noch indem er es aussprach, öffnete er die Fahrertür. Und wie schon beim letzten Date ließ er es sich nicht nehmen, auch für Lara die Tür zu öffnen.

„Et voilà“, gab er zum Besten, hielt ihr seinen Arm hin, um ihr aus dem Auto zu helfen. Ein wenig irritiert hakte sie sich bei ihm ein.

Als Lara den einladenden Flur betrat, war der Anflug von Schwere wie weggeblasen. Aufpolierter Parkettboden, schneeweiße Wände, bestückt mit moderner Kunst, geschmückte weiße Holztüren und geschmackvoller Stuck an den Decken … An solch einem Ort hatte sie sich immer gesehen: luftig, leicht und trotzdem voller Historie.

„Hab ich schon *Wow* gesagt?“

„Hier drin noch nicht“, entgegnete Justus süffisant.

„Glückwunsch! Das ist wirklich ein fantastisches Haus. Echt, ich habe selten so etwas Perfektes gesehen.“

„Und das, obwohl du erst den Flur kennst. Komm mit, ich mache eine Führung.“ Er griff nach ihrer Hand und Lara ließ sich mitziehen.

„Das Esszimmer zeig ich dir erst gleich“, flüsterte er. „Wir starten mit dem Wohnzimmer.“ Schwungvoll öffnete er die weiße Flügeltür und gemeinsam betraten sie einen luxuriös anmutenden, hellen Raum. Auch hier war feinstes Parkett verlegt, durch die bodentiefen Fenster konnte man auf eine riesige Terrasse schauen, an die sich eine gepflegte

Rasenfläche anschloss. Begrenzt wurde das Grundstück durch eine Reihe stattlicher Bäume – allesamt, so schätzte Lara, Altbestand, darauf ließen der beachtliche Umfang ihrer Stämme und die ausladend hohen Baumkronen schließen.

„Wenn die Bäume weg sind, kann man an manchen Stellen sogar das Meer sehen."

„Du willst sie wegmachen?"

„Ja, ich hätte gern auch ebenerdig das Gefühl, nicht im Wald, sondern am Meer zu leben."

„Das heißt, du kannst das Meer von einer anderen Stelle aus sehen?"

„Klar, von der Dachterrasse. Sonst hätte ich dieses Objekt nie erworben."

„Und dann möchtest du trotzdem diese altehrwürdigen Bäume fällen? Wenn mich nicht alles täuscht, sind das Eichen, oder? Und ein Walnussbaum … Die brauchen doch ewig, bis die so groß, so erhaben sind …"

„Sie wachsen aber auch überall sonst. Da müssen sie mir nicht ausgerechnet auf meinem Grundstück die Sicht versperren."

„Schade", erwiderte Lara leise. Ein Gefühl von Unbehagen erfasste sie.

„Du wirkst gar nicht wie eine Umweltaktivistin", bemerkte er mit ironischem Unterton.

„Bin ich auch nicht, ich mag es nur einfach, wenn Altes und Neues im Einklang sind. Und so gesunde, alte und wunderschöne Bäume einfach zu fällen, das … das fände ich schade."

„Noch stehen sie ja … Und weißt du, sollte ich irgendwann einmal eine Frau haben, die mit mir hier wohnen wird, dann darf sie sich natürlich auch etwas wünschen – und mitreden bei solchen Entscheidungen."

„Dann solltest du auf jeden Fall so lange abwarten."

Lara fühlte, wie ihre Hand, die noch immer von Justus' Hand umschlossen war, feucht wurde. Vorsichtig zog sie sie zurück, unauffällig bewegte sie die Finger hin und her.

„Und jetzt zeige ich dir das Obergeschoss." Er hielt ihr noch einmal seine Hand hin, doch Lara ignorierte die Geste und schaute interessiert in Richtung Zimmerdecke.

„Ist der Stuck nachträglich angebracht oder original?"

„Die Decke ist fachmännisch restauriert worden."

„Sieht echt toll aus."

Sie riss sich los und folgte Justus in den Flur und dann die Eichenholztreppe ins nächste Stockwerk hinauf. Auch hier wirkte alles hell, edel und geschmackvoll. Doch ein bisschen fehlte Lara die eigene Note.

„Hattest du einen Architekten oder eine Architektin engagiert, um dir zu helfen?"

„Klar, sowohl für innen als auch für außen. Frau Lob ist die angesagteste Innenarchitektin in Berlin. Kennst du sie?"

„Äh, nein, Berlin ist ja nicht sooo klein. Außerdem hatte ich bislang noch keinen Bedarf für eine Innenarchitektin."

„Das wird sich dann ja bald ändern, oder? Hast du mittlerweile eine Bleibe gefunden?"

Lara nickte kurz und hoffte, dass das als Antwort ausreichen würde. Denn angesichts dieses Luxus verspürte sie keine Lust zu erzählen, dass sie schon morgen in einem alten Haus eine WG mit einem Surflehrer gründen würde. Und als sie an ebendiesen Surflehrer dachte, durchzuckte sie die Erinnerung an eine Terrasse mit einem märchenhaften Blick aufs Meer und an alte Bäume, deren Äste sich im Wind sanft bewegt hatten, und an Hannes, der so einfühlsam mit einem kleinen Mädchen namens Jette umgegangen war. Und dann tat es Lara leid, dass sie sich offenbar ihrer neuen Bleibe schämte und schalt sich für ihre Oberflächlichkeit.

„Ja", sagte sie mit fester Stimme, „ich habe eine neue Bleibe gefunden."

„Das sind ja ganz fantastische Neuigkeiten", bemerkte Justus strahlend. „Und wo, wenn ich fragen darf?"

„In Thiessow."

„So nah bei deiner Praxis, das ist wirklich praktisch. Obwohl Thiessow ja eher ruhig ist. Und wo genau?"

„Neben der Surfschule."

„Wohnt da nicht dieser Hannes? Der Surflehrer?"

„Ja, der wohnt dort. Du kennst ihn?"

„O ja, das tue ich." Justus' Antwort kam so abschätzig rüber, dass Lara die Stirn krauszog.

„Geht er weg?", fragte er.

„Ähm, das weiß ich noch nicht so genau, erst mal ziehe ich in die obere Etage. Wir gründen eine Art WG."

„Oh, das ist … speziell."

„Findest du? Ich meine, ich bin allein, er ist allein, er hat ein Haus und Platz. Warum sich nicht zusammentun?"

Justus holte tief Luft. „Pass gut auf dich auf, okay?" Er klang ernsthaft besorgt.

„Wie meinst du das?"

Er winkte ab. „Ich will dir nichts vermiesen, versprich mir einfach, dass du gut auf dich aufpasst."

„Nee, du kannst jetzt nicht solche Andeutungen machen und dann zurückrudern."

Justus seufzte. „Nun, er ist kein Kind von Traurigkeit. Kann das bitte ausreichen? Ich möchte wirklich nicht schlecht über ihn reden, aber er ist … na ja, er lässt nichts anbrennen. Weißt du, dass er eine …" Er winkte wieder ab. „Vergiss es, ich rede zu viel."

„Dass er eine Tochter hat?"

Er nickte.

„Das weiß ich."

„Dann ist es ja gut. Nicht, dass er dir etwas vorenthält."

„Justus, ich gründe eine WG mit ihm und plane keine Hochzeit, und wahrscheinlich geht er bald auf Reisen, und ich habe das Haus für mich allein."

„Das passt zu ihm", murmelte er abschätzig. „Okay, lass uns das Thema wechseln. Hast du Hunger?"

Lara nickte.

„Unten in der Küche wartet ein Koch, der heute Abend für uns kochen wird." Er lächelte freundlich, sichtlich bemüht, eine angenehmere Stimmung herbeizuführen.

„Das ist eine schöne Idee. Danke, damit hatte ich gar nicht gerechnet."

„Freut mich, ich war mir nicht sicher, ob du das gut finden würdest … Ich dachte, dann kann ich dir das alles hier zeigen und wir können trotzdem ein leckeres Essen genießen. Sozusagen in einem Restaurant ganz für uns allein …"

„Ich freue mich, Justus. Nochmals danke, dass du dir für mich so viel Mühe machst."

„Das tue ich gern. Sollen wir runtergehen? Dir mein Schlafzimmer zu zeigen, wäre wahrscheinlich etwas zu plump."

Jetzt musste Lara lachen, und das war gut so. Sie war froh, dass die Ernsthaftigkeit wieder auf dem Abmarsch war, auch wenn Justus' Worte über Hannes weiterhin Kreise in ihrem Kopf zogen.

„Kommst du?", fragte Justus und hielt ihr seine Hand hin.

Dieses Mal legte Lara ihre Hand in seine und folgte ihm die Treppe hinunter in das Esszimmer, in dem ein geschmackvoll gedeckter Tisch auf sie wartete.

- 15 -

„SCHÖN, dass ihr mir alle helft.“ Lara stand vor der geöffneten Kofferraumtür des geräumigen Sprinters und betrachtete ihre Ausbeute.

„Offen gesagt hätte ich niemals damit gerechnet, in einem Antiquitätenladen so viele schöne Dinge zu finden. Das ist ein richtig toller Laden, Frieda.“

„Freut mich!“, erwiderte Emils Frau strahlend.

Emil stand neben ihr und hatte seinen Arm um sie gelegt. Ihr Schwangerschaftsbauch wölbte sich unter dem eng anliegenden Jerseykleid. Sie sah einfach wunderschön aus, und Lara konnte gar nicht aufhören, abwechselnd auf die kleine Kugel und in ihr ebenmäßiges, sympathisches Gesicht zu schauen, auf dem ein unverwechselbarer Schwangerschaftsglow wie ein natürlicher Filter lag.

„Super, dass du fündig geworden bist, Lara. In Hannes‘ Haus passen einfach keine modernen Möbel. Das ist ein Haus mit Seele, und die braucht das Alte, um strahlen zu können. Aber mir gehört ja auch ein Antiquitätenladen, wahrscheinlich muss ich das über jedes Haus sagen“, fügte Frieda lachend hinzu.

„Dir gehört ein ganz besonderer Laden“, sagte Lara und erwiderte das Lachen. „Ich bin froh, dass Emil mich überredet hat, bei dir vorbeizuschauen.“

Ruben und Hedda standen ebenfalls eng umschlungen neben Friedas Transporter, und als Lara so in die Runde schaute, fühlte sie sich auf einmal allein. Doch dann dachte sie an den vorigen Abend, an das liebevoll arrangierte Candle-Light-Dinner, an die Villa, die zwar noch etwas Seele brauchte, ansonsten ihrem Traumhaus aber schon sehr nahe kann. Sie dachte an Justus, wie er sie immer wieder fürsorglich gefragt hatte, ob es ihr gut ging, und an die netten Gespräche, die sich nach einer anfänglich zähen Phase doch noch zu einem angenehmen und erfüllenden Zusammensein entwickelt hatten. *Vielleicht, ganz vielleicht,* dachte sie, *stehe ich bald schon mit jemandem eng umschlungen neben euch.* Und dann, für einen unangenehmen Moment, tauchte Gunnar vor ihrem inneren Geiste auf. Unauffällig kniff sie die Augen zusammen und schüttelte den Kopf kurz und kräftig, um diesen Gedanken wieder loszuwerden.

„Alles okay?“, fragte Hedda leise.

Lara nickte und flüsterte: „Gunnar.“

Und dieses eine Wort reichte ihrer besten Freundin aus, um zu verstehen, was sie bewegte.

Keine Stunde später lenkte Emil den Transporter auf den schmalen Weg zu Hannes‘ Haus. Der Himmel war bedeckt und es nieselte leicht, durchaus gute Bedingungen für einen Umzug, denn bei schönem Wetter hätten wahrscheinlich alle lieber am Strand gelegen oder auf einem Surfbrett gestanden. Aus der Ferne konnte Lara, die mit Emil im Bulli saß, Hannes erahnen, der im Türrahmen der geöffneten Haustür stand und auf das Umzugsunternehmen zu warten schien.

„Es ist total cool, dass du bei Hannes einziehst. Er ist ein richtig guter Surflehrer und obendrein sehr sympathisch, finde ich.“

„Weißt du mehr über ihn?“, fragte Lara ziemlich unvermittelt. Justus‘ Worte von gestern Abend waren noch präsent in ihrem Kopf.

„Wie meinst du das?“

„Ist er ein Typ, der viele Frauen hat?“

Emil lachte. „Wie kommst du denn darauf? Keine Ahnung, was er mit den Frauen so treibt.“

„Ach, vergiss es, ich hab nur ein paar Gerüchte über ihn gehört.“

„Geredet wird hier viel, das habe ich auch schon erlebt. Ich glaube, man fährt gut damit, sich seine eigene Meinung zu bilden.“

„Du hast recht, das denke ich auch … Deine Frieda ist übrigens toll.“

„Und wie“, erwiderte Emil grinsend und lenkte den Sprinter an eine freie Stelle direkt vors Haus.

„Hey“, begrüßte Hannes die beiden strahlend, als sie ausstiegen, und in diesem Moment bogen auch Ruben und Hedda um die Ecke.

Lächelnd kam Hannes auf Lara zu und drückte sie an sich. „Herzlich willkommen in deinem neuen Zuhause“, flüsterte er in ihr Ohr.

Lara bekam Gänsehaut, weil seine Worte angenehm kitzelten. „Ich freue mich drauf“, erwiderte sie, löste sich aus der Umarmung und schaute zu ihm auf. *Ja, ich werde mir meine eigene Meinung bilden,* dachte sie.

„Ist der ganze Sprinter voll?“, fragte er.

„Bis unters Dach … Quatsch, das war ein Scherz. Ich mag es ja nicht so vollgestellt.“

Dann ging Hannes auf Emil zu und drückte ihn ebenfalls an sich. „Cool, dass du mithilfst und wir uns mal wiedersehen. Wir müssen immer noch ein Bier miteinander trinken.“

„Stimmt, das hatten wir am Ende des Surfkurses ja verabredet …“

„Ich kann ihn ab jetzt jeden Tag nach Praxisschluss auf dem Gepäckträger mitbringen“, schlug Lara vor.

„Beste Idee, Mitbewohnerin. Was meinst du dazu, Emil?“

„Ich kläre das nachher mal mit Frieda, aber ich denke, sie wird einverstanden sein“, erwiderte Emil augenzwinkernd.

„Hi!“, rief Hedda. Sie und Ruben hatten etwas weiter weg geparkt und umarmten Hannes nun ihrerseits.

„Wenn jetzt alle da sind“, meinte dieser, „sagt mir einfach, was ich tun kann, und ich krempele die Ärmel hoch.“

„Du könntest das Bett tragen“, schlug Lara vor.

Emil öffnete die Hecktür, und in Minutenschnelle waren Bett und Kommode auf dem Weg ins Haus. Als Lara den oberen Flur betrat, fiel ihr gleich der Geruch von frischer Farbe auf und sie musste unweigerlich lächeln. Trotz des diesigen Wetters sorgten die helle Farbe und das breite Fenster am Ende des Flurs für eine freundliche Atmosphäre. *Du hast wirklich Seele,* dachte Lara und fühlte sich erneut willkommen in diesem Haus mit Geschichte.

Eine Stunde später waren bereits alle Möbel und Dekoartikel an ihrem Platz. Da Lara den Minimalismus nicht nur in der Theorie mochte, sondern ihn auch in der Praxis lebte, war alles schnell zugeordnet.

„Jooo, das war ein fixer Umzug, würde ich mal behaupten“, stellte Emil fast und ließ seinen Blick schweifen. „Es ist richtig gemütlich, Lara. Schlicht, klar und trotzdem urig. Frieda muss unbedingt vorbeikommen und sich das Ergebnis anschauen.“

„Oh, das würde mich freuen. Sag ihr, dass sie herzlich willkommen ist.“

„Mache ich, sie kommt bestimmt vorbei. Das ist echt ihr Ding – ihre Möbel in neuer Umgebung zu sehen. Ich würde mich dann auch wieder auf den Weg machen, oder gibt es noch etwas zu tun für mich?“

„Nein, alles erledigt. Den Rest schaffe ich allein. Danke, dass du geholfen hast.“

„Gern! Wir sehen uns morgen in der Praxis. Macht es gut zusammen!“, rief er noch in die Runde. Kurz darauf schlug die Haustür zu und der Sprinter wurde gestartet.

„Wir würden dann auch fahren. Reisetasche und Koffer stehen im Flur. Liebste Lara, lass uns den Abschied kurz und schmerzlos durchziehen.“ Mit einem Schmollmund stand Hedda da und breitete ihre Arme aus. „Komm her, beste Freundin, lass dich ein letztes Mal drücken.“

„Du spinnst“, entgegnete Lara und ließ sich von Hedda in die Arme ziehen.

„Versprich mir, dass du mich besuchen wirst.“

„Hoch und heilig“, antwortete Lara und untermauerte ihre Worte mit zwei Fingern, die sie vor sich ausgestreckt wie im Schwur spreizte. „Und nur zur Erinnerung – Berlin und Sellin sind etwas weiter voneinander entfernt als Thiessow und Sellin. Nur so als Randnotiz: Wir haben uns nicht verschlechtert.“

Hedda grinste. „Jaja, ich höre auf damit und freue mich für dich, dass du so eine gemütliche Bleibe gefunden hast. Pass gut auf dieses Goldstück auf, Hannes.“

„Das mache ich“, erwiderte er sanft und streifte Lara mit seinem Blick. „Obwohl, laut Mietvertrag ist es eigentlich Laras Aufgabe, auf mich aufzupassen“, fügte er spitzbübisch hinzu.

Hedda runzelte die Stirn. „Das klingt interessant, aber ihr werdet schon wissen, was ihr tut. Also, ich wünsche euch beiden einen wunderschönen ersten gemeinsamen Abend als WG-Bewohner. Betrinkt euch nicht zu doll.“

„Das kriegen wir hin, oder, Lara?“

„Ich denke schon.“

„Ich wünsche euch auch einen guten Einstand ins WG-Leben“, schloss sich Ruben an, der an der Wand lehnte und das Geschehen beobachtet hatte. Er hob die Hand und war dann auch schon mit Hedda verschwunden.

Zufrieden stand Lara in der Mitte des Schlafzimmers und betrachtete das Ergebnis. Ohne ein Wort zu sagen, verließ sie den Raum und schlenderte lächelnd über den Flur in ihr Wohnzimmer. Das Sofa und den Holztisch hatte sie nicht bei Frieda erstanden, sondern in einem kleinen Möbelgeschäft, das in ihren Augen ein feines Angebot ausgesuchter Stücke bereithielt. Das Sofa war hellgrün bezogen und verlieh dem sonst farblich eher schlichten Raum das gewisse Etwas.

„Schön", flüsterte sie, drehte sich um und ging runter, um ihre Gepäckstücke nach oben zu tragen.

„Ich helfe dir gleich!", rief Hannes von oben, als er Lara beim Schleppen des Koffers sah. „Lass alles unten stehen."

„Das ist nett, danke!" Lara stellte den Koffer ab und ging nach oben. Hannes war wieder in ihrem Schlafzimmer. Als Lara an der Tür vorbeikam, sah sie, wie er am Fenster stand und hinausblickte. Kurz blieb sie stehen und betrachtete ihn. Groß war er, sein weißes T-Shirt hing lässig über der Cargoshorts, die Arme und Beine waren braun gebrannt. *Mit dir wohne ich jetzt also zusammen,* dachte sie, wandte ihren Blick von ihm ab und stieg endlich die Treppe hinunter. Als sie den Flur entlangging, bemerkte sie, dass die Tür zur geheimen Rumpelkammer offen stand. Vorsichtig lugte sie durch den Spalt und schob die Tür langsam zur Seite. Und das, was sie sah, ließ ihr Herz höherschlagen. So heftig, dass sie schlucken musste. Vor ihr lag keine Rumpelkammer, sondern eines der schönsten Kinderzimmer, das sie je gesehen hatte. Das Bett stand unter einem weiten Himmel aus Stoff, der mit Sternen verziert war, überall hingen Lichterketten neben Bildern von hohen Wellen und ruhiger See, gerahmt in warmen Holztönen. Der weiße, weiche Wollteppich, der in der Mitte des Raumes lag, sah aus wie eine Insel, auf der man sich ausruhen und genießen konnte. Und dann gab es noch ein kleines Zelt, das im Inneren mit Decken und Kissen ausgelegt war und wie eine kuschelige Höhle wirkte. Hätte sie ein Kind, sie würde ihm genau so ein Zimmer wünschen. Überhaupt sollte jedes Kind auf dieser Welt ein solches Zimmer haben. So viel Liebe und Wärme steckten darin, dass es Lara wirklich anrührte.

„Hast du das Geheimnis des Raumes gelüftet?“ Hannes‘ Stimme erklang direkt hinter ihr. Lara hatte ihn nicht kommen hören.

„Das ist so besonders, Hannes, wirklich, das ist das schönste Kinderzimmer, das ich je gesehen habe.“

„Danke, dass du das sagst.“

„Man fühlt so viel Liebe hier drin.“

„Ich liebe Jette ja auch, mehr als alles andere auf dieser Welt.“

„Und trotzdem würdest du gehen?“, fragte Lara sanft und sah ihn an. „Es geht mich nichts an und bitte, sag mir, wenn ich mich zu sehr einmische“, fuhr sie fort, „aber zu gehen und kampflos aufzugeben, das ist irgendwie keine Option.“

„Du hast keine Ahnung, wie sich das anfühlt“, erwiderte er leise, und es klang nicht wie ein Vorwurf.

„Du hast recht, das weiß ich wirklich nicht. Aber ich weiß, dass du offenbar ein ziemlich guter Papa bist und Jette dich wirklich lieb hat. Obwohl sie nicht oft bei dir ist, konntest du sie ins Bett bringen, einfach so. Sie ist bei dir eingeschlafen, ohne dass es ein Problem war … Das ist schon was, Hannes. Echt, das zeigt, dass sie dir vertraut.“

„Als sie mir gebracht wurde, hat sie ganz schön geschrien.“

„Aber das ist normal und hat sich ja wieder gelegt. Als ihr bei mir in der Praxis wart, da warst du bereits ihr Schutzschild. Du warst ihr Hafen, ihre sichere Bank. Ich habe zwar keine eigenen Kinder, aber ich lerne wirklich viele kennen, und ich spüre, wie tief das Band zwischen ihnen und ihren Eltern ist. Euer Band ist da, Hannes, alles, was ihr braucht, ist etwas mehr Zeit. Wenn du gehst, dann kappst du dieses Band vielleicht …“

Langsam ließ Hannes sich auf den Boden sinken und Lara setzte sich neben ihn.

„Es ist so anstrengend, immer auf dem Radar der Müttermafia zu sein. Sorry, dass ich das so plump sage, aber ich habe das Gefühl, dass ganz Rügen instruiert ist, mir ganz genau auf die Finger zu schauen. Als ich Jette in die Kita brachte, war das wie eine Prüfung – überall Blicke und kluge Ratschläge, als wüsste ich nicht, wie man einem kleinen Menschen die Pantoffeln anzieht.“

„Räum nicht das Feld, Hannes. Wirklich, tu das nicht.“ Laras Stimme war eindringlicher, als sie es wollte.

„Und dann?“, entgegnete er und zuckte resigniert mit den Schultern.

„Kämpfen, Hannes. Kämpfen dafür, dass Jette das bekommt, was ihr zusteht. Dass sie regelmäßig ihren Papa sehen kann.“

„Kämpfen klingt für mich nach Rosenkrieg. Ich will keinen Streit mit ihrer Mama.“

„Du hast recht, nennen wir es nicht kämpfen, nennen wir es kümmern. Wir kümmern uns darum, dass Jette schon bald ganz regelmäßig einen der wichtigsten Menschen in ihrem Leben sehen darf.“

Hannes drehte seinen Kopf, sodass er Lara in die Augen sehen konnte, und schluckte. Ihre Schultern berührten sich, und diese Berührung war plötzlich so intensiv, dass Lara innehielt, bevor sie ihren Blick wieder hob.

„Wenn ich nicht auf Reisen gehe“, sagte er leise und schaute ihr noch einmal in die Augen, „dann kannst du das mit dem eigenen Haus knicken.“

„Für Jette verzichte ich gern darauf“, erwiderte Lara lächelnd und fühlte noch einmal ihr Herz, das sich unter Hannes‘ Blick sanft zusammenzog.

- 16 -

DIE Mittagspause hatte Lara heute in ihrem neuen Zuhause verbracht. Sie saß auf der Terrasse und genoss den fantastischen Ausblick aufs Meer bei aufgewärmtem Gemüse in der Pfanne, das Hannes ihr freundlicherweise abgetreten hatte, weil er selbst durchgehend Surfkurse geben musste und später mit einer Gruppe zusammen Pizza bestellen würde. Mit dem Meer und der Sonne vor Augen fühlte Lara tiefes Glück – ein Glück, dass sie nicht erwartet hatte. Ja, sie fühlte sich rundum wohl in diesem betagten Häuschen. Was für ein Unterschied zu dem Anwesen von Justus, das doch so viel mehr ihrem Geschmack entsprach … Sie schüttelte den Kopf. Nicht nur wegen der Prachtvilla, sondern weil Justus auf das dritte Date drängte. Lara hatte sich nicht getraut, ihm von ihrer Abneigung gegenüber Sportdates zu erzählen, deshalb fürchtete sie jede Minute, dass sie eine Nachricht mit der Aufforderung erreichen würde, in Sportklamotten parat zu stehen. Mit einem tiefen Atemzug, der die salzige Luft in ihre Lunge transportierte, stand Lara auf und ging in die Küche.

Sie öffnete den Kühlschrank und zog vorsichtig eine wuchtige Sahnetorte hervor, die sie heute Morgen schon ganz früh bei Bäcker Jörges abgeholt und hier erst mal deponiert hatte. Fest entschlossen, Frau Meinberg von sich zu überzeugen, nahm sie den geschlossenen Karton in ihre Hände und machte sich auf den Weg zur zweiten Schicht des Tages in ihrer Praxis.

Dort angekommen, bugsierte sie sich selbst inklusive Torte geschickt durch die Tür. Frau Meinberg saß an ihrem Schreibtisch und nahm sie aus dem Augenwinkel wahr. Und wenn Lara sich nicht täuschte, huschte ein kleines Lächeln über ihr Gesicht. Vielleicht war es aber auch nur ein unkontrolliertes Zucken ihrer Gesichtsmuskulatur.

„Ich habe Torte mitgebracht. Ich dachte, Sahnetorte am Montagnachmittag, das ist doch eine gute Idee, um den Wochenstart zu versüßen.“

Jetzt lächelte Frau Meinberg – wirklich. Zaghaft zwar, aber es gab keinen Zweifel mehr für Lara.

„Sahnetorte ist immer eine gute Idee, Frau Doktor." Frau Meinberg räusperte sich. „Wenn Sie möchten, setze ich uns einen Kaffee auf und schneide die Torte, wenn Bäcker Jörges das noch nicht gemacht hat."

„Sie können ja hellsehen, die Torte ist tatsächlich von Bäcker Jörges."

„Ich habe es direkt an der Verpackung erkannt. Er macht einfach die beste Buttercreme und auch alle anderen Torten sind ein Gedicht. Er ist eigentlich Konditor, müssen Sie wissen."

„Mein Vater war als Kind mit ihm befreundet", erzählte Lara. „Bäcker Jörges hat damals wohl immer erzählt, dass es bei ihm zu Hause wie im Schlaraffenland zuging. Torte zum Frühstück, Torte zum Mittag, Torte zum Abend … Wissen Sie, in der wievielten Generation die Bäckerei existiert?"

„In der vierten Generation bietet Jörges bestes Rügener Back- und Konditorhandwerk." Frau Meinberg stand auf, ging auf Lara zu und nahm ihr die Torte aus den Händen.

„Wir müssen uns etwas beeilen, dass wir sie noch in Ruhe genießen können, Frau Doktor", erklärte sie. Lächelnd schaute Lara ihr nach und hoffte, mithilfe der sahnigen Kalorienbombe einen guten Schritt auf Frau Meinbergs Sympathieleiter nach oben gestiegen zu sein.

Sie wollte selbst gerade in ihr Behandlungszimmer gehen, als Emil die Praxis betrat.

„Es gibt Kuchen", erklärte Lara und zeigte auf die Küche. „Frau Meinberg schneidet die Torte gerade an."

Emil hielt sich den Bauch. „Super, ich hatte keinen Nachtisch. Hast du sie mitgebracht?"

Lara nickte vielsagend. „Ein plumper Bestechungsversuch …"

„Das wird schon klappen. Fachlich ist sie eh von dir überzeugt. Und dass du sie auch noch menschlich überzeugen wirst, daran habe ich keinen Zweifel. Sie braucht halt ein paar Momente … Vielleicht hat sie auch Angst, dass wir doch nicht dauerhaft bleiben", flüsterte er.

„Der Kaffee ist fertig!"

So wie Frau Meinbergs Worte durch die Praxis hallten, erschien auch Frau Sander im Flur.

„Habe ich etwas von Kaffee gehört?“, bemerkte sie mit ihrer herben Stimme und marschierte schnurstracks in Richtung Küche.

Frau Meinberg hatte vier monströse Stücke auf vier Tellern verteilt. Beim Anblick der süßen Sünde und in Anbetracht des Durchmessers bekam Lara bereits Schweißausbrüche, bevor sie noch den ersten Bissen getan hatte.

„Ich habe mal einen Doppeldecker für jeden abgeschnitten. Die Torte muss ja weg, die kann man nicht ewig aufbewahren.“

„Aber morgen können wir die schon noch essen, Frau Meinberg. Ich glaube, wir müssen heute nicht alles schaffen“, erklärte Emil lachend und nahm einen Schluck Kaffee.

„Aber Sie können es sich doch erlauben bei Ihrer Figur“, erwiderte Frau Meinberg und hob andächtig ihre Gabel. „Auf eine allzeit gute Zusammenarbeit!“, rief sie, und Lara freute sich ungemein, dass ihr Bestechungsversuch ganz offensichtlich funktioniert hatte.

Am späten Nachmittag machte sie einen kleinen Abstecher zu Friedas Antiquitätenladen. Sie hatte Lust, noch einmal ganz in Ruhe durch das Schmuckstück zu stöbern. Ähnlich wie bei Hannes‘ Haus hatte sie der Laden auf eine Art berührt, die sie nicht beschreiben konnte. Vielleicht lag es daran, dass beides nicht perfekt war, dass das Leben schon Spuren hinterlassen hatte, die am Ende aber ihre Seele ausmachten – die des Hauses und des Ladens. Lara war zeitlebens bemüht gewesen, perfekt zu sein und zu gefallen. Hannes‘ Haus und Friedas Antiquitätengeschäft zeigten ihr auf unaufdringliche Weise, dass Perfektion nichts mit Schönheit zu tun hatte. Im Gegenteil. Schönheit, die berührt, wird durch ihre Makel, die eigentlich keine sind, erst wirklich lebendig.

Angekommen in Göhren, parkte Lara ihr Fahrrad gleich gegenüber des kleinen Ladens. Zwei hellblaue Hortensien zierten die drei Stufen, die zum Eingang führten. Lara öffnete schwungvoll die Tür, und der melodische Ton einer Klingel hieß sie willkommen.

Frieda stand hinter dem Verkaufstresen und schaute auf. „Hi, das ist ja eine Überraschung“, begrüßte sie Lara strahlend, kam hinter dem Tresen hervor und nahm sie in den Arm. Ein angenehmer Geruch stieg Lara in die Nase, eine Mischung aus Sonnencreme und Bodylotion – der Duft des Sommers, für den es kein Parfüm brauchte.

„Ich hatte große Lust, noch mal ein bisschen zu stöbern. Dein Laden hat mir so gut gefallen."

„Du glaubst gar nicht, wie mich das freut. Vielleicht wirst du ja meine nächste Stammkundin."

Lara grinste. „Die Chancen stehen nicht schlecht."

„Wunderbar, Stammkunden sind mir nämlich die liebsten. Möchtest du nur schauen, oder suchst du etwas Bestimmtes?"

„Nichts Bestimmtes. Ich hatte einfach das Gefühl, dass noch ein, zwei Bilder an meine Wände könnten und ein bisschen Deko ganz schön wäre."

„Dann schau dich in Ruhe um und wenn du Beratung möchtest … immerzu."

„Danke, das mache ich."

Lara schritt die Regale entlang. Teeservice, bunt gemustert, in schlichtem Weiß oder maritimem Blau, standen neben Vasen und Porzellanfiguren. Alte Lampenschirme waren kunstvoll drapiert wie kostbare Hüte. Verschnörkelte Holzstühle und aufgearbeitete Polstermöbel belebten dekorativ den Raum … So herrlich alte und gleichzeitig wunderschöne Dinge standen hier zum Verkauf. Und dann fiel Lara die Wand voller Bilder auf …

„Willst du auch diese Bilder verkaufen?", fragte sie.

„Ja, klar, sie sind alle käuflich zu erwerben."

Lara ging hinüber und betrachtete gerahmte Poster, Aquarelle und Ölgemälde. Es waren auch Fotos darunter, einige vergilbt vom Zahn der Zeit, andere in Schwarz-Weiß. Bei einem der Schwarz-Weiß-Fotos stockte ihr der Atem. Es war in einem alten Holzrahmen eingebettet, Eiche vielleicht. Auf dem Foto war ein junger, attraktiver Mann zu sehen, der mit einem Surfbrett in der Hand vor den ausrollenden Wellen am Strand stand. Im Hintergrund konnte man schemenhaft ein Haus erkennen. Lara trat noch einen Schritt näher, um genauer sehen zu können, ob ihre Vermutung wahr sein könnte. Nein, sie war sich nicht sicher, vielleicht gehörte dieser Strandabschnitt auch zu Baabe.

Sie drehte sich um und sprach Frieda an. „Weißt du, wer das hier auf dem Bild ist?"

Frieda, die gerade dabei war, Ware mit Preisschildern zu versehen, schaute auf. „Warte, ich komme zu dir.“

Auf gleicher Höhe wie Lara stehend, studierte sie eingehend das Foto, auf das Lara zeigte.

„Offen gesagt habe ich mir das noch nicht so genau angesehen … Halt, ist das nicht in der Nähe von Hannes‘ Surfschule aufgenommen worden? Die Hütte am Strand fehlt zwar, aber das da oben im Hintergrund zwischen den Bäumen könnte doch sogar Hannes‘ Haus sein, oder?“

„Ja, das könnte sein. Die Surfschule gab es wahrscheinlich noch gar nicht, als das Foto aufgenommen wurde.“ Lara dachte kurz nach. „Wenn auf dem Foto der Strand abgebildet ist, wo jetzt die Surfschule steht, dann würde ich es mitnehmen und Hannes schenken.“

„Und wenn es das nicht ist, dann passt dieser Surfer trotzdem als Motiv, oder?“, überlegte Frieda.

„Stimmt, damit kann ich so oder so nichts falsch machen. Dann ist dieses Bild schon mal gekauft und ich habe gleichzeitig ein Einzugsgeschenk für Hannes. Und dann würde ich noch diese beiden Bilder nehmen.“ Lara zeigte zuerst auf ein Bild, das in bunten Acrylfarben die gelbe Rapsblüte auf Rügen zeigte. Auf einem weiteren war ein schlichter Strand als Motiv zu sehen. Nur Wellen, Sand und hölzernes Treibgut, gemalt in dezenten Pastellfarben.

„Super, ich packe dir alles zusammen. Bist du mit dem Rad da?“

„Ja, bin ich.“

„Ähm, soll Emil sie dir morgen mit in die Praxis bringen?“

„Das ist eine gute Idee, danke. Obwohl, das Foto für Hannes nehme ich gleich mit.“

„Klar, das ist ja auch nicht so groß. Ich packe es dir ein.“ Frieda überreichte Lara das kleine Paket. „Danke für den Einkauf und viel Freude mit den Bildern.“

Lächelnd hob Lara die Hand, bevor sie der helle Klingelton hinausbegleitete.

Lara vernahm ein geschäftiges Treiben, das vom Carport aus zu ihr drang, als sie Hannes‘ Haus erreichte. Sie stellte das Fahrrad ab, nahm das eingepackte Bild vom Gepäckträger und ging auf das Geräusch zu.

„Hi!“, rief sie.

Hannes, der gerade dabei war, ein überdimensioniertes Surfbrett an die Wand zu stellen, schaute hoch. „Hi“, erwiderte er und wischte sich über die Stirn.

„Was machst du da?“

„Frustaufräumen.“

„Oh, Aufräumen ist super, es aber aus Frust zu tun … Was ist passiert?“

„Jette sollte eigentlich übermorgen kommen, aber Corinna hat entschieden, dass sie ja neulich schon zweimal hier war, also wegen der Übernachtung zwei Tage am Stück und das auch noch außer der Reihe … Das würde erst mal reichen an Kontakt für diesen Monat.“

Ungläubig schüttelte Lara den Kopf. „Das tut mir wirklich leid für dich – und macht mich gleichzeitig echt sauer. Ich meine, welchen Plan verfolgt sie damit?“

Hannes zuckte resigniert mit den Schultern. „Lass uns von was anderem reden, okay? Ich kann es gerade sowieso nicht ändern. Ich muss mir in Ruhe Gedanken machen, wie ich mit alldem umgehen soll.“

Seine tiefe Traurigkeit war so überdeutlich zu spüren, dass es Lara einen ungeahnten Stich in der Brust versetzte. Es war nicht richtig, dass diese Corinna ihrer Tochter den Vater vorenthielt, und genauso falsch war es, dass sie dem Vater die Tochter vorenthielt. Hannes war wegen der Kleinen nach Rügen gekommen, wollte Verantwortung übernehmen und war bereit, sich einzubringen. Was wollte ihre Mutter denn noch?

„Was hast du denn da in der Hand?“, fragte Hannes und wies auf das Päckchen in Laras Händen.

„Oh, das ist für dich“, antwortete sie fast ein wenig verlegen und reichte ihm das Geschenk.

„Für mich?“

„Ja, ein Einzugsgeschenk. Ich habe es eben gesehen und dachte, dass du es vielleicht magst.“

„Cool, das freut mich jetzt aber sehr. Wenn man nicht weiß, dass man ein Geschenk bekommt, dann ist die Freude gleich doppelt groß.“ Ungestüm riss er das Papier auf. „Ach, das ist ja supercool.“ Konzentriert scannte er das Foto. „Kann es sein, dass das unser Haus ist?“

„Unser Haus“, wiederholte Lara amüsiert. „Es ist dein Haus, Hannes.“

Er sah sie an. „Mein Haus und unser Zuhause“, erwiderte er augenzwinkernd. Und diese Worte klangen so schön, dass Laras Herz sich schon wieder zusammenzog.

- 17 -

DIE Sonne warf ihre letzten Strahlen des Tages aus und Lara blickte auf das orange schimmernde Wasser. Die Lampions über und neben ihr wogen sich im Abendwind. Es war so unglaublich ruhig an diesem Ort, dass Lara immer wieder die Augen schloss, um die Stille, in der nur die unverfälschten Geräusche der Natur lagen, ganz in sich aufzusaugen. Hannes war noch mal zur Surfschule gegangen, um einen Abendkurs zu geben. Lara hatte es sich auf der Terrasse mit einem Becher Tee gemütlich gemacht – und so saß sie da und ließ ihre Gedanken schweifen. Sie dachte an Jette und daran, dass ihre Mutter ihr einen der wichtigsten Menschen in ihrem Leben vorenthielt.

Klar, Hannes wirkte auf den ersten Blick wirklich nicht wie jemand, der viel von Struktur und Ordnung hielt, aber das war eben nur der erste Blick. Auf den zweiten – und in ihren Augen viel wichtigeren Blick – war er ein liebenswerter und gar nicht so chaotischer Mann, der verantwortungsbewusst war und einem Kind viel geben konnte. Als sie dies dachte, schoss ihr Justus‘ Warnung durch den Kopf. Und wenn sie ehrlich zu sich selbst war, hatten sie seine Worte anfangs durchaus etwas verunsichert, obwohl sie eigentlich nicht viel aussagten. „Pass auf dich auf", hatte er gesagt. Als ginge von Hannes eine Gefahr aus, derer man sich nicht entziehen konnte. Es konnte ihr doch herzlich egal sein, ob er viele Frauen am Start hatte, sie war nur seine Mitbewohnerin und nicht seine Freundin. Dank dieser Erkenntnis fühlte sich Justus‘ Warnung plötzlich deplatziert und übertrieben an. Eine Bewohnerin musste man nicht vor dem Liebesleben des Mitbewohners warnen. Das war wirklich ausgemachter Blödsinn.

Dann glitten ihre Gedanken zur Praxis und zu Frau Meinberg, die endlich einen spürbaren Schritt auf sie zugemacht hatte. Lara freute sich diebisch, dass ihr das gelungen war … Und plötzlich war da Berlin in ihrem Kopf – und Gunnar. Gunnar! Sie schüttelte den Kopf, horchte auf ihren Herzschlag. Nein, sie vermisste ihn nicht. Wahrscheinlich auch deshalb, weil sie zum Zeitpunkt der Trennung längst mit ihm und dieser verkorksten Beziehung abgeschlossen hatte. Eigentlich hatte sie von Anfang an gespürt, dass sie mit Gunnar keine Zukunft haben würde. Zumindest nicht die Form von Zukunft, die sie sich wünschte: Familie, Vertrauen, Glück …

Plötzlich erschien Hannes vor ihrem inneren Auge, und Lara musste unvermittelt lächeln. Dann schob Justus sich daneben, und wieder lächelte Lara. Sie freute sich auf die Zeit mit Hannes genau wie auf das kommende Date mit Justus und auf die Arbeit in der Praxis – genau genommen freute sie sich auf das Leben, das vor ihr lag. Und sie hoffte, dass ihr Traum vom Glück hier auf Rügen eine Chance hatte, Wirklichkeit zu werden.

„Hunger?“ Hannes‘ tiefe und mittlerweile vertraute Stimme holte Lara aus ihrer Gedankenwelt. Sie drehte sich um und blickte Hannes, der mit einem Pizzakarton in der Hand neben der Hauswand stand, in die Augen.

„Hast du mal auf die Uhr geschaut? Es ist fast nachts … du kannst dir doch jetzt keine tausend Kalorien in den Magen befördern!“

„Wenn du die Hälfte mitisst, wären es nur fünfhundert.“

„Vergiss es.“

„Du verpasst was.“

„Ja, nächtliches Sodbrennen.“

„Du kriegst von Pizza Sodbrennen? Du musst dringend an deiner Ernährung arbeiten“, entgegnete er lachend, setzte sich zu ihr an den Tisch und fing an, die Pizza zu verschlingen. „Wenn ich abends noch Kurse gebe, esse ich vorher nichts. Also wird es immer ein Abendsnack zu späterer Stunde“, erklärte er und hielt sich die Hand vor den vollen Mund.

„Eine Pizza ist kein Snack, Hannes.“

„Doch, schon.“

„Und was ist dann bitte *kein* Snack?“

„Zwei Pizzen.“

„Du verarschst mich.“

„Würde ich nie, Lara. Wirklich! Ich bin den ganzen Tag im und am Wasser unterwegs, verbrenne Millionen von Kalorien – diese kleine Pizza hier ist ein Häppchen für mich."

„Und du würdest sie mit mir teilen?"

„Auf jeden Fall."

„Das ist sehr nett von dir", entgegnete Lara grinsend.

„Ich weiß."

„Was ich dich schon die ganze Zeit fragen wollte. Dieses Apnoetauchen, machst du das wirklich, oder hast du mir ein Märchen erzählt?"

„Ich mache das wirklich. Zwar nicht so richtig highlevelmäßig, aber schon so, dass es sich lohnt, mit einer Lungenfüllung in die Korallen abzutauchen."

„Wie lange schaffst du?"

„Knapp fünf Minuten aktuell. Bin aber auch kein Profi und gehe auch nicht an meine absoluten Grenzen. Es gibt Taucher, die schaffen sieben oder sogar acht Minuten ohne Sauerstoff. Das sind aber Extremsportler. Manche tauchen bis zu zweihundert Meter tief, davor hätte ich auch Respekt. Mir geht es nur um ein entspanntes Erlebnis."

„Was gibt dir das?"

„Es ist für mich die natürlichste Art, sich im Wasser zu bewegen. Jeder ist theoretisch dazu gemacht. Wir können die Luft anhalten und deshalb tauchen. Als du mich todesmutig aus den Wellen der Ostsee retten wolltest, da habe ich das Statiktauchen trainiert. Bewegungslos auf dem Wasser liegen und einfach nur die Zeit aushalten …"

„Und wie lange schaffst du das?"

„Man sagt, dass jeder gesunde Mensch drei Minuten schafft, also die Zeit hast du immer, wenn du unter Wasser bist und ruhig bleibst. Drei Minuten sind lang. Man muss den Körper davon überzeugen, dass er nicht ertrinkt. Das Atmen ist dem Menschen so vertraut wie kein anderer Vorgang im Körper …"

„Geht es um Grenzen? Sie zu überschreiten?"

„Für mich nicht … obwohl, doch irgendwie schon. Zumindest möchte ich ausloten, wo diese Grenzen sind."

„Warst du schon mal ohnmächtig?"

„Beim Apnoetauchen?“

„Ja, genau.“

„Nee, nie. Aber fast beim Wellenreiten …“, fügte er leise hinzu.

Lara sah ihn an, beobachtete die Regungen in seinem Gesicht, die Bewegung seiner Hände. „Möchtest du darüber reden?“

„Es war vor vier Jahren am Bondi Beach. Super Wellen, blauer Himmel, der perfekte Tag. Ich bin aufs Board und los, und alles war wie immer. Ich war einfach nur glücklich. Und dann habe ich plötzlich hinter einer Welle eine Person entdeckt, die zu ertrinken drohte. Ich bin hin und wollte helfen. Als ich ankam, griff sie nach dem Board, konnte sich aber nicht festhalten. Ich bin dann ins Wasser, um ihr raufzuhelfen. Es war ein Mann, schwer, kräftig … Er ist durchgedreht, hat um sich geschlagen. Mich unter Wasser gedrückt und sich selbst so über Wasser gehalten. Er hatte einfach Todesangst … und ich auch.“ Er schluckte, bevor er fortfuhr. „Ich … ich hatte solch eine Panik, dass ich keine Luft hatte. Das war der schlimmste Moment in meinem Leben. Ich wäre ertrunken, wenn nicht zwei andere die Situation beobachtet hätten und mir zu Hilfe geeilt wären. Ich will so was nie wieder erleben. Nie wieder das Gefühl von Atemnot spüren. Wenn ich ruhig geblieben wäre und gewusst hätte, dass ich drei Minuten habe, hätte ich mich von ihm lösen können. Dann hätte ich in meinem Leben wahrscheinlich ein paar Albträume weniger gehabt.“ Er machte erneut eine Pause. „Ich tauche also ohne Sauerstoffgerät, um mir selbst ein Gefühl von Sicherheit zu geben für das Leben auf dem Wasser.“

Lara sah ihn an und fühlte sich ihm in diesem Augenblick so nah. Was sie so unerwartet berührte, dass sie schlucken musste. „Tut mir leid, dass du das erleben musstest“, sagte sie.

„Wenn das Leben dir Zitronen gibt, mach Limonade draus, oder wie heißt der Spruch noch mal?“

„Ich glaube, so“, entgegnete Lara.

Hannes‘ Blick wurde tief. Der Wind wehte noch immer mild und in diesem Moment gingen die Lampions an. Lara sah sich um.

„Das ist schön“, flüsterte sie und drehte ihren Kopf wieder zu Hannes, der sie noch immer ansah.

„Warte“, sagte er plötzlich, stand auf und verschwand ohne ein weiteres Wort. Kurz darauf kam er zurück, in der Hand drei Bierflaschen.

„Unsere Wette, Lara. Wir dürfen sie nicht aus den Augen verlieren.“ Er reichte ihr die beiden Flaschen.

Ungläubig sah sie ihn an.

„Ich bringe dir bei, Kronkorken an jeder beliebigen Kante zu öffnen. Du erinnerst dich? Und dann erlernst du das Surfen. Es kann nicht sein, dass du als Rügener Mädchen nicht surfen kannst. Das ist echt ein Umstand, der dringend beseitigt werden muss. Aber eins nach dem anderen. Zuerst das Öffnen der Flasche. Du wirst sehen, dass ich ein unnormal talentierter Lehrer bin.“

Lara lachte. Er ging um den Tisch herum und stellte sich hinter sie.

„Na, dann lass mal sehen, du *unnormal talentierter Lehrer.*“

„Bitte beide Flaschen fest in die Hand nehmen. Darf ich?“

„Du darfst“, antwortete Lara.

Vorsichtig umfasste er ihre Hände, die die Flaschen hielten. „Du setzt mit der einen Flasche am Rand des Kronkorkens der anderen an und mit einer Hebelbewegung …“ Flott beförderte er die Flasche von unten nach oben. „… hast du sie geöffnet.“ Der Verschluss flog auf den Boden.

„Oh, das ging ja einfach!“, rief Lara erstaunt.

„Liegt am Lehrer. Jetzt du allein.“

Lara setzte die Flasche an, rutschte aber direkt ab. Hannes legte wieder seine Hand um ihre und führte gekonnt mit ihr die Bewegung aus. Der Korken fiel zu Boden.

„Und morgen schaffst du es allein“, sagte er augenzwinkernd und schob ihr die Flasche Bier rüber.

„Auf uns“, sagte Lara und nahm einen großen Schluck. Es schmeckte wunderbar! Wie lange war es her, dass sie mitten in der Woche abends ein eiskaltes Bier getrunken hatte? Hatte sie das überhaupt jemals getan? Sie kramte kurz in ihrem Gedächtnis, ohne Ergebnis. „Lecker!“, schwärmte sie und wischte sich genau wie Hannes den weißen Bierbart von den Lippen. „Ist lange her, dass ich ein kaltes Flaschenbier getrunken habe.“

„Und was hast du so getrunken?“

Neulich ein Glas Champagner, dachte sie, sprach den Gedanken aber nicht aus.

„Wenn es Alkohol war, dann Wein. Gunnar mochte gern Wein", erzählte sie stattdessen, wobei sie Gunnars Namen so leise aussprach, als hätte sie ihn lieber nicht nennen wollen.

„Darf ich fragen, wer Gunnar ist?"

„War ..."

„Er lebt nicht mehr?"

Jetzt musste Lara lachen. „Tschuldigung, darüber lacht man eigentlich nicht", winkte sie ab. „Nein, nein, er ist ziemlich lebendig. Er war mein Freund. Beziehungsweise meine Affäre."

Hannes sah sie mit großen Augen an. „Wow, Lara, schlummert da etwa ein böses Mädchen in dir?" Die Art, wie er es sagte, war entwaffnend. Und ziemlich süß.

„Nein, offensichtlich ein naives. Ich habe mich ziemlich lange von ihm an der Nase rumführen lassen." Sie schluckte – und er sah sie immer noch an. Warm und liebevoll.

„Ist die Trennung noch frisch?", fragte er sanft.

„Geht so." Sie zuckte mit den Schultern. Ihr war nicht wohl dabei, über Gunnar zu reden, trotzdem tat sie es. „Er war verheiratet, ein Kollege. Hat mich glauben lassen, dass er quasi geschieden ist. Am Ende erwartet er jetzt mit seiner Frau zusammen ein Baby. Tja, so kann es laufen."

„Tut mir leid ... Das Leben läuft leider oft anders, als wir es planen. Deshalb kannst du es auch ganz lassen mit dem Planen, finde ich." Hannes nahm noch einen Schluck, sein Blick wanderte hinaus aufs Meer.

Lara setzte sich auf, erst dann wagte sie zu fragen: „Jette hat deine Pläne auch ganz schön durchkreuzt, oder?"

„Ja, aber auf unerwartet schöne Art."

„Warst du mit ihrer Mama zusammen?"

„Nein, es war ein One-Night-Stand."

Pass auf dich auf ... Justus' Worte bohrten sich in Laras Bewusstsein.

„Es war eine Party hier in der Surfschule, weitere Details erspare ich uns."

Lara schluckte, plötzlich unsicher, ob Justus' Warnung nicht doch mehr Wahrheit enthielt, als sie es sich eingestehen wollte. *Mitbewohner,* dachte sie. *Er ist nur dein Mitbewohner und er darf Sex haben, so viel und mit wem er möchte.*

- 18 -

AUCH dieser Tag schien ein sonniger zu werden. Helles, warmes Licht schien durch die Ritze der nicht ganz geschlossenen Vorhangschals und kitzelte Laras Nase. Mit einem Niesen öffnete sie die Augen, reckte sich ausgiebig und ließ ihren Blick durch das Zimmer schweifen – die strahlend weißen Wände entlang, wo bald schon die Bilder aus Friedas Laden hängen würden, bis zum geöffneten Fenster, vor dem die Vorhänge sich im leichten Sommerwind bewegten. Dass sie sich sofort so wohlfühlen würde, hatte sie nicht erwartet. Natürlich hatte sie gespürt, dass dieser Ort ihr zusagte, sonst wäre sie ja nie eingezogen, aber sie hatte mit schlaflosen Nächten gerechnet, bevor sie sich eingelebt haben würde. Dass sie jedoch von Anfang an so tief und fest schlafen konnte, war neu für sie. Vielleicht lag es an dieser unglaublichen Stille. Eine Stille, die nur ab und zu durch das Rufen einer Möwe durchbrochen wurde oder durch das Pfeifen des Windes, der die Baumwipfel zum Tanzen brachte. Ansonsten war hier nichts zu hören. Rein gar nichts. Bis jetzt hatte Hannes auch noch keine Party veranstaltet, und wenn Lara ehrlich war, hoffte sie sehr, dass das so bleiben würde.

Sie gähnte ausgiebig, dann erhob sie sich langsam und zupfte die Träger ihres kurzen Satinnachthemdes zurecht. Der Dielenboden fühlte sich warm an unter ihren nackten Füßen. Anstatt wie sonst direkt ins Bad zu gehen, ging sie leise die Treppe hinunter, um das Wasser für ihren Tee aufzusetzen und sich eine Flasche Mineralwasser zu holen. Es war sechs Uhr und um diese Zeit schlief Hannes für gewöhnlich noch. Der Abend gestern war noch sehr schön gewesen. Sie hatten bis gegen elf Uhr nachts geredet. Es fiel ihr leicht, sich mit ihm zu unterhalten. Leichter als mit Justus, was ihr seltsam vorkam. Sie fand nämlich, dass Justus ihr viel ähnlicher war als Hannes – mit Justus teilte sie die gleichen Ziele, den gleichen Geschmack, was Häuser betraf, und auch er wollte eine Familie gründen. Lara hoffte einfach, dass irgendwann ihre Aufregung einem vertrauten Gefühl weichen und sie die Zeit mit ihm mehr und mehr genießen würde. Schon am nächsten Samstag gab es eine neue Chance dazu.

Lara betrat die Küche, stellte den Wasserkocher an und holte eine Flasche Wasser aus dem Kühlschrank. Auch wenn sie eigentlich Leitungswasser trank, schmeckte ihr Hannes‘ Wasser mit Kohlensäure. Er hatte ihr angeboten, immer ein paar Flaschen für sie mitzubringen, und davon machte sie gern Gebrauch.

Gedankenverloren schaute sie hinaus in den aufgehenden Morgen. Durch das Küchenfenster könnte man eigentlich das Meer sehen, allein ein großer, wahrscheinlich wild gewachsener Busch auf der Grundstücksgrenze versperrte die Sicht. Eigentlich schade, dachte sie. Denn wie schön wäre es, wenn man beim Kochen und Abspülen das Meer vor der Nase hätte? Verträumt schaute sie durch das Sprossenfenster und malte sich den Blick aus, der sich hinter dem hochgewachsenen Buschwerk versteckte.

„Guten Morgen.“ Ein sanftes Flüstern, begleitet von einem warmen Luftstrom, streifte ihr Ohr. Lara zuckte zusammen, lächelte und drehte ihren Kopf zur Seite.

„Bist du aus dem Bett gefallen? Und wo hast du gelernt, dich so anzuschleichen?“, fragte sie und schaute Hannes, dessen Locken wild in alle Richtungen vom Kopf abstanden, in die braun-grünen Augen.

Grinsend schüttelte er den Kopf. „Zu Frage eins – ich habe gespürt, dass du wach bist. Zu Frage zwei – ich bin ein Naturtalent.“

„War ich zu laut? Das tut mir leid, ich bin beim nächsten Mal …“

„Schht“, unterbrach er sie und berührte mit seinem Finger ihre Lippen. „Ich wollte einfach mal wieder die Wellen an der Surfschule ganz für mich allein haben. Und das klappt am besten frühmorgens. Außerdem ist die Stimmung dann immer eine ganz besondere. Deine Anwesenheit motiviert mich, den Morgen wieder als Teil des Tages mitzuzählen, an dem man wach sein und Dinge tun kann.“

Langsam nahm er seinen Finger von ihren Lippen. Unwirklich spürte sie mit der Zunge seiner Berührung nach.

„Ähm, es freut mich, dass ich dich zu etwas motivieren kann.“

„Ja, deine Strukturiertheit tut mir gut. Wirklich. Und, motiviere ich dich auch zu irgendwas?“, fragte er auf seine typisch spitzbübische Art.

„Äh, zum Biertrinken?“

Hannes lachte. „Mist, ich will ja keinen schlechten Einfluss auf dich haben.“

„Okay, warte. Du motivierst mich dazu, länger aufzubleiben.“

Hannes runzelte die Stirn.

„Warte, anders … also, du motivierst mich dazu, etwas von meinen Routinen und Glaubenssätzen abzurücken und den Kopf auszuschalten.“

Jetzt grinste Hannes. „Scheiße, was habe ich für einen guten Einfluss auf dich.“ Und dann änderte sich sein Gesichtsausdruck. Das war Lara schon oft aufgefallen. In der einen Sekunde wirkte er wie ein schelmischer Junge und in der nächsten wie ein weiser Mann, den das Leben bereits geformt hatte. „Schön, wenn du dich wohlfühlst und auch mal loslassen kannst“, sagte er dann, und seine Stimme klang so warm, dass Lara Gänsehaut bekam.

Ihr war klar, dass Hannes in keinster Weise bewusst war, welchen Punkt er da getroffen hatte. Dass das Loslassen *ihr* Thema war, so lange sie denken konnte. Immer kontrolliert sein, immer die perfekte Tochter sein, die perfekte Freundin, die perfekte Partnerin. Niemals über die Stränge schlagen, um nur keinen zu enttäuschen. Immer alles gut und richtig machen. Immer alles abwägen und nichts dem Zufall überlassen. Das war sie – das war die Lara, die seit zweiunddreißig Jahren diesen Planeten bewohnte. Und jetzt stand eben genau diese Lara in einem kurzen Satinnachthemd mit Spitze und nackten Füßen in einer bunt zusammengewürfelten WG-Küche und blickte ihrem strubbeligen Mitbewohner, der nur ein T-Shirt über seiner Boxershort trug, in die Augen.

„Ja, das tut mir wirklich gut“, entgegnete sie leise und hätte ihn am liebsten an sich gedrückt. Auch wenn sie ihn noch nicht so gut kannte, fühlte sie eine Verbindung zu ihm, die sich nach *einfach nur da* anfühlte, ohne dass es irgendeiner Anstrengung ihrerseits bedurfte. Es war, was es war, und es war gut.

„Freust du dich auf die Arbeit heute?“, fragte er.

Lara nickte. „Ja, sie erfüllt mich. Und ich glaube, wenn sich alles richtig eingespielt hat, dann könnte das hier mein richtiges Zuhause werden."

„Du meinst hier? Bei mir? Dass dieses Haus dein Zuhause werden könnte?"

Das hatte Lara nicht gemeint. Vielmehr die Insel und die Praxis. Ihr Plan war es nach wie vor, etwas Eigenes zu finden. Hannes und die WG, das war nur eine Übergangslösung.

„Schauen wir mal, was das Leben so bereithält", antwortete sie diplomatisch. „Planen ist ja eh für die Katz, oder?"

Hannes schüttelte grinsend den Kopf. „Nee, Lara, ich brauche deinen Durchblick und deinen Plan. Lass uns das jetzt nicht durcheinanderbringen. Sonst motivieren wir einander noch ins Chaos hinein."

Lara lachte laut. „Da könntest du recht haben. Ich weiß es noch nicht, Hannes. Okay? Der Plan lautet nach wie vor, eine eigene Wohnung zu finden. Aber wann und wie und was, das liegt nicht ausschließlich in meinen Händen. Für den Moment fühle ich mich richtig wohl hier … bei dir. Warten wir ab, was die Zeit bringt. Wenn ich gehe, dann wirst du der Erste sein, der es erfährt. Klingt das besser für dich?"

„Wie Musik", antwortete er, drehte sich um und verließ die Küche. Und Lara stand da und sah ihm nach.

Wenig später betrat Lara als Erste die Praxis, was bis dato noch nicht vorgekommen war. Bislang war Frau Meinberg immer schon vor ihr da gewesen. Gähnend blickte sie zur Uhr und wunderte sich, warum die Anmeldung noch unbesetzt war. Just in diesem Moment wurde schwungvoll die Tür geöffnet und eine sichtlich abgehetzte Frau Meinberg stapfte herein.

„Guten Morgen", begrüßte Lara sie freundlich.

„Herrje, bin ich so spät dran?", erwiderte die Sprechstundenhilfe mit großen Augen und schritt schnurstracks an Lara vorbei in Richtung Anmeldung. Plötzlich hielt sie inne, blieb stehen und drehte sich zu Lara um. „Guten Morgen, Frau Schönweiß", sagte sie und ließ ihre Mundwinkel zu einem kleinen Lächeln nach oben wandern.

„Sie sind noch immer überpünktlich, Frau Meinberg.“ Mit einem innerlichen Grinsen hatte Lara registriert, dass Frau Meinberg auf den Doktortitel verzichtet hatte. War auch das ein Zeichen der Annäherung?

„Ich bin gern die Erste, um noch etwas Ruhe zu haben.“

„Dann störe ich Sie nicht weiter. Tun Sie einfach so, als wäre ich nicht da.“

Und wieder war da ein zaghaftes Lächeln auf Frau Meinbergs Lippen. „Ach was, wenn wir hier schon in aller Herrgottsfrühe zusammen sind, dann können wir uns auch unterhalten.“

„Sehr gern. Wie geht es Ihnen? Sie sehen ein wenig blass aus.“

„Ja? Die Nacht war nicht so gut“, entgegnete Frau Meinberg und stellte sich, während sie sprach, hinter die Anmeldung. Mit dem Mittelfinger schob sie ihre Brille zurecht und warf einen Blick auf den Bildschirm. „Alles nicht der Rede wert.“

„Fühlen Sie sich krank?“

Frau Meinberg sah auf. „Ich bin um zwei Uhr aufgewacht und habe einfach nicht wieder einschlafen können.“

„Möchten Sie einen Kaffee? Ich mache Ihnen einen.“

„Ähm, ja, das wäre sehr nett. Danke!“

Lara ging in die Küche und setzte den Kaffee auf. Kurz darauf hielt sie Frau Meinberg eine Tasse mit frisch gebrühtem Kaffee entgegen.

„Ein Glück, dass heute Mittwoch ist und ein kurzer Tag, dann können Sie sich heute Mittag ausruhen. Leben Sie eigentlich schon immer auf Rügen?“

Wieder erschien ein Lächeln auf Frau Meinbergs Gesicht, diesmal unverkennbar. „Ja, mein ganzes Leben lang. Und Sie? Sie kommen aus Berlin, richtig?“

„Stimmt, aber ich bin hier geboren.“

„Ach was … Dann sind Sie ein richtiges Urgestein? Schönweiß …“ Frau Meinberg kratzte sich am Kopf. „Warten Sie, war Ihr Vater Direktor der Kurklinik?“

„Nein, das war mein Opa.“

„Das gibt es doch nicht. Dann sind Sie die Enkelin von Moritz Schönweiß?“

„Ja, die bin ich.“

„Und Ihr Vater, Moment, wie hieß er noch gleich, Maximilian Schönweiß … der Notar?“

„Genau.“

„Na, das hätte ich aber wissen müssen. Ich kannte Ihren Opa persönlich. Er war ja lange Vorsitzender unseres Chors. Das freut mich jetzt aber … Ich meine, dann wissen Sie ja genau, worauf Sie sich hier einlassen. Es schwingt ja immer ein wenig die Angst mit, dass ihr jungen Leute nur kurz bleibt und wieder in die Ferne schweift. Schauen Sie mich an … achtundvierzig Jahre arbeite ich schon in dieser Praxis. Erst für Dr. Schuster, bei ihm habe ich meine Ausbildung gemacht, und dann kam ein paar Jahre später Dr. Männer. Wir waren ein wunderbares Gespann, wissen Sie? Wenn man so viele Jahre zusammenarbeitet, dann wächst man zwangsläufig zusammen.“

Es war wie ein Dammbruch. Als würde Frau Meinberg in diesem Augenblick den Vorhang beiseitelassen und Lara endlich willkommen heißen.

„Ich empfinde es tatsächlich als großes Glück, jemand so Erfahrenes wie Sie um sich zu haben“, betonte Lara lächelnd und fühlte, dass sich jetzt alles zum Guten wenden könnte.

„Danke, Frau Schönweiß! Ich freue mich, dass Sie das so sehen. Und wenn Sie irgendwelche Fragen haben, dann fragen Sie mich. Alles, was ich beantworten kann, beantworte ich Ihnen gern.“

„Ich werde mit Sicherheit darauf zurückkommen, Frau Meinberg.“

In diesem Moment öffnete sich die Praxistür ein drittes Mal an diesem frühen Morgen und Frau Sander trat ein.

„Morgen zusammen“, grüßte sie mit herber Stimme, die sich um diese Uhrzeit eher wie ein Reibeisen anhörte.

Frau Sander redete nie sehr viel, dachte Lara, aber das war nichts Persönliches, sondern einfach ihre Art. Die Zusammenarbeit mit ihr verlief von Anfang an reibungslos, professionell und zielführend.

Am frühen Nachmittag, alle hatten die Praxis bereits verlassen und Lara hatte den letzten Papierkram in Ruhe erledigen können, fuhr sie nicht direkt zum Strandhaus, sondern entschied sich für einen Umweg. Schon seit Tagen hatte sie das Bedürfnis, zu einem ganz bestimmten Ort zu fahren. Nach Middelhagen, weiter ins Inselinnere hinein. Bereits nach wenigen Minuten erblickte sie die rot verklinkerte Kirche, die hinter einer grünen Mauer aus Büschen und Bäumen mit ihrem roten Dach emporragte. Lara radelte weiter und mit jedem Meter, den sie die Dorfstraße entlangfuhr, schlug ihr Herz ein wenig schneller. Wie schön es hier doch war – all die reetgedeckten Häuser und bunt bepflanzten Vorgärten … Genauso schön und urig hatte sie diese Ortschaft in Erinnerung gehabt. Als sie schließlich ihr Ziel in einer kleinen Nebenstraße erreichte, parkte sie das Rad am Gartenzaun und betrachtete das Haus dahinter. Seine weiße Fassade könnte dringend einen Anstrich vertragen, dachte Lara und bewunderte gleichzeitig die frisch bepflanzten Blumenkästen auf den Fensterbänken, die halfen, von der Renovierungsbedürftigkeit des Gebäudes abzulenken.

Hier, an diesem Ort, hatte sie einen großen Teil ihrer Kindheit verbracht. Bei Tante Elli. Sie war eine dieser Tanten gewesen, die jedes Kind im Leben haben sollte. Ungewollt kinderlos schlug ihr Herz für all die kleinen Menschen, die sie immer so gern besuchen kamen. Auch Lara war oft bei ihr gewesen, denn bei Tante Elli war alles leichter und weniger streng. Laras Mutter hatte es nie gern gesehen, wenn ihre Tochter zu Elli fuhr, dabei hatte sie selbst ihre ehemals beste Freundin zu Laras Patentante gemacht. Doch irgendwann waren diese Ausflüge strikt verboten gewesen.

„Sie hat keinen guten Einfluss auf dich“, hatte Laras Mutter im strengen Ton gesagt. Heute wusste Lara, dass das Verhältnis zwischen ihrer Mutter und Tante Elli zerrüttet war. Warum, das hatte sie nie erfahren … Ein einziges Mal in ihrem Leben hatte Lara sich dann ihrer Mutter widersetzt und war für einen letzten Besuch zu Elli gefahren, um ihr von dem Verbot zu erzählen.

„Tu, was deine Mama sagt“, hatte Elli gesagt. „Du handelst dir sonst nur Ärger ein.“

Manchmal hatte Lara ihre Patentante zufällig getroffen, dann war sie ihr voller Sehnsucht um den Hals gefallen. Manchmal hatte Lara aber auch ihren Heimweg so gewählt, dass sie Elli über den Weg laufen musste – was auch oft gelang. Und dann war die Schule beendet, Lara verließ Rügen, um Medizin zu studieren. In späteren Jahren hatte sie nie mehr den Mut aufgebracht, Tante Elli zu besuchen.

Lara zuckte zusammen. Die rote Holztür wurde geöffnet. Sie machte einen Schritt zur Seite und versteckte sich hinter einem großen Baum. Ein junger Mann verließ das Haus und betrat den Garten. Lara blieb noch eine Weile stehen und beobachtete ihn. Hatte das Haus einen neuen Besitzer? Aber wo war dann Tante Elli? Lebte sie noch?

Einen tiefen Atemzug nehmend, stieg Lara auf ihr Rad und machte sich auf den Heimweg – die Erinnerungen an Tante Elli tief in ihrem Herzen und mit dem festen Vorsatz, sie zu finden.

- 19 -

„ICH würde mal sagen, dann geht es morgen aufs Surfbrett mit dir!“

Grinsend saß Hannes da und betrachtete die vier geöffneten Wasserflaschen. Die Sonne stand sattorange am Himmel und tauchte das Meer in ein warmes Licht. Ein wenig ungläubig über ihr eigenes Talent starrte Lara allerdings nur auf die Kronkorken um sie herum und hatte ausnahmsweise keinen Blick für die wunderschöne Natur, die sie umgab.

„Ich lobe dich nur ungern, aber du bist wirklich ein guter Lehrer“, murmelte sie.

„Da erzählst du mir nichts Neues, Lara Schönweiß. Das ist mir durchaus bewusst“, entgegnete er süffisant und setzte eine Wasserflasche an die Lippen.

Lara schaute auf.

„Ich habe es dir ja gesagt“, nuschelte er in den Flaschenhals hinein, um gleich darauf einen großen Schluck zu nehmen. „Und deshalb bin ich mir auch so sicher, dass du schon bald die Wellen reiten wirst, als wärst du eine Badenixe.“

„Ich möchte an diesem Punkt gern anmerken, dass meiner Meinung nach zwischen dem Öffnen einer Flasche und dem Stehen auf einem Surfbrett bei Wellengang ein kleiner Unterschied im Schwierigkeitsgrad der motorischen Koordination besteht.“

„Ach, Quatsch, Koordination ist Koordination und ein guter Lehrer ist ein guter Lehrer. Glaub mir, du wirst es lieben.“

„Komm ich wirklich nicht darum herum?“

„Nee, leider nicht. Wette ist Wette. Lass mich kurz nachdenken. Morgen ist Freitag, da habe ich volles Programm. Ähm, wie wäre es Samstag am späten Nachmittag? Mein letzter Kurs ist um achtzehn Uhr vorbei und der Abendkurs fällt aus.“

„Achtzehn Uhr ist früher Abend und nicht später Nachmittag, Hannes“, merkte Lara amüsiert an.

„In deiner Welt vielleicht“, erwiderte Hannes lachend. „Obwohl, jetzt, wo du mich motivierst, auch mal früher aufzustehen … vielleicht esse ich dann bald um achtzehn Uhr Abendbrot …“

Dass das nicht ernst gemeint war, konnte Lara an seinem Blick erkennen. Seine Augen leuchteten immer dann auf eine besonders kecke Art, wenn er einen Schelm im Nacken sitzen hatte.

„Also, Lara, kann ich Samstagabend mit dir rechnen?“

Auch wenn sie nicht wirklich Lust auf einen Surfkurs hatte, so freute sie sich doch auf Zeit mit Hannes. Leider war sie an diesem Samstag schon verplant.

„Da kann ich nicht“, antwortete sie knapper als gewollt. Warum erzählte sie ihm nicht einfach von ihrem Date mit Justus?

„Stimmt das, oder drückst du dich?“

„Das stimmt. Echt …“

Prüfend musterte er sie. „Wirklich?“

„Hannes, ich bin verabredet und kann nicht.“

„Mit Hedda?“, fragte er unbekümmert.

Lara schüttelte den Kopf. „Nein, mit einem alten Bekannten, den ich noch aus der Schulzeit kenne.“

„Ah“, erwiderte er, und wenn Lara sich nicht täuschte, huschte ein kleines bisschen Enttäuschung über seine weichen Gesichtszüge.

„Sonntag? Könntest du da? Da hätte ich den ganzen Tag Zeit“, schob Lara schnell hinterher. Sie hatte das Bedürfnis, ihm zu zeigen, dass sie sich ehrlich auf ihn freute.

„Ja, klar, wenn du Lust hast, dann bin ich Sonntag am Start.“

„Ich freue mich drauf, Hannes, echt …“

„Ich mich auch.“

„Muss ich mich irgendwie vorbereiten?“

„Eigentlich nicht. Das, was du brauchst, habe ich da und ansonsten … Gute Laune und ein bisschen Mut. Mut wäre gut.“

„Okay, dann werde ich bis Sonntag mal all meinen Mut zusammensuchen.“

In diesem Moment klingelte sein Handy. Er schaute aufs Display und seine Gesichtszüge wurden ernst.

„Da muss ich rangehen. Corinna.“ Er nickte Lara zu, dann nahm er ab. „Hallo, Corinna“, begrüßte er sie und seine Stimme klang mit einem Mal vollkommen ernst. Fast so, als wäre er im Job und würde einen Arbeitsanruf entgegennehmen, der volle Professionalität von ihm verlangte. „Ja, das bin ich … Hmm, ja, können wir gern machen. Ich schaue, dass ich meine Kurse verlegen kann. Ja, das ist kein Problem … Okay, danke.“

Nach nicht einmal einer Minute war das Gespräch beendet. Hannes legte das Smartphone zurück auf den Tisch.

„Jette kommt am Montag. Corinna hat einen beruflichen Termin, den sie nicht verschieben kann.“

„Und du kannst einfach so deine Kurse schieben?“, fragte Lara vorsichtig.

Hannes zuckte mit den Schultern. „Bin froh, wenn ich Jette überhaupt sehen kann. Irgendwie wird das schon gehen.“

„Es ist nicht richtig, was Corinna da macht.“

„Habe ich eine Wahl?“ Er atmete so tief ein, dass Lara es deutlich hören konnte.

„Vielleicht solltest du mal in ruhiger Atmosphäre mit ihr reden? Darüber, wie ihr eine Verbindlichkeit herstellen könnt? Das würde am Ende nicht nur dir, sondern auch Jette zugutekommen. Verbindlichkeit und Struktur – Kinder brauchen das. Ich habe in meiner Praxis häufig mit Kindern zu tun, deren Eltern nicht mehr zusammen sind. Oft erledigen sich Bauch- und Kopfschmerzen wie von selbst, wenn sie merken, dass sie sich auf ihre Eltern verlassen können und dass Zusagen eingehalten werden.“

„Da habe ich keinen Einfluss drauf, Lara.“

„Wieso nicht?“

„Weil Corinna mich nicht an sich ranlässt.“

„Hast du es schon versucht?“

„Was denkst du? Natürlich habe ich das. Immer und immer wieder. Aber sie blockt ab. Ich soll mein Leben in den Griff kriegen, soll eine Umgebung schaffen, in der ein Kind aufwachsen kann … Das kotzt mich an. Ganz ehrlich.“

Lara legte ihre Hand auf seine. Er schaute auf, direkt in ihre Augen.

„Alles, was ich bis jetzt von dir weiß, ist, dass du eine Umgebung bieten kannst, in der ein Kind aufwachsen kann und sollte. Du bist toll, Hannes. Jette liebt dich."

„Corinna kommt aus anderen Kreisen, sie ist was Besseres. Zumindest glaubt sie das, und ihre Eltern haben es ihr sicherlich jeden Morgen nach dem Aufstehen aufs Brot geschmiert. Ihr Vater ist Politikberater bei den Liberalen oder Lobbyist, ganz wie du es sehen willst, und ihre Mutter leitet ein Unternehmen. Irgendwas mit Fahrzeugbau. Egal, jedenfalls haben sie Kohle ohne Ende, und als sie mitgekriegt haben, dass ihre Tochter von einem Surflehrer schwanger ist, da hätten sie Corinna am liebsten aus dem Verkehr gezogen und irgendwo versteckt, bis ein geeigneter Ehemann fürs Töchterlein gefunden wäre."

„Ich kenne das Gefühl, wenn Eltern hohe Erwartungen haben."

„Aber du bist anders als Corinna. Sie fühlt sich wohl in ihrer Rolle."

„Ich mich auch", setzte Lara ihm entgegen.

Hannes lächelte mild. „Ja, kann sein, aber du hältst dich nicht für etwas Besseres, nur weil du studiert hast und Ärztin bist. Du hast das Herz am rechten Fleck, das habe ich sofort gemerkt, als ich dich das erste Mal in unserer Lieblingsbucht gesehen habe. Menschen mit einem Lieblingsort am Meer mitten in der Natur haben ein gutes Herz."

„Wie ist das mit Corinna und dir passiert? Ich meine, wenn du sie nicht gemocht hast … wieso habt ihr dann …"

Hannes sah Lara an und verzog sein Gesicht. „Du willst aber jetzt keine Details hören, oder?"

„Ich kann mir durchaus vorstellen, wie Jette gezeugt wurde, dazu brauche ich keine Details. Ich wundere mich nur, dass du jemandem so nah warst, den du eigentlich nicht sympathisch findest."

„Ich war ihr nicht nah, Lara. Wir hatten Sex, das war alles."

„Viel näher geht doch kaum …"

„Doch, es geht sehr viel näher. Hattest du noch nie einen One-Night-Stand? Entschuldige, das ist 'ne blöde Frage", lenkte er sofort ein.

„Ehrlich gesagt nicht", antwortete Lara und wunderte sich über ihre Offenheit. „Ganz schön langweilig, oder?", schob sie leise hinterher.

„Überhaupt nicht, Lara."

„Ist Corinna hübsch?"

„Ja, ziemlich, finde ich. Ich fand sie schon richtig gut, als ich sie an dem Abend hier in der Surfschule kennengelernt habe.“

„Da hast du aber noch nicht hier gewohnt, oder? Du hast doch mal erzählt, dass du wegen Jette hierhergezogen bist …“

„Ja, das stimmt. Die Surfschule gehörte Markus, einem Freund von mir, den ich auf einer meiner Reisen kennengelernt hatte. Er war ein ganzes Stück älter als ich, aber es hat gepasst. Wir waren einfach auf einer Wellenlänge. In jeder Beziehung. Cara, seine Freundin, hat die Surfschule immer übernommen, wenn er auf Reisen war. Irgendwann war ich mit ihm hier auf Rügen und er hat eine After-Work-Party organisiert. Die lief richtig gut. Es war eine super Stimmung, total gechillt. Top Wetter, ‘ne coole Liveband, Cocktails … Und da war auch Corinna mit ihrer Clique. Und wie das dann so ist … wir haben uns nett unterhalten und getanzt, Bier getrunken, dann gab es einen Zwischenfall mit einem Typen und den Rest kannst du dir denken. Wir haben untalentiert verhütet.“

Lara zog die Stirn kraus.

„Frag nicht nach, Lara. Es ist schiefgegangen!“ Er machte eine kurze Pause. „Aber jetzt ist Jette da, und schwups wird aus einem Missgeschick etwas Wunderschönes. Ich bereue nichts. Gar nichts.“ Er schluckte. „Wie könnte ich es auch bereuen?“, fragte er und suchte wieder Laras Blick.

„Ich verstehe dich, Hannes. Jette ist toll! Aber wie kam es, dass dein Freund dir die Surfschule verkauft hat?“

Hannes holte tief Luft. „Er wurde schwer krank, eigentlich war er schon lange schwer krank, aber hat es nicht erzählt. Er hatte Krebs. Irgendwann hat er mir gesagt, dass er mir die Schule vererben wollte.“

„Wieso dir und nicht seiner Freundin?“

„Sie hat ihn sitzen lassen, ihr war das alles zu viel geworden. Ich wollte die Schule nicht erben. Ich wusste, dass er noch einiges auf seiner Bucketlist stehen hatte, für das er das Geld gut brauchen konnte. Als Corinna mir erzählte, dass sie schwanger ist, wusste ich sofort, ich will in der Nähe des Kindes sein. Also habe ich die Schule gekauft, um hier ein Standbein zu haben. Für einen richtig guten Freundschaftspreis. Markus ist dann noch mal zu mir nach Australien gekommen. Ihm ging es aber ziemlich schnell sehr schlecht, und er wollte zurück nach Rügen.

Also habe ich wegen ihm und natürlich Jette endgültig meine Zelte in Australien abgebrochen. Er ist hier in seinem Haus gestorben … kurz nach Jettes Geburt."

„Warst du bei ihm?"

Hannes nickte und wischte sich fahrig, fast unmerklich über die Augen.

„Er fehlt dir, oder?"

Hannes nickte. „Er wäre ein richtig guter Patenonkel geworden. Er war nicht nur ein Freund, manchmal war er wie ein Vater für mich."

Lara hielt kurz inne. Sie fühlte sich Hannes so nah in diesem Moment, dass sie Gänsehaut bekam. Vielleicht war es aber auch bloß der Wind, der für diesen Kitzel auf der Haut sorgte.

„Darf ich dich fragen, was mit deinem Vater ist?"

Wieder atmete Hannes tief ein. „Der hat sich aus dem Staub gemacht. Ich kenne ihn nicht. Hat meine Mutter sitzen lassen." Er senkte den Blick. „Auch deshalb werde ich Jette nie im Stich lassen. Du hast recht, ich sollte nicht das Feld räumen. Ich will nicht wie mein Vater sein. Ich will, dass Jette weiß, dass sie gewollt ist und dass sie geliebt wird. Von Mama *und* Papa. Das Gefühl, wenn ein Teil von dir eine Blackbox ist, das wünsche ich keinem Kind. Weil man diesen Teil viel zu oft mit Selbstzweifeln füllt. Eltern sind dazu da, Liebe in dich einzupflanzen. Und dazu brauchst du beide Seiten. Sonst klafft eine Lücke in dir, die lange braucht, bis sie sich schließt." Er fuhr sich mit beiden Händen durch seine schwarzen Locken. „Meine Mama hat ihr Bestes gegeben. Sie hat immer versucht, auch die andere Hälfte zu sein, aber als Kind spürst du, dass was fehlt."

„Wo ist deine Mutter?"

„Sie lebt noch immer in Hamburg, wo ich auch herkomme. Wir telefonieren viel."

„Kennt sie Jette?"

„Ja, das tut sie, aber sie hält sich zurück. Sie meint, dass meine Beziehung zu Jette erst einmal wichtiger ist. Ich weiß, dass es ihr wehtut, deshalb sprechen wir nicht allzu oft darüber."

In diesem Moment gingen die Lampions über ihnen an. Und wieder hatte Lara die Zeit vergessen, wieder hatte sie eine ihrer Routinen durchbrochen. Wieder war sie ganz und gar in der Zeit mit Hannes versunken.

„Ich erzähle dir gerade ganz schön viel über mich“, sagte Hannes.

„Es ist schön, dass du das machst.“

„Und du? Wer bist du, Lara Schönweiß?“

„Das weißt du doch.“

„Wie oft siehst du deine Eltern?“

„Selten.“

„Wie selten?“

„Sehr selten.“

„Möchtest du darüber reden?“

„Da gibt es eigentlich gar nicht so viel zu reden. Sie stressen mich. Ich bin ehrlich gesagt froh, dass sie nicht mehr in meiner Nähe leben.“ Unsicher bearbeitete Lara ihre Nagelhaut am linken Zeigefinger. Dann sah sie auf. „Immer wenn ich bei ihnen bin, kriege ich hektische rote Flecken und Magenschmerzen. Immer die vier selben Fragen: Beförderung? Chefärztin? Heirat? Kinder? Ich kann alles nur mit Nein beantworten, und solange das so ist, kann ich sie nicht so oft sehen. Manchmal tut es mir leid, weil sie älter werden und ich Angst habe, irgendwann zu bereuen, ihnen nicht so nah gewesen zu sein. Aber man kann das doch nicht erzwingen, oder?“ Sie schluckte.

„Nein, das kann man nicht.“

„Ich rufe sie an, aber mehr als zweimal im Jahr bei ihnen vorbeizufahren, das schaffe ich nicht.“ Sie fühlte einen dicken Kloß in ihrem Hals.

„Hast du Geschwister?“

„Ja, einen Bruder, er lebt in England, deshalb sehen wir uns nicht so regelmäßig. Er konnte sich aber immer schon besser abgrenzen und über ziemlich viel hinweghören. Er war stets rebellischer als ich, selbstbewusster … Wir sind ziemlich verschieden.“

Hannes sah sie an und sein Blick hatte so viel Wärme im Gepäck, dass Lara erneut Gänsehaut bekam. So offen war sie schon lange nicht mehr gewesen. Vielleicht lag es an diesem wundervollen Ort, dem Rauschen des Meeres, dem dämmerigen Licht der Lampions. Oder es lag an

Hannes, bei dem sich alles in ihr so viel leichter anfühlte, als sie es gewohnt war.

- 20 -

DER Eintopf dampfte in der Suppenschüssel. Lara saß am Tisch in Heddas Küche und beobachtete Ruben, wie er die Arbeitsfläche mit einem Küchentuch abwischte. Hedda war noch schnell in den Garten gegangen, um frische Petersilie zu schneiden.

„Gefällt es dir bei Hannes?“, fragte Ruben, ohne Lara anzusehen. Konzentriert schrubbte er weiter.

„Ja, sehr.“

„Cool, das freut mich für dich. Also suchst du erst mal nicht weiter nach einer neuen Bleibe?“

„Doch, schon. Nicht ganz so intensiv, aber mittelfristig hätte ich gern etwas Eigenes, zumal Hannes wahrscheinlich doch nicht auf Reisen gehen wird. Das heißt, dass das WG-Thema von Dauer sein würde.“

„Hätte mich eh gewundert, wenn er das macht. Er hat doch eine Tochter, richtig?“

„Ja, ich glaube, dass das am Ende auch den Ausschlag geben wird … Kennst ihr eigentlich die Mutter von Jette?“

„Ist Jette seine Tochter?“

„Ja, genau.“

„Nee, nur vom Sehen. Könnte aber sein, dass Justus sie kennt. Ich glaube, die haben alle mal zur selben Clique gehört. Kann mich aber auch täuschen.“

„Vielleicht lerne ich sie ja irgendwann mal in der Praxis kennen.“

„Wen willst du kennenlernen?“ Hedda kam mit einem Bündel Petersilie in der Hand in die Küche, ging zur Arbeitsfläche und legte das Grün auf einem Holzbrettchen ab.

„Corinna, die Mama von Hannes‘ Kind.“

„Die kenne ich auch nicht. Wobei, eigentlich müsste die ja auf unserer Schule gewesen sein … Ich kann mich aber gar nicht an sie erinnern. “

„Wahrscheinlich war sie auf der Privatschule in Glowe“, merkte Ruben an.

„Geht Jette nicht in deine Kita?“, fragte Lara.

„Nee, keine Ahnung, in welche sie geht. Bei uns ist sie jedenfalls nicht.“

Ruben zerhackte die Petersilie, gab sie in eine kleine Schüssel und stellte sie auf den Tisch.

„Greift zu“, sagte er und setzte sich.

„Danke für die Einladung“, sagte Lara und nahm sich eine Suppenkelle Bohneneintopf.

„Wie läuft es mit Justus“, fragte Hedda geradeheraus.

„Wir treffen uns heute“, antwortete Lara.

„Und das sagst du erst jetzt und so nebenbei? Bist du gar nicht aufgeregt?“

„Doch, schon, aber es ist ja mittlerweile das dritte Treffen und ein bisschen ruhiger werde sogar ich. Keine Ahnung, woran das liegt.“

„Ist vielleicht ein bisschen früh für einen Gewöhnungseffekt“, bemerkte Ruben trocken und füllte nun seinen Teller.

„Ich bin einfach nicht mehr so elendig nervös, was mich echt freut.“

„Weißt du schon, was ihr unternehmen werdet?“

„Ich hoffe nicht, dass er für heute dieses Sportdate plant, das steht ja immer noch aus.“

„Aber dann hätte er dir doch Bescheid gegeben“, mutmaßte Hedda mit vollem Mund.

„Ja, aber es ist mir ehrlich gesagt auch egal. Wenn es so ist, dann ist es eben so. Davon geht die Welt nicht unter. Bringt ja nichts, wenn ich mir vorher schon den Kopf zermartere für nichts und wieder nichts.“

„Lara Schönweiß, sind Sie es wirklich?“ Irritiert grinsend schaute Hedda von ihrem Teller auf und beäugte sie. „Und wenn Sie es nicht sind, was haben Sie dann mit meiner besten Freundin gemacht?“

„Keine Panik, ich bin es und ich bin nicht entführt worden. Keine Ahnung, könnte an Hannes‘ gutem Einfluss liegen.“

Über Rubens Gesicht huschte ein munteres Grinsen, das er aber sofort wieder einfing. Auch Hedda hob unvermittelt ihre Mundwinkel.

„Jaja, der Hannes, das ist schon ein cooler Typ“, murmelte sie.

„Er ist in erster Linie ziemlich nett und darüber hinaus sehr offen und ein richtig guter Gesprächspartner.“

„Hört, hört“, setzte Hedda noch einen obendrauf.

„Hör auf zu feixen, Hedda. Wir ergänzen uns gut, so einfach ist das. Er steht sogar manchmal früher auf, um den Morgen zu genießen. Mein guter Einfluss, hat er gesagt.“

„Tja, Gegensätze ziehen sich bekanntlich …“

„Hedda, aus!“, unterbrach Lara und hob drohend den Zeigefinger. „Sprich nicht weiter. Es gibt hier keinen Spielraum für irgendwelche Interpretationen. Oookay?“

„Meine Liebe, das war doch nur ein Scherz. Wir konzentrieren uns jetzt erst einmal auf Justus. Der hat absolute Priorität. Weißt du schon, was du anziehen wirst?“

„Nee, keine Ahnung, aber ich schätze langer Rock und Top. Mal sehen, entscheide ich spontan.“

„Langsam machst du mir Angst. Kann man Hannes vielleicht mieten? Es gibt bestimmt noch mehr Typen wie dich da draußen, denen er guttun würde.“

Lara lächelte und schwieg. „Und wie geht es euch beiden so?“, fragte sie dann und läutete damit einen Themenwechsel ein.

„Ich bin heilfroh, dass ich ab nächster Woche Urlaub habe. Der Personalmangel killt uns irgendwann noch alle. Frag mal Ruben.“

„Ich bin auch so was von ferienreif. Es mangelt wirklich an allem … Machst du in diesem Sommer noch Urlaub?“

„Nicht so richtig. Emil besteht zwar darauf, dass ich mir zumindest eine Woche freinehme, aber ich bin noch nicht so lange dabei. Außerdem habe ich nichts vor und will mich erst einmal gut einfinden. Vielleicht nehme ich mir im Oktober ein paar Tage frei. Emil möchte gern gleich nach der Geburt seines Kindes im September zwei Wochen freimachen. Das wird auch für mich herausfordernd, weil ich dann seine Patienten so gut es geht übernehme. Vielleicht tut mir danach eine kleine Auszeit gut. Mal schauen, ich lasse es auf mich zukommen.“

„Der letzte Satz gefällt mir am besten“, bemerkte Hedda und füllte ihren Teller ein zweites Mal bis zum Rand.

Auch Lara griff noch einmal zu. „Schmeckt richtig gut, Ruben“, lobte sie.

„Danke, ist ein Rezept von meinem Opa. Er hat nicht oft, aber wenn, dann richtig gut gekocht.“

„Sind da auch Kartoffeln drin?“

„Ja, Süßkartoffeln und weiße Bohnen. Und Gemüsefond.“

„Die Bohnen hatte ich schon erkannt. Selbst gemachter Fonds?“

„Selbst gekaufter“, erwiderte Ruben augenzwinkernd.

„Man muss es ja auch nicht übertreiben“, entgegnete Lara, ebenfalls mit einem Augenzwinkern.

„Ich nehme an, dass du heute Abend keine mentale Unterstützung brauchen wirst?“, fragte Hedda. „Ich würde mich sonst bereit erklären …“

„Das ist lieb von dir, aber ich glaube, das kriege ich heute ganz gut allein hin. Und wenn die Panik doch anmarschiert, setze ich einen SOS-Ruf ab.“

„Mein Handy wird den ganzen Abend an der Frau sein. Und wenn es zum Ernstfall kommt, bin ich in kürzester Zeit zur Stelle.“

„Dann kann ja gar nichts schiefgehen“, murmelte Ruben sichtlich amüsiert.

„Ganz genau. Und damit ich noch genug Zeit habe, mein Outfit auszusuchen, würde ich mich jetzt auch wieder auf den Weg machen. Danke noch mal für die spontane Einladung und das tolle Essen. Das nächste Mal lade ich euch zu mir ein. Einverstanden?“

„Sehr gern“, entgegnete Ruben. „Da freue ich mich jetzt schon drauf.“

Lara erhob sich und trug ihren Teller zur Spüle.

„Stell einfach ab“, wies Ruben sie an.

„Okay, danke noch mal und bis bald.“

„Meldest du dich morgen, wie es gelaufen ist mit Justus?“

„Klar, mache ich.“

„Bin so gespannt …“

„Bis dann, ihr beiden.“ Lara hob lächelnd die Hand, verließ die Küche und dann das Haus. Und schon fing ihr Bauch ein bisschen an zu grummeln. Nicht viel, aber deutlich spürbar. Wahrscheinlich gehörte das einfach dazu. Ja, ganz sicher sogar.

Am Abend kam sie tatsächlich in einem langen, geblümten Rock und einem Spitzentop barfuß die Treppe hinunter. Und sie fühlte sich wohl in diesen Sachen, die schon so lange unangetastet in ihrem Schrank gehangen hatten. Dass sie sie heute angezogen hatte, sprach Bände. Bände darüber, dass sie sich schon viel sicherer fühlte als bei den letzten Dates und dass Rügen und alles, was dazugehörte, ihr richtig guttaten. Die Holzstufen knarzten unter ihren Füßen. Beschwingt nahm sie Stufe um Stufe, den Blick nach unten gerichtet. Und dann sah sie auf.

Hannes stand im Flur und schaute sie an. „Geht's los?", fragte er, und in seinem Blick lag ein Hauch Melancholie. Doch dann wechselte seine Miene, und ein typisches Hannes-Grinsen erschien auf seinem Gesicht. „Nimmst du mich mit? Mein letztes Date ist gefühlte einhundert Jahre her."

„Tut mir leid, aber ich fürchte, ich muss dir einen Korb gehen."

Die letzte Stufe hüpfte Lara hinunter, und zwar mit so viel Schwung, dass sie ungeplant ziemlich nah bei Hannes landete, der sie gekonnt auffing.

„Entschuldigung!", rief sie lachend aus, ihren Kopf dabei kurz an seine Brust gelehnt. Dann verhallte ihr Lachen und ging über in einen tiefen stillen Moment. Es waren nur Sekunden, die sie beide dastanden und sich nicht rührten. Nur Sekunden, in denen Lara ihre Augen schloss und Hannes' Atmen lauschte und seinen Geruch wahrnahm. Er roch nicht nach Aftershave, nicht nach Parfüm. Er roch nach Hannes. Das ganze Haus roch nach Hannes. Sie hatte vom ersten Moment an diesen Geruch gemocht.

„Ähm, nochmals Entschuldigung", wiederholte sie, aber jetzt war es fast ein Flüstern. Sie blickte auf und sah ihm in die Augen. Er schluckte, das konnte sie deutlich an der Bewegung seines Adamsapfels erkennen.

„Kein Problem, ich fange dich gern auf", erwiderte er und lächelte zaghaft.

Lara löste sich und trat einen Schritt zur Seite. „Ich freue mich auf den Surfkurs morgen."

„Aber jetzt freust du dich bestimmt erst mal auf dein Date. Oder ist es kein Date?"

„Braucht das Kind unbedingt einen Namen? Wir treffen uns und unternehmen was zusammen, das ist alles …“ Sie zuckte mit den Schultern.

„Dann wünsch ich dir viel Spaß dabei.“ Hannes‘ Blick war in diesem Moment undurchsichtig. Lara war sich nicht sicher, wie ernst er seinen Wunsch meinte.

„Danke, den werde ich haben“, entgegnete sie knapp und ging zur Haustür. Bevor sie ihre Sandalen, die auf der Fußmatte standen, anzog, drehte sie sich noch einmal um. Er stand noch immer da und sah ihr nach. Als ihre Blicke sich erneut trafen, verschwand er. Lara hielt kurz inne, schlüpfte dann in ihre Sandalen, öffnete die Tür und verließ das Haus. Draußen setzte sie sich auf einen Holzstumpf und wartete auf Justus.

Keine zwei Minuten später hörte sie Reifen über den unebenen Weg rollen und mit einem Mal schlug ihr Herz kräftiger in der Brust. Und als dann der schwarze SUV ihr Blickfeld erreichte, war all die Leichtigkeit, die sie den ganzen Tag über gefühlt hatte, wie weggeblasen. *Verdammt, das durfte doch nicht wahr sein. Konnte sie nicht einfach mal etwas genießen, ohne dass ihr schlecht davon wurde?*

Justus bremste, stieg heute aber nicht aus, um Lara die Tür zu öffnen. Sie durchzuckte der Gedanke, dass er hinter der Windschutzscheibe wie ein Kommissar im Observationseinsatz wirkte, der seinen Blick hin und her navigierte. Dann stand sie auf, öffnete die Beifahrertür und stieg ein.

„Hallo, Lara“, begrüßte er sie, den Blick noch immer in Richtung Haus gerichtet.

„Hi, alles okay?“

„Äh, ja, wieso?“, fragte Justus, schlug das Lenkrad ein und drehte den Wagen.

„Keine Ahnung, du wirkst etwas angespannt.“

Und diese ersten Worte waren in der Lage, ihr ein Stück weit Aufregung zu nehmen. Warum, das wusste sie nicht, aber sie fühlte sich gleich besser.

„Ich musste mich nur ein wenig konzentrieren, der Weg ist ganz schön uneben und voller Steine. Ich will mir ungern den Lack versauen.“

Seine hektischen Bewegungen passten nicht wirklich zum Inhalt seiner Worte, aber Lara wollte nichts auf die Goldwaage legen. Sie wollte den Abend einfach nur genießen.

„Und, was machen wir?“, fragte sie und versuchte, seinen Blick zu finden. Doch dieser war stur auf die Straße gerichtet.

„Ich habe wieder eine ziemlich tolle Überraschung für dich. Ich bin richtig aufgeregt. Wirklich. Sehr aufgeregt. Ich hoffe so, dass es dir gefällt.“

Jetzt lächelte er zuckersüß und streifte dann doch ihren Blick. Und mit jeder Minute, die verging, wuchs ihre Neugierde. Sie war wirklich gespannt, was Justus vorhatte.

Irgendwann realisierte sie, dass sie denselben Weg wie beim letzten Mal fuhren. Ein paar Minuten später passierten sie auch schon die Einfahrt zu seiner Villa. Doch er hielt nicht an, sondern fuhr noch etwas weiter. Dann bremste er und steuerte den schweren Wagen in eine Parklücke am Straßenrand. Lara schaute aus dem Fenster. Zu ihrer Rechten erstreckte sich ein stattliches Mehrparteienhaus, das im gleichen Stil gebaut worden war wie die Villa von Justus.

„Aussteigen?“, fragte Lara und sah ihn an.

„Ja, wir wären dann da. Warte …“ Er öffnete die Tür, stieg aus und kam Lara wie gewohnt beim Öffnen der Beifahrertür zuvor. Sie verließ das Auto und war nun wirklich neugierig, was sie heute erwarten würde. Ein Restaurant konnte sie nämlich weit und breit nicht entdecken. Und einen Golfplatz auch nicht. Und eine Eisporthalle und einen Sportplatz ebenso wenig. Deshalb war sie frohen Mutes, dass auch dieses Date kein sportliches werden würde.

- 21 -

„DU schenkst mir jetzt aber keine Wohnung?“, scherzte Lara, während sie mit Justus auf die Eingangstür mit einem raffinierten Glaseinsatz zuging.

„Äh, nein, das hatte ich nicht vor“, antwortete er in Anbetracht der humorvoll gemeinten Frage in einem viel zu ernsten Ton.

Der Lara nicht entging. „Das war nicht ernst gemeint“, fügte sie hinzu und hatte das Bedürfnis, ihre Frage zurechtzurücken.

„Weiß ich doch.“

Justus‘ Stimme klang plötzlich ein wenig zu freundlich. Lara konnte sich nicht helfen, irgendwie war die Stimmung zwischen ihnen seltsam.

„Okay, Lara, ich habe meine Beziehungen spielen lassen.“ Eine offenbar dramaturgisch eingesetzte Pause folgte, in der Justus vor der Haustür stehen blieb, einen Schlüsselbund in der Hand. Die andere Hand stopfte er in die rechte Tasche seiner dunkelblauen Cargohose, die ganz schön kurz geraten war, wie Lara in diesem Augenblick feststellte. Die Hose endete knapp über seinen Fußknöcheln, und erst jetzt fiel ihr auf, dass er gar keine Socken in seinen Lederslippern trug, was wirklich seltsam ausschaute.

„Wie schon gesagt, ich habe meine Beziehungen spielen lassen …“ Wieder folgte eine Pause, in der er die Tür öffnete, Lara mit einer einladenden Geste hereinbat und an ihr vorbeihuschte, um sofort die Treppe im Hausflur zu erklimmen. In der ersten Etage blieb er stehen, direkt vor einer weißen Kassettentür. Er nahm wieder seinen Schlüsselbund zur Hand und öffnete auch diese Tür.

„Et voilà!“, rief er, breitete seine Arme aus und grinste über das ganze Gesicht. „Das hier könnte schon in zwei Monaten deine Wohnung werden. Es wird noch ordentlich renoviert, aber in spätestens acht Wochen wird sie auf allen Maklerseiten Rügens zu sehen sein, und dann musst du schnell zugreifen … Es sei denn, du hast Beziehungen.“ Er tippte sich mit dem Zeigefinger auf die Brust. „Es könnte nämlich auch sein, dass diese Wohnung es niemals ins Portfolio der hiesigen Makler schaffen wird, weil eine Ärztin diesen Wohntraum gern sofort mieten möchte."

Lara stand da. Sprachlos. Mit leicht geöffnetem Mund trat sie ein. Die Wohnung war lichtdurchflutet, die Wände weiß, der Boden aus Parkett.

„Der Boden wird komplett aufgearbeitet, das Bad von Grund auf erneuert. Eine schwarze Designerküche wird ebenfalls eingebaut. Das wird der Wahnsinn, Lara."

„Wow, ich bin etwas überrumpelt gerade. Damit hatte ich echt nicht gerechnet."

„Es sind siebzig Quadratmeter. Perfekt für dich. Schau dich um", wies er sie an.

Lara setzte sich in Bewegung, ging sofort in das großzügige Wohnzimmer, öffnete die Balkontür und trat auf den Balkon. Er war zum Meer ausgerichtet, und über die Dächer anderer Häuser hinweg konnte man es sogar sehen. Hören, so wie auf Hannes' Terrasse, konnte man es zwar nicht, aber diese Wohnung hatte schon verdammt viel von dem, was Lara sich immer erträumt hatte.

„Justus, das ist echt schön hier."

Sie kehrte zurück ins Wohnzimmer und sah sich weiter um. Es war perfekt. Wirklich perfekt. So perfekt, dass Lara Schwierigkeiten hatte, etwas zu fühlen. Als sie Hannes' Haus zum ersten Mal betreten hatte, hatte sie von Anfang an Wärme und Behaglichkeit gespürt. Hier fühlte sie nichts. Nun ja, die Räume waren ja auch leer, sagte sich Lara. Genau, daran würde es liegen. Der Vergleich zwischen Hannes' altem Haus und dieser topgepflegten Wohnung hinkte eh gewaltig. Die beiden Objekte glichen zwei unterschiedlichen Planeten, wobei der eine bereits bewohnt und deshalb klar im Vorteil war. Und dann fing Lara an zu träumen. Davon, wie sie hier wohnen und jeden Morgen auf dem Balkon ihren Kaffee genießen würde. So wie auf Hannes' Terrasse. Nur eben ohne Hannes. Wie sie die Räume einrichten würde. Mit schönen neuen Möbeln, kombiniert mit etwas Altem. Die Bilder aus Friedas Laden würden sicherlich auch hier hinpassen …

„Was denkst du?", fragte Justus erwartungsvoll.

„Die Wohnung ist ganz wunderbar, Justus. Ehrlich. Danke, dass du dich so für mich ins Zeug legst."

„Immer gern, wenn man so viele Beziehungen hat wie ich, dann sollte man sie nutzen.“

Lara musste schmunzeln, denn sein Satz konnte in seiner Doppeldeutigkeit durchaus anders ausgelegt werden. Sie sparte sich aber einen scherzhaften Kommentar. Ihr Humor war heute schon einmal falsch gelandet.

Lara ging zurück ins Wohnzimmer und begutachtete die Stelle, an der wohl die offene Küchenzeile verbaut werden würde. Die Anschlüsse in der Wand ließen darauf schließen. Justus folgte ihr und blieb nah bei ihr stehen. So nah, dass seine Hand kaum merklich die Hinterseite ihres Oberschenkels berührte. Lara schluckte, denn sie wusste nicht, was sie von dieser Berührung halten sollte. Und überhaupt, musste man das wissen? Fühlte man das nicht einfach? Plötzlich war da wieder dieses flaue Gefühl in ihrem Magen …

„Ich würde mich freuen, wenn du diese Wohnung nehmen würdest. Ich fände es nämlich sehr schön, wenn ich dich in meiner Nähe hätte“, hauchte Justus so deutlich, dass sein Atem ihren Nacken streifte.

Laras Magen zog sich noch mehr zusammen. Was verdammt noch mal war mit ihr los? Sie stand in einer perfekten Wohnung, die bald schon ihre sein könnte, mit einem Mann, den sie jahrelang angehimmelt hatte. „Genieß das doch einfach mal!“, rief eine Stimme in ihr. Das hier war der Plan, und er schien aufzugehen. Und dann war da schon wieder Hannes in ihrem Kopf und der Moment, kurz bevor sie sein Haus verlassen hatte. Ihr Kopf an seiner Brust, sein Geruch, seine freundlichen Augen. Intuitiv machte sie einen deutlichen Schritt zur Seite und brachte somit Distanz zwischen sich und Justus. Das alles ging ihr zu schnell. Ja, genau daran lag es. Das Tempo, das Justus vorgab, war zu hoch. Das erklärte auch ihr schlechtes Gefühl.

„Alles okay?“, fragte Justus, seine Stimme klang irritiert.

„Ja, alles okay.“ Lara fuhr sich mit den Fingern durchs offene Haar. „Es ist wirklich schön hier, Justus, und ich würde sehr gern über dein Angebot nachdenken.“

„Du musst wirklich darüber nachdenken? Entschuldige, aber das hier ist eine einmalige Chance. Wie gesagt, ich werde dir die Wohnung nicht lange freihalten können.“

„Das musst du auch nicht, versprochen. Ich würde nur gern vorher mit Hannes darüber reden."

„Wieso das denn? Der hatte bis vor Kurzem noch gar keine Mitbewohnerin. Kann ihm doch egal sein, was dir wohnungstechnisch angeboten wird."

„Kann sein, trotzdem bespricht man so was. Gibst du mir einfach etwas Zeit?"

„Wenn du meinst", erwiderte er mit leicht abfälligem Unterton.

Hatte sie ihn enttäuscht? Immer hatte sie Angst, jemanden zu enttäuschen.

„Ich kann mir gut vorstellen, hier zu wohnen", sagte sie plötzlich. Vielleicht, um ihm ein besseres Gefühl zu machen, vielleicht auch, um sich selbst davon zu überzeugen. Denn all das hier war schon immer das gewesen, was sie gewollt hatte. Dass sie nun Zweifel spürte, konnte sie sich absolut nicht erklären.

„Das hört sich schon besser an", meinte Justus und lächelte. „Dann können wir den theoretischen Teil ja abhaken und zum gemütlichen übergehen. Bist du seetauglich?"

Lara erwiderte sein Lächeln. „Ja, das bin ich."

„Wunderbar, dann fahren wir jetzt zu meinem Segelboot und machen uns eine schöne Zeit."

Eine halbe Stunde später standen sie in Thiessow am Hafen. Mit ernstem Gesicht starrte Justus ins Innere seines Bootes.

„Scheiße!", fluchte er vor sich hin.

„Was ist denn los?", fragte Lara, die an der Reling stand.

„Das ist eine riesige Scheiße. Alles voll Wasser", brummte Justus.

„Wie kommt das denn?"

„Woher soll ich das wissen?", fuhr er sie an. „Entschuldige", schob er sofort hinterher. „Bin gerade etwas genervt. Ich war schon länger nicht mehr hier. Da muss ich mich dringend drum kümmern. Das ist echt richtig Kacke."

„Kann ich dir nicht doch irgendwie helfen?"

„Nee, da muss ich jemanden holen, der was von der Materie versteht. Ein Witz, diese Qualität. Das werde ich so nicht durchgehen lassen. Das

Boot hat ein Vermögen gekostet und säuft bestimmt bald ab. Das muss ich erst mal in den Griff kriegen. So ein verdammter, verdammter Scheiß!“

„Ist doch kein Problem, wir können unsere Bootsfahrt irgendwann nachholen“, versuchte Lara, ihn zu beruhigen. „Ich kann von hier aus gut nach Hause gehen und du kümmerst dich um den Schaden.“

„Das passt mir eigentlich gar nicht“, grummelte er.

„Ist nun aber nicht zu ändern. Wir holen die Fahrt so schnell wie möglich nach. Okay, Justus?“

„Ja, danke. Danke für dein Verständnis“, erwiderte er, den Blick wieder ins Innere seines Bootes gerichtet.

Lara hatte keine Ahnung, wie sie sich von ihm verabschieden sollte. In den Arm nehmen wollte sie ihn nicht und einfach so abhauen auch nicht. Also strich sie ihm kurz über den Oberarm.

„Das wird schon. Melde dich einfach und dann bringen wir unser Treffen zu Ende. Mach‘s gut.“

Noch bevor er antworten konnte, kletterte sie zurück an Land. Ein seliger Seufzer entfuhr ihr – und prompt verflog das flaue Gefühl. Entspannt spazierte sie den kleinen Hafen entlang. Sie liebte auch diesen Ort, besonders jetzt, da sich die Sonne hinter den Zicker Bergen vom Tag verabschiedete. Dann war die Stimmung perfekt. Dieser Platz versprühte das Flair maritimen Lebens, ohne aufgesetzt zu wirken. Idyllisch und geschützt gelegen in der Bucht Zicker See, umgeben von einem Gürtel aus Schilf entlang der Uferlinie, geschmückt mit Kiefernwäldern und dem Ostseestrand, gehörte dieser Ort für Lara zu den malerischsten auf Rügen.

Sie genoss den unerwarteten Spaziergang und sog die Umgebung tief in sich auf. Wenn sie ehrlich zu sich selbst war, war sie gar nicht böse darum, dass ihr Date ein so abruptes Ende genommen hatte. Denn so konnte sie endlich wieder an den Ort zurückkehren, an dem sie so gern war: zu Hannes‘ Haus, das sich schon wie ein richtiges Zuhause anfühlte.

Wenig später erblickte sie ihr *Zuhause* und Hannes, der offenbar irgendeiner Tätigkeit nachging, die ihn dazu verleitete, langsame und ausladende Bewegungen durchzuführen. Lara näherte sich auf leisen Sohlen und beobachtete ihn verwundert, denn was genau er da tat, erschloss sich ihr auf den ersten Blick nicht. Er hatte die Augen geschlossen und bewegte seine Arme und Beine kreisend und fließend durch die Luft. Dann dämmerte es ihr.

„Qigong?“, fragte sie laut und rechnete fast damit, dass sie ihn erschrecken würde. Doch anstatt zusammenzuzucken, setzte er ein freundliches Lächeln auf und fuhr gleichmäßig und ruhig die Augenlider nach oben.

„War dein Date so scheiße, oder warum bist du schon wieder hier?“

„Wir hatten einen Wasserschaden im Boot, weshalb der zweite Teil der heutigen Aktivitäten leider im wahrsten Sinne des Wortes ins Wasser fiel.“

„Aha“, erwiderte er und machte die Augen wieder zu.

„Tai-Chi“, sagte er dann.

„Waaas?“

„Tai-Chi, nicht Qigong. Ich trainiere damit meinen Atem und das Gleichgewicht. Ist sehr entspannend und erdet mich. Kann ich dir nur empfehlen.“

„Hmm, weiß nicht … Ich bin nicht so der Typ für Meditation und so einen Kram …“

„Komm mal her“, forderte er sie lächelnd auf, die Augen wieder geöffnet, „und gib mir deine Hand.“

Lara legte die ihrige vertrauensvoll in seine. Langsam führte er sie in Richtung Brustkorb und legte ihre Hand genau dort ab, wo sein Herz war. Unvermittelt schloss sie die Augen und fühlte den Stoff seines T-Shirts, die Muskeln, die darunter lagen, und den gleichmäßigen Schlag seines Herzens, das so ruhig pulsierte, dass es Lara dazu animierte, die eigene Atemfrequenz zu drosseln. Seine Hand auf ihrer, ihre Hand auf seinem Herzen – Lara merkte, wie ihr flau wurde, aber auf die schöne Art. Es kribbelte, ihr ganzer Körper prickelte, doch ihr Magen zog sich ganz sanft und fast schon zärtlich zusammen. Sie schaute auf zu Hannes, der mit geschlossenen Augen den Moment offenbar ebenso genoss wie sie. Und dann sah auch er sie an mit einem Blick, der tief war und direkt in Laras Herz landete und ihre Atemfrequenz augenblicklich steigen ließ.

Das hier war anders als mit Justus. Anders und so viel schöner. Weil es von allein passierte, ohne zu werten, und weil sie endlich erfuhr, was es hieß, nur zu fühlen, ohne zu denken.

„Ich … ich gehe dann mal hoch“, sagte sie leise, zu fremd waren ihre Gefühle. „Ein Buch lesen.“ Sie schluckte und löste ihre Hand.

„Bis morgen, Lara.“

„Bis morgen, Hannes.“

Sie drehte sich um und ging in Richtung Haustür, das Kribbeln in ihr noch immer so präsent, dass sie unwillkürlich lächeln musste.

- 22 -

AN diesem Abend dachte Lara noch lange über die Atmosphäre zwischen ihr und Hannes nach. Immer und immer wieder kehrte sie gedanklich zu dem Moment zurück, in dem sie ihm so nahe gewesen war. Und jedes Mal spürte sie es neu: das Kribbeln, das durch ihren ganzen Körper wanderte. Auch jetzt war es wieder da, um fünf Uhr morgens, und sie war schon so wach, dass sie gar nicht erst einen erneuten Einschlafversuch startete. Langsam erhob sie sich zum Sitzen und streckte ihre Beine bis zur letzten Faszie durch. Die Möwen kreischten bereits vor ihrem Fenster und die Julisonne schickte ihr Licht ins Zimmer. Lara stieg aus dem Bett und trat ans Fenster. Sie mochte den Blick, der sich ihr bot. Helllilafarbene Wolken zierten den Himmel und tauchten das kleine Waldstück, das vor ihrem Zimmer begann, in eine märchenhafte Morgenstimmung. Sie öffnete beide Flügel des Fensters und inhalierte die frische Luft. *Wie friedlich es hier war,* dachte sie und konnte sich nicht sattsehen. Wie viel hatte sich in den letzten Wochen in ihrem Leben verändert: die Trennung von Gunnar, die Praxisübernahme, die WG-Wohnung mit Hannes und drei Dates mit ihrem Jugendschwarm.

„Ja!“, seufzte Lara und fühlte sich pudelwohl. Sie hatte viel geschafft, das Leben lag vor ihr. Sie schloss das Fenster und stellte es auf Kipp, ging zum Schrank und kramte eine Leggings und einen Kapuzensweater hervor. Sie schlüpfte hinein, nahm ihre Turnschuhe in die Hand und schlich auf Samtpfoten die Treppe hinunter.

Als sie vor dem Haus stand, konnte sie sich nicht daran erinnern, wann sie das letzte Mal bei Sonnenaufgang Joggen gewesen war. Genau genommen konnte sie sich nicht mehr daran erinnern, wann sie überhaupt das letzte Mal joggen gewesen war. Umso besser, dass alles an diesem Ort sie dazu animierte, sich selbst etwas Gutes zu tun. Sie setzte sich in Bewegung, zunächst im zügigen Gehtempo, bevor sie schon bald in ein gemächliches Joggingtempo wechselte. Der sandigschotterige Boden unter ihren Füßen knirschte im Takt, die frische Morgenluft umwehte ihre Nase. Lara bog auf den schmalen Weg ab, der direkt zum Strand führte. Nach ein paar Minuten hörte sie bereits die Brandung, die sich gleich darauf ihren Augen darbot. Ein Morgen allein am Meer – sie liebte diese Unberührtheit, die man fast nirgendwo sonst fand. Vielleicht noch in den Bergen, aber für Lara waren das Wasser und die anrollenden Wellen pure Meditation. Und jetzt, da sie am Strand entlanglief, spürte sie noch einmal überdeutlich, wie sehr ihr das all die Jahre in Berlin gefehlt hatte. Eine Möwe flog nah an ihr vorbei. Lara erschrak für eine Millisekunde, dann lächelte sie dem Vogel hinterher. Ihr Glück war perfekt. Für diesen Morgen zumindest. Für den Rest ihres Lebens reichte ein einsamer Sonnenaufgang am Meer nicht aus – dazu brauchte es mehr: einen Mann und eigene Kinder.

Ja, das war ihr Plan.

Unwillkürlich musste sie an Justus denken. Daran, dass sie sich schon bald ein viertes Mal treffen würden. Sie dachte an seine Selbstsicherheit, seinen offensichtlich gut situierten Platz im Leben. An sein Wohnungsangebot – und an das, was in diesem Angebot mitschwang. Und noch ehe sie diesem Gedanken weiter nachhängen konnte, katapultierte sich Hannes in ihre Gedankenwelt. Abrupt stoppte sie ihren Lauf, stemmte die Hände in die Hüften und blickte in Richtung Horizont.

„Wieso immer Hannes?“, murmelte sie und seufzte. Doch eine plausible Antwort auf diese Frage wollte ihr nicht einfallen. Also setzte sie ihren Lauf fort und befahl sich selbst, für den Rest des Weges einfach an die Arbeit zu denken.

Gute vierzig Minuten später öffnete sie leise die Haustür, stellte die sandigen Turnschuhe ab und huschte den Flur entlang. Gerade als sie auf Höhe der Küche war, hörte sie Geräusche hinter der geschlossenen Küchentür. Sie schaute auf ihre Uhr. Es war kurz vor sechs – eine schier unmögliche Aufstehzeit für ihren Mitbewohner. Vorsichtig öffnete sie die Tür und lugte durch den Spalt. Hannes stand am Herd und brutzelte vor sich hin, der Tisch war gedeckt und in der Kaffeemaschine duftete bereits der Kaffee.

„Guten Morgen“, flüsterte Lara in den Raum hinein.

Hannes drehte sich um. „Hey, fertig mit Laufen?“

„Woher weißt du, dass ich laufen war?“

„Allein dein Outfit würde dich schon verraten, aber ich habe dich vorhin loslaufen sehen. Ich war früh wach und habe aus dem Fenster geschaut.“

„Langsam machst du mir Angst mit deinem frühen Aufstehen.“

„Frag mich mal … Das ist, als würde ich eine weitere Persönlichkeit entwickeln.“

„Eine weitere? Hast du bereits mehr als eine?“, hakte Lara nach und trat in die Küche.

Hannes lachte. „Nee, bislang nur eine und die reicht mir auch vollkommen aus. Hast du Hunger?“

„Und wie.“

„Rührei mit Speck?“

„Bitte ohne.“

„Ohne Rührei?“

„Haha, Hannes, witzig“, erwiderte sie und verdrehte die Augen.

„Das ist mein vollkommener Ernst. Kross gebratener Bacon … Mmmh.“ Er rieb sich demonstrativ über den Bauch.

„Deine Blutfettwerte werden es dir danken.“

„Die bösen oder die guten?“, fragte er amüsiert nach.

„Die bösen, und zwar ausschließlich.“

„Um direkt mal vom Thema abzulenken: Es gibt leider nur Aufbackbrötchen, der Bäcker hat ja noch nicht geöffnet.“

„Wie, du hast nicht selbst gebacken?“

„Tut mir leid, da muss ich passen. Aber O-Saft, den presse ich dir noch.“ Er lächelte und nahm die Pfanne von der Kochstelle.

Lara setzte sich an den Küchentisch. Zufrieden ließ sie ihren Blick über das zusammengewürfelte Service schweifen, über die Butter, die in keinem Schälchen, sondern in ihrer Verpackung auf dem Tisch lag genau wie der Käse, noch eingeschlagen in seinem Käsepapier. Und über die beiden Servietten, zerknittert, aber sauber. All das hier war so sehr Hannes, dass Lara beim Anblick des bunt-chaotischen Frühstückstisches liebevoll lächeln musste.

„Achtung, heiß!“

Hannes kam mit der Pfanne in der Hand zu ihr und füllte Rührei auf ihren blau gepunkteten Teller. Den Rest schob er auf seinen knatschroten Teller, zusammen mit dem Bacon. Dann ging er zum Backofen und holte die Brötchen heraus. Der Duft von frisch gebackenem Weizen breitete sich aus.

„So, hier sind die Brötchen. Jetzt fehlt nur noch der Kaffee."

„Ist ja wie im Hotel."

„Ein bisschen Luft nach oben hätte dieses Frühstück durchaus. Aber es war auch sehr spontan, weil ja niemand und schon gar nicht ich selbst ahnen konnte, dass ich mich zu einer verkappten Lerche entwickeln werde, nur weil ich eine Mitbewohnerin bekommen habe. Ich weiß, dass es stilvoller geht …"

„Es ist perfekt", huschte es über Laras Lippen in einem Tonfall, in dem viel Wärme lag.

Hannes lächelte. „Wenn du es perfekt findest, dann ist es das auch. O-Saft?"

Wieder lächelte Lara – und Hannes fing an, die bereits halbierten Orangen in einer Presse zu bearbeiten. Auf seinem Oberarm zeichneten sich bei jeder Drehbewegung seine Muskeln unter dem weißen T-Shirt ab. Lara fixierte kurz und unbewusst das Muskelspiel – und schluckte. Sie besann sich, wandte den Blick ab und konzentrierte sich stattdessen auf die beiden Gläser, die sich schnell füllten.

„Bitte schön", sagte er und stellte ein Glas vor ihr ab. Dann setzte er sich ihr gegenüber.

„Gehst du öfter joggen?", fragte er und griff nach einem Brötchen. Grob schob er das Messer hinein und teilte es in zwei ungleich große Teile.

Lara starrte auf die zerfetzten Hälften. „Die kannst du doch jetzt gar nicht mehr ordentlich schmieren!"

„Das stimmt, aber dafür habe ich alles voller dicker Teigflusen – ich meine das leckere Innere vom Brötchen –, die du mit einem scharfen Brötchenmesser und zwei akkurat geschnittenen Brötchenhälften niemals bekommen würdest. Das Beste am Brötchen sind diese dicken, wulstigen Flusen, die du dir vorab in den Mund schiebst."

„*Teigflusen,* ach so." Lara zog die Stirn kraus. Den Begriff kannte sie noch gar nicht … „Aber dann hast du ja überall Löcher im Brötchen."

„Ja, in denen sich dann so richtig fette Butterkrater bilden."

„*Butterkrater*", wiederholte Lara und schüttelte den Kopf. „Ähm … zu deiner Frage mit dem Joggen. Ich war heute das erste Mal seit Ewigkeiten, dafür hab ich aber echt gut durchgehalten."

„Dreißig Minuten, oder wie lange warst du?"

„Fast vierzig, und ich hab nur einmal angehalten."

„Offener Schuh?", fragte er augenzwinkernd.

Lara lachte. „Nein, ich musste nachdenken."

„Über was?"

„Dies und das."

„Und das ging nicht im Laufen?"

Lara schüttelte den Kopf.

„Du musst übrigens reinhauen, dein privater Surfkurs heute Vormittag wird es in sich haben. Da brauchst du eine gute Grundlage und viel Energie."

„Ich gehe ja immer noch davon aus, dass ich nicht eine Sekunde lang auf diesem Brett stehen werde."

„Ich könnte mich jetzt selbst zum reichen Mann machen, wenn ich mit dir eine Wette über eine Million Euro eingehen würde …"

„Eine Million Euro hab ich natürlich auf einem meiner Sparbücher liegen."

„Dachte ich mir, aber ich will dich echt nicht um so viel Geld erleichtern. Das wäre nicht fair."

„Bist ein guter Mensch", scherzte sie und probierte nun endlich das Rührei. „Oh, das ist lecker", lobte sie und kaute genüsslich.

„Freut mich." Er schaute über den Tisch hinweg, ein Hannes-Lächeln in den braun-grünen Augen. Und dann war es auf einmal still zwischen ihnen. Nur das Ticken der Wanduhr füllte den Raum. Und das knackende Geräusch von abgebissenen Brötchenstücken.

„Schön, das mit dem Frühstück", sagte Lara irgendwann leise und wischte zaghaft einen Krümel von ihrer Unterlippe. Hannes schwieg. Und dann sahen sie sich wieder an, länger als einen flüchtigen Augenblick lang, und Lara fühlte ihren Herzschlag in ihrer Brust.

„Schön, dass du hier bist.“

„Ja, das ist wirklich schön.“

Noch immer waren ihre Blicke aufeinander gerichtet.

„Wann startet der Kurs?“

„Jetzt?“

„Wie, jetzt?“

„Nach dem Frühstück. Dann hätten wir das Wasser ganz für uns allein und der Wind steht günstig.“

„Ich fürchte, das ist mir zu kalt.“

„Du kriegst einen Neoprenanzug.“

„Äh, okay, dann dürfte es ja warm sein …“

„Ist keine Badewanne, aber okay. Also: essen, kurze Verdauungspause und dann aufs Wasser.“

„Du erhöhst mit dieser Uhrzeit ja mal so richtig die Wahrscheinlichkeit, dass du mich an einem einzigen Tag tatsächlich stehend aufs Brett bekommst und deine Wette gewinnst.“

„Wir haben doch gar keine richtige Wette am Laufen, oder willst du etwa deine Millionen verzocken?“

Lara hob die Augenbrauen. „Ursprünglich hatten wir eine Wette. Erst ging es um die Kronkorken, dann ums Surfen …“

„Stimmt. Und um die Ehre, richtig?“

„Um deine Surflehrerehre.“

„Na, dann mache ich mir keine Sorgen“, entgegnete er, lehnte sich entspannt zurück und verschränkte die Arme vor der Brust. „Willst du mir eigentlich irgendwann mal verraten, mit wem du dich gestern getroffen hast?“, fragte er plötzlich.

Lara zuckte zusammen. Mit dieser Frage hatte sie nicht gerechnet, und noch viel weniger wollte sie darauf antworten. Wieso, das wusste sie selbst nicht. Aber irgendetwas hielt sie davon ab, Justus‘ Namen auszusprechen.

„Vielleicht, irgendwann“, antwortete sie gespielt geheimnisvoll und hoffte, dass er sich damit zufriedengeben würde.

„Geht mich ja auch nichts an“, entgegnete Hannes augenzwinkernd, und Lara war erleichtert.

Nachdem sie zusammen die Küche aufgeräumt und das Geschirr gespült hatten, erklomm Lara die Stufen zu ihrem Bereich und überlegte, was man wohl unter einem Neoprenanzug anziehen würde. Sie hielt an und drehte sich um.

„Hannes!“, rief sie hinunter.

„Was?“

„Was trägt man denn drunter?“

„Wo drunter?“

„Unter einem Neoprenanzug.“

„Was du möchtest. Ein Badeanzug oder ein Bikini wäre gut. Dann hast du einfach etwas mehr Bewegungsfreiheit drunter. Und weil es zwar früher Morgen, aber Sommer ist, wird das bei den Temperaturen auch ausreichen.“

„Okay, das ist einfach.“

Sie drehte sich um und setzte ihren Gang nach oben fort. Kurz bevor sie die Etagentür öffnete, schaute sie noch einmal nach unten. Hannes stand da, mit einem verträumten Ausdruck im Gesicht, und schaute zu ihr hinauf. Als ihre Blicke sich trafen, war es fast, als hätte sie ihn bei etwas ertappt. Er zuckte sichtbar zusammen, fing sich dann aber wieder.

„Wie schnell du morgens schon die Treppe hinaufhüpfst“, bemerkte er süffisant.

„Ich mache mich schon mal warm für gleich.“

Er nickte, drehte sich um und betrat sein Schlafzimmer. Und jetzt war es Lara, die dastand und ihm verträumt hinterherschaute.

- 23 -

„ICH habe dir die ganze Zeit gesagt, dass ich ‘ne Niete bin.“ Frustriert hielt Lara sich am Surfbrett fest und fühlte die kleinen Wellen an sich vorbeischwappen.

„Du bist keine Niete, sondern eine ganz normale Anfängerin, die zugegebenermaßen ihre Stärken im Theorieteil hat.“

„Da konnte ich mich ja auch drauf vorbereiten.“

Hannes lächelte Lara aufmunternd zu. „Das sieht schon richtig gut aus.“

„Das sagst du nur, um deine blöde Wette nicht zu verlieren.“

„Ich sag das, weil es stimmt. Du bist ganz nah dran und im Theorieteil warst du übrigens außergewöhnlich gut vorbereitet. Im Verhältnis *Theorie und Praxis* bist du perfektes Mittelmaß.“

„Na, das ist ja mal ein Kompliment.“ Lara verdrehte die Augen.

„Du musst schauen, dass du wirklich senkrecht zum Wind fährst und mittig auf dem Board stehst. Wir starten noch mal im seichten Wasser und üben das Hinstellen und Hochziehen.“

Widerwillig und schwerfällig bewegte Lara sich zurück zum Strand.

„Bevor wir starten, einmal lächeln, bitte.“

Lara verzog gekünstelt die Lippen.

„Das geht schöner, Frau Doktor. Und ehrlicher.“ Hannes‘ Blick war offen, und wie Lara ihn so ansah, musste sie wirklich lächeln.

„Geht doch“, sagte Hannes und legte seine Hand auf Laras, die das Surfbrett umklammerte.

„Glaub an dich. Der Kopf ist ausschlaggebend. Wenn er dir sagt, dass du es nicht kannst, wird dein Körper auch nicht dran glauben. Du schaffst das!“

Lara erwiderte nichts.

„Sprich mir nach: Ich schaffe das, weil ich es schaffen will.“

Lara schüttelte den Kopf.

„Komm schon, musst es auch nicht laut sagen. Sag es in dir drin, damit dein Körper weiß, dass er es kann."

Lara atmete tief ein.

„Ich gucke auch weg, Lara. Irgendwo dorthin, wo die Sonne gerade so wunderschön das Licht aufs Wasser wirft."

Hannes hatte recht. Diese Morgenstimmung war magisch. Nur die Geräusche der Natur umgaben sie – das sanfte Kommen und Gehen der Wellen, das leise Rauschen des Windes …

Lara schloss die Augen und nahm einen besonders tiefen Atemzug. *Ich schaffe das,* flüsterte sie stumm in sich drin. *Ich schaffe das,* wiederholte sie, ohne die Lippen zu bewegen. „Weil ich es will!", rief sie dann ganz laut. Als sie ihre Augen öffnete, schaute sie zu Hannes, der lächelnd noch immer in Richtung Sonne blickte.

„Bereit?", fragte er.

Lara presste die Lippen fest aufeinander und nickte.

Hannes positionierte das Board und legte das Segel um.

„Neunzig Grad zum Wind, also Halbwindkurs", murmelte Lara.

„Du bist einfach ein Brain", brachte Hannes lachend hervor. „Echt cool."

„Soll ich weitermachen?", fragte sie. „Das Brett liegt in T-Stellung. Ich greife jetzt die Aufholleine und drücke mich mit beiden Händen längsseits aufs Board."

„Nicht nur reden, Lara. Tun!"

Und Lara tat es. Sie setzte ihr Wissen in die Tat um. „Ich schaffe das!", flüsterte sie, und keine vier Sekunden später stand sie mit der Aufholleine in der Hand auf dem Brett.

„Versuch jetzt, deinen Rundrücken gerade aufzurichten."

Lara richtete sich auf.

„Okay, und jetzt langsam das Segel ranziehen. Greif nach dem Mast und dreh die Schultern auf. Genau. Perfekt, Lara. Und jetzt den Gabelbaum greifen."

Konzentriert führte sie alle Bewegungen aus – und dann passierte es. Das Surfbrett nahm Fahrt auf. Lara konnte es kaum glauben. Drei Meter, vier Meter … zehn Meter. Sie fuhr und fuhr. Und dann tauchte Hannes neben ihr auf. Lässig stand er auf seinem Board und segelte neben ihr.

„Ich wusste, dass du es schaffst!“, rief er, und es schien, als sei er darüber wirklich glücklich.

Irgendwann kippte Lara ins Wasser und tauchte laut prustend wieder auf. „Das. War. Sooo. Coooool!“, schrie sie und startete gleich einen neuen Versuch.

Später saß sie in ihrem Neoprenanzug im Sand und beobachtete Hannes, der dabei war, die Surfbretter zusammenzupacken. Als er fertig war, setzte er sich neben sie. Zunächst herrschte Stille, bis Lara den Kopf drehte und ihn von der Seite ansah.

„Das hat am Ende richtig Spaß gemacht. Danke, dass du an mich geglaubt hast.“

Zögerlich drehte Hannes ebenfalls den Kopf. „Du hast selbst an dich geglaubt. Das war das Wichtigste.“

„Nein, du hast mir Mut gemacht, Hannes. Dafür bin ich dir dankbar. Dass ich das geschafft habe, das ist wichtig für mich. Du hast keine Ahnung, wie wichtig.“

Sie schluckte und sortierte ihre blonden Haare, die der Wind durcheinanderwirbelte.

„Weißt du, du hattest recht, als du mich *Brain* genannt hast. Ich bin gut darin, Wissen aufzusaugen und zu behalten. Schon immer. Aber das ist nicht die coolste Eigenschaft, weißt du? Klar, wenn du erwachsen wirst, dann ist es super hilfreich. Aber als Jugendliche ist es echt ein Show-Stopper. Ich hatte außer Hedda nie wirklich Freunde, weil ich immer nur am Rand gesessen und zugeguckt habe, wenn es um die coolen Dinge ging. Ich hatte immer solche Angst davor zu versagen.“

Lara spürte, wie ihre Kehle anschwoll.

„Ich habe es gar nicht erst versucht, weil ich Angst davor hatte, zu versagen und ausgelacht zu werden. Selbst vorm Alkohol hatte ich Angst, weil ich nicht die Kontrolle verlieren wollte. Also war ich immer langweilig.“

Hannes‘ Blick ging tief. „Du hast keine Ahnung, wie interessant du bist“, flüsterte er und führte zaghaft seine Hand an ihre Wange.

Zärtlich streifte er ihre Haut und zog dann vorsichtig seine Finger zurück. Das Kribbeln, das seine Berührung auslöste, dauerte auch dann noch an, als seine Hand längst wieder neben ihm lag. Noch immer sahen sie einander an. Und plötzlich hatte Lara das Bedürfnis, ihn zu berühren. Unsicher hob sie ihre Hand, war versucht, sie schnell zurückzuziehen, doch dann passierte es wie von selbst. Behutsam glitt ihre Hand zu seinem Gesicht, strich vorsichtig über seine Wange, spürte seine Haut, die sich trotz der vielen Bartstoppeln ganz weich anfühlte.

Hannes schloss die Augen, und Lara konnte nicht aufhören, ihn zu betrachten: sein ebenmäßiges Gesicht, das so viel Güte ausstrahlte, dass es sie überwältigte. Ihr ganzer Körper war in Aufruhr, nie zuvor hatte sie so etwas gefühlt. Das hier war so pur und echt – als würde sie gerade einem Teil von sich selbst begegnen, der ihr all die Jahre verborgen geblieben war. Und dann zog auch sie ihre Hand zurück, langsam und begleitet von heftigem Herzklopfen. Immer noch waren Hannes‘ Augen geschlossen, als wollte er nicht, dass dieser Moment vorbeiging. Irgendwann fuhr er die Lider nach oben.

„Ich bin froh, dass ich dich getroffen habe“, sagte er leise.

„Ich auch“, entgegnete Lara und fühlte, dass Tränen sich ihren Weg bahnten. Tränen, die nicht kamen, weil sie traurig war, sondern weil all das hier sich so richtig anfühlte, dass sie nicht anders konnte, als still in sich hineinzuweinen. Hannes schien zu spüren, was sie bewegte. Er legte seinen Arm um sie, zog sie sanft an sich heran und umschloss sie ganz. Er drückte sie an sich, und Lara fühlte sich so gehalten wie noch nie zuvor in ihrem Leben.

„Machst du weiter mit dem Surfkurs?“, murmelte er.

„Nur, wenn du mein Lehrer bleibst.“

„Das sollte klappen.“

„Dann ja.“

Er löste sich vorsichtig aus der Umarmung und sah sie an. „Was hast du heute noch vor?“

„Eigentlich nichts.“

„Hättest du Lust auf eine Wanderung?“

„Schöne Idee. Wohin?“

„Zum Aussichtspunkt Klein Zicker?“

„Ach, cool, da war ich früher öfter mit meiner Tante Elli.“

„Tante Elli?“

„Ja, also, sie war nicht meine richtige Tante, aber meine Patentante. Sie mochte den Ort sehr, besonders die vielen Wildbienen. Sie war Imkerin, und ich erinnere mich, dass sie immer gern dorthin gegangen ist, um die Bienen zu beobachten.“

„Lebt deine Tante noch?“

Lara seufzte. „Ich weiß es nicht.“

„Hast du keinen Kontakt mehr zu ihr?“

„Leider nein. Ich hab das echt verbockt, glaube ich.“

„Habt ihr gestritten?“

„Nein, gar nicht. Meine Mama hat mir den Kontakt irgendwann verboten – und ich war ein sehr gehorsames Kind.“

„Dann hast nicht du es verbockt, sondern deine Mama.“

„Ich bin längst erwachsen und hätte den Kontakt wieder aufnehmen können. Ich war bei ihr am Haus. Aber es scheint jemand anderem zu gehören.“

„Möchtest du wissen, wo sie ist?“

Lara nickte.

„Dann finden wir es raus.“

Lara nickte wieder.

„Wo steht ihr Haus?“

„In Middelhagen.“

„Dann gehen wir heute nicht wandern, sondern fahren dorthin und erkundigen uns, wo deine Patentante abgeblieben ist.“

Am Nachmittag radelten sie die Hauptstraße entlang in Richtung Middelhagen, vorbei an der Feuerwehr und dem Campingplatz bis zum Ortsausgang längs der Steilküste, die neben ihnen aufragte und einen magischen Blick auf das türkisfarbene Wasser zuließ. Das Kreischen der Möwen begleitete sie Meter um Meter, bis sie schließlich in den Dünenwald abbogen und dem Radweg durch dichtes Grün bis nach Lobbe folgten. Sie durchquerten den Ortskern von Lobbe und fuhren weiter, bis rechts und links von ihnen die Salzwiesen von Middelhagen ihren Weg säumten. Hannes fuhr vorweg und Lara folgte ihm mit gleichmäßigen Tretbewegungen. Irgendwann passierten sie die Backsteinkirche mit dem roten Dach.

„Das weiße Haus dort drüben, das ist es!“, rief Lara aus. Die Nervosität in ihrer Brust wuchs spürbar an.

„Alles okay?“, fragte Hannes, der neben ihr vom Rad stieg. Er nahm ihre Hand. „Komm, wir gehen es zusammen an.“

Doch dann standen sie vor dem Gartentor, und plötzlich ging nichts mehr. Nur Laras Puls, der sich spürbar beschleunigte.

„Vielleicht ist das doch keine so gute Idee“, murmelte sie unsicher. „Was soll ich dem Typen denn sagen, der hier wohnt?“

„Du könntest ihm einfach sagen, wer du bist und was du willst.“

Lara merkte sofort, dass Hannes sich ein Grinsen verkniff. „Haha“, erwiderte sie kraftlos.

„Ich will jetzt keinen Spaß auf deine Kosten machen, Lara. Aber zu sagen, wer du bist und was du möchtest, das wäre logisch in dieser Situation und böte eine Erklärung für deinen unangekündigten Besuch.“

Lara stöhnte. „Du hast ja recht … Also gut, dann geh ich mal zur Haustür und klopfe an.“

„Soll ich hier warten?“, fragte er.

„Keine Ahnung, ja, vielleicht, dann wirkt es nicht wie ein Überfallkommando.“

Langsamen Schrittes und mit unsicherem Gefühl hob sie die Hand und klopfte.

„Das wird niemand hören, Lara!“, rief Hannes.

Lara klopfte ein zweites Mal, diesmal kräftiger. Kurz darauf waren Schritte zu hören, die sich von innen näherten. Und gerade als Lara beschlossen hatte, dass angesichts dieser viel zu spontanen Aktion ein Rückzug sinnvoll schien, wurde die Tür geöffnet.

Ein hochgewachsener blonder Mann, Mitte zwanzig vielleicht, mit strahlend blauen Augen lächelte ihr freundlich entgegen.

„Hallo“, begrüßte er sie und sah sie erwartungsvoll an.

„Hallo, ich bin Lara Schönweiß und auf der Suche nach jemandem. Also nach der Frau, die vorher hier gewohnt hat.“

„Aha, okay, wie lange wohnt sie denn schon nicht mehr hier?“

„Oh, keine Ahnung, kann schon einige Jahre sein.“

„Ähm, warten Sie, ich frag mal nach. Elli?“, rief er, und Lara zuckte zusammen.

„Sie … sie wohnt noch hier?“, stammelte sie. „Tante Elli wohnt noch hier?“

Verwundert drehte sich der junge Mann zu Lara. „Ja, das tut sie.“

Und plötzlich bemerkte Lara einen Schatten, der sich über die hellen Fliesen im Flur bewegte. Sie schaute an dem Mann vorbei und dann sah sie sie: Tante Elli, die in einem bunt geblümten Kleid dastand und offenbar ihren Augen nicht traute. Die grauen Haare waren zu einem modischen Pagenschnitt geföhnt, an ihren Händen trug sie wie eh und je Ringe mit glitzernden Steinen.

„Lara?“, fragte sie mit weit aufgerissen Augen. „LARA! Das ist aber eine Überraschung.“ Ein wenig schwerfällig bewegte sie sich auf Lara zu. Dann breitete sie die Arme aus. „Komm her, mein Kind, und lass dich drücken!“

Lara war überwältigt und fing an zu schluchzen, Freudentränen, die sie unmöglich zurückhalten konnte.

„Tante Elli! Ich … ich schäme mich so, dass ich mich nie bei dir gemeldet habe“, sprudelte es aus ihr heraus.

„Ach was, jetzt bist du hier und das ist alles, was zählt. Lass dich anschauen.“ Sie umfasste Laras Gesicht und betrachtete es ausgiebig.

„So eine schöne junge Frau bist du geworden. Komm rein.“

„Ähm, draußen steht noch ein Freund von mir …“

Elli wandte sich an den jungen Mann, der die Tür geöffnet hatte. „Sören, holst du ihn rein?“

„Klar.“

„Und du, mein Kind, kommst jetzt mit!“, forderte sie Lara auf, legte ihr den Arm um die Hüften und führte sie ins Haus.

- 24 -

„MÖCHTET ihr Tee oder Kaffee?“, rief Tante Elli aus der Küche.

Lara, Hannes und Sören saßen auf der Couchgarnitur um den kleinen Wohnzimmertisch herum. Nichts hatte sich verändert, dachte Lara und sah sich um. Alles war noch genauso plüschig und lebendig, wie sie es in Erinnerung hatte. Die weißen Möbel, der alte Dielenboden, die bunten Blumenbilder, die Modellschiffe, die hier und da rumstanden, die vielen bestickten Kissen, die Kerzen und Dekolaternen, die gerade in stürmischen Wintermonaten immer für Geborgenheit gesorgt hatten. Erinnerungen an die Kindheit durchströmten Lara, das unverbrüchliche Gefühl, dass Tante Elli für sie da war, sie annahm, wie sie war, und weder besondere Leistungen noch Rekorde von ihr erwartete.

„Tee“, antwortete Sören. „Und was wollt ihr?“

„Gern auch Tee, Tante Elli.“

„Ich auch!“, rief Hannes.

„Kommt sofort!“

Und während vertraute Geräusche aus der Küche drangen, betrachtete Lara den jungen Mann namens Sören und fragte sich, seit wann er schon in Ellis Leben war. Elli hatte ihn als ihren Pflegesohn vorgestellt. Lara war ihm nie begegnet und konnte sich auch nicht daran erinnern, dass Tante Elli ihn je erwähnt hatte.

„Einmal Apfelkuchen für euch drei.“ Mit einem großen Teller in der Hand, auf dem mundgerechte Kuchenstücke platziert waren, kam Elli ins Wohnzimmer und stellte das Gebäck in der Mitte des Tisches ab.

„Würdest du den Tee holen, Sören? Er ist schon in der Kanne, du müsstest nur noch das Teesieb rausnehmen.“

Sören stand auf und ging aus dem Zimmer.

„Lara, meine liebe Lara, du glaubst gar nicht, wie sehr mein Herz hüpft.“ Elli setzte sich neben sie und legte ihre Hand auf ihren Oberschenkel. „Nun guck nicht so, mein Kind. Alles, was zählt, sind das

Hier und das Jetzt. Dass du mich besuchen kommst, das ist so eine schöne Überraschung.“

„Ich hätte es früher tun sollen.“

„Vielleicht ja, vielleicht nein. Ich glaube, dass alles im Leben einer Bestimmung folgt.“ Sie drehte lächelnd ihren Kopf in Hannes‘ Richtung. „Und Sie sind?“

„Hannes.“

„Hallo, Hannes, wie schön, auch Laras Freund kennenzulernen, oder seid ihr verheiratet?“

„O nein!“, antworteten die beiden synchron mit erhobener Hand.

Elli lächelte verschmitzt. „Was nicht ist, kann ja noch werden“, meinte sie augenzwinkernd. „Ich bin Elli und mag ein Du deutlich lieber als ein Sie.“

„Das trifft sich gut“, entgegnete Hannes, „da geht es mir nicht anders.“

„Also noch einmal: Wie schön, dich kennenzulernen!“, wiederholte sie ihre Worte.

„Das finde ich auch, Elli.“

In diesem Moment betrat Sören das Wohnzimmer, in den Händen ein Tablett bestückt mit Teekanne und Tassen.

„Greift zu“, forderte Elli ihre Gäste auf, und Lara konnte es kaum erwarten, ein Stück von ihrem Kuchen zu essen, denn sie wusste, dass niemand sonst auf der Welt einen derart leckeren Apfelkuchen zaubern konnte wie Tante Elli.

„Mmmmhh! Oh, Elli, ich weiß nicht, wie du es machst und was deine Geheimzutat ist, aber dein Kuchen … Er ist noch immer der beste.“ Genüsslich wischte Lara sich über ihre Unterlippe und schob einen Kuchenkrümel in den Mund.

„Soll ich dir die Geheimzutat verraten?“ Elli blickte mystisch drein.

„Das würdest du tun?“ Lara staunte. „Früher hast du immer ein großes Geheimnis darum gemacht, erinnerst du dich?“

„Hab ich das?“ Keck zog Tante Elli die Augenbrauen nach oben. „Nun, ich glaube, du hast inzwischen das richtige Alter für dieses große Geheimnis erreicht“, sagte sie dann. „Liebe. Die Geheimzutat ist Liebe. Alles, was du mit Liebe tust, wird gut.“

Ellis Worte legten sich wie ein warmer Mantel um Lara. Sie beobachtete Hannes, den Ellis Worte offenbar so berührten wie sie selbst. Mit starrem Blick saß er da und kaute verträumt.

„Liebe ist echt lecker“, brachte er dann hervor und schaute auf.

„Ja, das ist sie“, bestätigte Lara und schaute ihn noch immer an.

Elli navigierte zufrieden ihren Blick zwischen den beiden hin und her und lehnte sich mit einem entspannten Seufzer zurück.

Dann drehte Lara ihren Kopf zu Sören. „Ähm, ich muss gestehen, dass ich nichts von dir wusste. Du … du bist Ellis Pflegesohn? Ich … ich …“

„Ja, das bin ich.“ Liebevoll schaute er zu Elli hinüber. „Elli ist das Beste, was mir je passiert ist. Sie hat mich bei sich aufgenommen wie ihren eigenen Sohn.“

„Du *bist* mein Sohn“, erwiderte Elli liebevoll.

„Ich war zehn und ziemlich allein auf der Welt. Elli hatte sich als Pflegemutter beim Jugendamt registrieren lassen. So haben wir zusammengefunden. Durch sie durfte ich erfahren, was es heißt, ein Zuhause zu haben …“

Sören schenkte Elli ein dankbares Lächeln, warf Lara einen Blick zu und fragte dann: „Und ihr beide, du und Lara, erzählt ihr mir auch, woher ihr euch kennt?“

Elli setzte sich aufrecht hin. Kurz sammelte sie sich und fing dann an, mit ruhiger Stimme zu erzählen.

„Lara war beziehungsweise ist mein Patenkind. Die Tochter meiner früheren besten Freundin. Jutta hatte es nie leicht in ihrem Leben, deshalb war sie manchmal ein sehr strenger Mensch. Nicht nur mit anderen, sondern auch mit sich selbst. Ihre Unsicherheit hat sie oft mit Härte überspielt … Nun ja, wir haben leider keinen Kontakt mehr, was ich respektiere. Es gibt Menschen in deinem Leben, die tun dir nicht gut, auch wenn sie eigentlich nur das Beste für dich wollen. So jemand war ich für Laras Mutter. Ich habe ihr nicht gutgetan und durch meine Art zu leben ihre Unsicherheit verstärkt. Es war richtig, dass sie irgendwann entschied, ihren eigenen Weg zu gehen. Ich durfte sie zwanzig Jahre lang begleiten, dann war unser gemeinsamer Weg vorbei.“

Lara war betroffen von Ellis Worten, in denen Traurigkeit mitschwang, Akzeptanz und Respekt. Und die Milde, mit der Elli über ihre Mutter sprach, berührte sie tief. Vielleicht war auch sie eine Geheimzutat: Milde. Diese walten zu lassen, wo eine gemeinsame Lösung nicht möglich ist. Ohne Verurteilung.

„Mama wollte irgendwann nicht mehr, dass ich Kontakt zu Tante Elli habe … Und ich … na ja, ich habe mich dran gehalten. Bis heute …“ Sie seufzte hörbar.

„Und jetzt triffst du deine eigenen Entscheidungen“, merkte Hannes an, und fast war es, als würde er diese Worte auch zu sich selbst sagen.

„Darf ich?“, fragte Sören und wies mit seinen Augen auf die leeren Teetassen.

Lara nickte und Sören füllte Tee nach. Sofort breitete sich ein wohlbekanntes Aroma aus. Mit geschlossenen Augen inhalierte Lara den Duft ihrer Kindheit, und dann, fast wie von selbst, griff sie nach der Dose mit dem weißen Kandiszucker, fischte mit der kleinen goldenen Pinzette ein Stück heraus und schob es sich in den Mund.

„Das bleibt aber unter uns“, merkte Elli augenzwinkernd an, und Lara fing an zu lachen.

„Ein Geheimnis ist ein Geheimnis …“, sagte sie.

„… und bleibt ein Geheimnis …“, fuhr Elli fort.

„… bis es kein Geheimnis mehr ist“, beendeten die beiden den Satz im Chor.

Zwei Stunden später stand Lara ihrer Patentante an der Haustür gegenüber.

„Jetzt warten wir aber keine zwanzig Jahre mehr bis zum Wiedersehen, oder?“, sagte Elli.

„Mich wirst du so schnell nicht mehr los“, murmelte Lara und drückte sie noch einmal kräftig an sich.

„Und du passt mir gut auf deine Mitbewohnerin auf, Hannes. Es ist wichtig, dass sie auch mal eine Pizza mit doppelt so viel Käse isst und zum Nachtisch ein fettes Tiramisu!“

„Selten übernehme ich so gern die Verantwortung für etwas“, erwiderte Hannes lachend.

„Dachte ich mir schon, du wirkst so patent“, lobte Elli und hob die Hand.

„Ich hoffe, wir sehen uns bald wieder", sagte Sören und legte den Arm um Elli.

Mit vollem Bauch und mindestens ebenso vollem Herzen drehte Lara sich um und setzte sich in Bewegung – gefolgt von Hannes, dessen Hand nahe an ihrer baumelte, bis er schließlich zaghaft danach griff und sie sanft mit seiner umschloss.

Am Abend saß Lara auf der Terrasse und wartete auf Hedda. Mit Blick auf das Wasser ließ sie den heutigen Tag Revue passieren. Wie froh sie war, Elli besucht zu haben. Sie konnte es kaum in Worte fassen. Es war, als hätte sie endlich einen schwarzen Fleck in ihrem Leben ausradiert und ihn in hellen Farben neu gemalt. Elli hatte sich kaum verändert. Ihre Wärme war auch jetzt noch spürbar, hier, auf dieser wundervollen Terrasse mit dem wohl schönsten Blick in die Rügener Boddenlandschaft.

„Entschuldige, aber Ruben hatte noch eine ganze Menge vom Tag zu berichten!" Ohne ein Hallo schoss Hedda um die Hausecke, stapfte auf Lara zu und drückte sie von hinten an sich. „Er hatte heute das erste Mal einen Grillkurs und war so begeistert, dass er gar nicht mehr aufgehört hat zu erzählen."

„Ist doch toll, wenn er sich so fürs Kochen begeistern kann."

Völlig außer Atem ließ Hedda sich auf einen Stuhl plumpsen und wischte sich die Schweißperlen von der Stirn. „Ich bin in einem irren Tempo hierhergerast", stöhnte sie. „Meine Oberschenkel brennen, als hätte ich die letzte Bergetappe der Tour de France hinter mir."

„Sportskanone", bemerkte Lara süffisant.

„Bin ich auch. Wusstest du, dass ich schon dreimal Joggen war in diesem Jahr?"

Lara lachte und schenkte Hedda ein Glas Wein ein. „Du bist ja ein richtiges Vorbild."

„Danke, ich weiß." Hedda kostete den Wein, nickte zufrieden und griff nach den Salzstangen. „Erzähl! Wie geht es dir, was machst du so, wo ist dein Mitbewohner?"

„Frage eins: Richtig gut, und ich erzähle dir gleich auch in Ruhe, warum. Frage zwei: Heute habe ich einen Surfkurs gemacht. Und Frage drei …“

„Stopp, einen Surfkurs?“ Irritiert sah Hedda ihre Freundin an.

„Klar, was ist daran so ungewöhnlich?!“

„Dass *du* ihn gemacht hast.“

„Ich wohne mit einem Surflehrer zusammen, da hat sich das einfach so ergeben.“ Lara zuckte amüsiert mit den Schultern.

„Wenn du mir jetzt auch noch sagst, dass es Spaß gemacht hat, dann …“

„Hat es. Anfangs nicht, doch dann bin ich wirklich über die Ostsee geschippert.“

Hedda grinste. „Ich liiiiebe Hannes, er holt einfach das Beste aus dir heraus.“

„Er ist auf jeden Fall ein richtig guter Lehrer.“

„Ich nehme an, dass daher auch deine gute Laune kommt?“

„Auch, aber es gibt noch eine andere Sache, die ich heute angegangen bin.“

„Jetzt bin ich erst recht neugierig.“

„Ich weiß nicht, ob du dich erinnerst? Ich hatte früher mal eine Patentante.“

Hedda legte die Stirn in Falten. „Die Tante, bei der du manchmal heimlich Eis gegessen hast?“

Lara nickte. „Ja, meine Tante Elli aus Middelhagen. Sie war mir als Kind wahnsinnig wichtig, und ich habe sie echt gern gehabt. Mama wollte irgendwann nicht mehr, dass ich zu ihr ging, und ich habe mich gefügt. Doch irgendwie hat es mich nie so richtig losgelassen, dieses Gefühl, jemanden, der mir sehr wichtig war, verloren zu haben.“

„Du hast nie wirklich von ihr erzählt. Klar, ich wusste, dass es sie gibt, aber dass du sie so vermisst, das hast du nie erwähnt.“

Lara seufzte. „Ich weiß. Ich dachte wohl, dass es einfacher wäre, wenn ich nichts von ihr erzähle. Es war ja nicht so, dass ich sie Tag und Nacht vermisst hätte, trotzdem habe ich mich immer gefragt, wie es ihr wohl geht und was sie so macht. Später dachte ich, dass Tante Elli ja auch nicht jünger wird, und ich hatte echt Angst, dass ich sie vielleicht nie mehr sehen würde …“

Hedda strich Lara tröstend über den Arm. „Hast du sie jetzt angerufen?“

„Nein, ich bin einfach spontan bei ihr vorbeigefahren. Mit Hannes, er hat mir den entscheidenden Schubser gegeben.“

„Und?“

„Es war so schön, Hedda. Sie lebt tatsächlich noch in ihrem alten Haus und von Anfang an war da wieder diese Vertrautheit, dieses Gefühl von Geborgenheit. Sie hat mir echt gefehlt.“ Lara wischte sich über die Augen. „Und dabei war sie kein bisschen enttäuscht oder sauer. Ich meine, sie hätte allen Grund dazu gehabt.“

„Aber du warst doch noch ein Kind.“

„Ich bin schon lange kein Kind mehr, Hedda. Der einzige Grund, warum ich mich nicht früher nach ihr erkundigt habe, war meine Feigheit. Ehrlich, ich hatte Angst, dass sie sauer reagiert oder, noch schlimmer, dass sie total enttäuscht von mir ist. Du weißt, dass ich damit nicht gut umgehen kann.“

„Und wie ich das weiß. Umso schöner, dass du diese Angst heute überwunden hast. Auch dank Hannes. Ich finde ihn wirklich immer besser.“

Ich auch, dachte Lara plötzlich und schüttelte kaum merklich den Kopf.

„Wo ist er eigentlich?“

„Im Haus.“

„Möchte er sich nicht zu uns setzen?“

„Ich glaube, er macht seine Buchhaltung. Wir sollten ihn da nicht rausreißen. Ich fürchte, er hat Wochen gebraucht, sich mit diesem Ordner an den Küchentisch zu setzen. Der Ordner liegt schon seit ich hier wohne in unveränderter Position auf dem Küchentisch, und Hannes hat ihn ständig beäugt wie Feindesland. Es war lustig mitanzusehen. Nachdem wir heute Nachmittag bei Elli waren, hat er einmal laut *Tschakka* gerufen, sich den Ordner geschnappt, ihn aufgeklappt und um Ruhe gebeten. Und um zwei Snickers.“

„Okay, dann lassen wir Hannes mal vernünftig sein. Kommen wir also zum wichtigsten Teil.“

„Und der wäre?“

„Dein Liebesleben. Wie läuft es mit Justus?“

„Gut.“

„*Wie* gut?“

„*Normal* gut.“

„Besser als mit Hannes?“

Lara verzog die Stirn. „Anders als mit Hannes.“

„Anders? Heißt das nun besser?“

„Hedda, was sind denn das für Fragen?“

Hedda zuckte mit den Schultern.

„Unser letztes Date war gestern und ging etwas abrupt zu Ende, weil Wasser in seinem Boot war. Das Date holen wir bald nach. Er hat mir übrigens eine Wohnung besorgt.“

„Er hat was?“ Hedda saß aufrecht da, die Augen weit aufgerissen.

„Er hat seine Beziehungen spielen lassen und mir eine fantastische Wohnung angeboten. Ich muss nur Ja sagen, und mein Traum wird wahr.“

„Wieso besorgt er dir eine Wohnung?“

„Wieso nicht?“

„Keine Ahnung. Blumen zum Date wären ja okay, aber eine Wohnung?“

„Er schenkt sie mir nicht, aber ich kann mieten. Wo liegt das Problem?“

„Dass du damit für immer und ewig in seiner Schuld stehst. Lara!“, rief Hedda empört, nahm dann aber alles zurück, als sie Laras Miene sah. „Okay, okay, war nur ein Spaß. Ich unterstütze dich natürlich, das hatten wir ja abgemacht. Ist doch toll, dass er das möglich macht. Und wo ist die Wohnung?“

Lara antwortete nicht. Sie saß einfach nur da und ließ Heddas Worte durch ihren Kopf wandern. Dass Hedda sie zurücknahm, war kaum möglich. Dafür hatte die Freundin sie viel zu genau platziert.

- 25 -

„Ich muss noch schnell duschen, Lara. Falls Jette und Corinna früher kommen als besprochen, würdest du ihnen aufmachen?“

Hannes stand in Boxershorts im Türrahmen der Küche, und Lara blickte zur Wanduhr.

„Dann wären sie aber richtig früh dran.“ Es war Viertel nach sieben.

„Corinna ist manchmal überpünktlich und letztes Mal, als sie beruflich losmusste, war sie auch früher hier. Ich beeile mich.“ Er machte auf dem Absatz kehrt und huschte in Richtung Badezimmer. Keine zehn Sekunden später hörte Lara das Wasser rauschen. Und als hätte Hannes es geahnt, klingelte es prompt an der Haustür. Lara war nur froh, dass sie bereits angezogen war. Eilig erhob sie sich und ging flotten Schrittes zur Tür. Sie war gespannt darauf, Corinna in natura zu sehen.

Lächelnd erblickte sie Jette, die an der Hand ihrer Mutter dastand und Lara mit großen Augen anschaute. Hannes hatte nicht übertrieben. Corinnas war wunderschön: dunkle Haare, olivfarbene Haut, grüne Katzenaugen.

„Guten Morgen“, begrüßte Lara die beiden freundlich.

Corinna hingegen stand die Verwunderung förmlich ins Gesicht geschrieben. Und wenn Laras Gefühl sie nicht täuschte, schien Corinna nicht besonders begeistert davon zu sein, dass sie einer potenziellen Liebschaft ihre kleine Tochter anvertrauen sollte. Denn was sollte sie auch anderes denken?

Um die Gefühlslage nicht hochkochen zu lassen, setzte Lara ihr feinstes Lächeln auf und sagte betont ruhig: „Ich bin Lara, Hannes‘ neue Mitbewohnerin.“

„Mitbewohnerin?“ Noch immer schien Corinna maximal konsterniert.

„Ja, ich wohne seit Kurzem hier. Ich heiße Lara Schönweiß und leite gemeinsam mit Emil Wunderlich die Kinderarztpraxis in Thiessow.“

„*Sie* sind die neue Kinderärztin?“

„Ja, schön, Sie kennenzulernen.“

„Wir sind auch in Ihrer Praxis. Jette hat in ein paar Tagen ihre U-Untersuchung.“

„Oh, toll, Jette, dann sehen wir uns ja bald in meiner Praxis wieder.“ Sie zwinkerte Jette zu.

Corinnas Gesichtszüge entspannten sich merklich.

„Möchten Sie reinkommen? Hannes musste noch ganz schnell duschen und hat mich deshalb gebeten, die Tür zu öffnen, falls Sie früher da sind.“

„Ja, Entschuldigung, wir sind wirklich zu früh dran. Eine doofe Angewohnheit von mir. Aber der Zeitdruck ist heute groß und …“

„Ist ja kein Problem. Ich bin hier und Hannes wird sofort fertig sein.“

Corinna machte einen Schritt in den Flur. „Sieht so anders aus hier“, bemerkte sie wie beiläufig. „So … aufgeräumt.“

„Hannes hat sich ganz schön ins Zeug gelegt.“

„Hat er?“

„Ja, er ist echt ein super Mitbewohner und ziemlich ordentlich.“

Corinna zog die Stirn kraus, als würde sie Laras Worten keinerlei Wahrheitsgehalt beimessen.

Lara überging Corinnas Miene und hockte sich hin, um auf einer Höhe mit Jette zu sein. „Und du, Jette? Geht es dir gut?“

Die Kleine grinste und machte einen Schritt auf sie zu.

„Schön, dass du da bist. Dein Papa freut sich schon auf dich. Und ganz besonders freut er sich darauf, dich in den Kindergarten zu bringen.“

„In ihrem Rucksack ist alles drin. Sie muss heute …“

„Guten Morgen!“ Hannes kam mit T-Shirt, Shorts und nassen Haaren aus dem Bad. Fröhlich rannte Jette in seine weit ausgebreiteten Arme. „Hi, Süße. Schön, dass du da bist.“

Es war herzerwärmend, diese Begrüßung mitanzusehen.

„Puh, das klappt ja besser als beim letzten Mal.“ Corinnas Angespanntheit schien auf dem Rückzug zu sein. „Hannes, es ist alles im Rucksack. Und kannst du den Zettel aus dem vorderen Fach bitte abgeben? Das ist die Anmeldung zum Sommerfest.“

Hannes stockte kurz. Es war, als wollte er etwas sagen, traute sich dann aber nicht.

„Ein Sommerfest?“, fragte Lara völlig unbekümmert. „Das ist ja klasse. Sind die Eltern auch eingeladen?“

Corinna stutzte. „Äh, also, falls du Lust und Zeit hast, Hannes, dann trag dich doch auf dem Zettel mit ein.“

„Oookay, ich schau mal.“ Er schluckte und schien glücklich.

„Das würde Jette bestimmt freuen“, meinte Lara und war selbst erstaunt darüber, dass Corinna dieses Angebot gemacht hatte.

„Dann wünsche ich euch ganz viel Spaß, und Hannes, sie hat etwas Schnupfen … Falls sie nicht gut Luft kriegt oder Fieber bekommt oder so, es ist alles in der Tasche. Ich hoffe einfach, dass sie nicht krank wird.“

„Das kriegen wir hin, Jette, oder?“ Hannes beugte sich runter zu seiner Tochter und zwinkerte ihr zu. „Und wenn etwas sein sollte, haben wir ja eine Kinderärztin über uns wohnen.“

Ein flüchtiges Lächeln huschte über Corinnas Gesicht. „Tschüss, mein Schatz“, flüsterte sie, als sie ihre Tochter zum Abschied in den Arm nahm.

„Tschüss, Mami!“

„Ja, also, dann vielen Dank schon mal dir und auch Ihnen, Lara, fürs Aufpassen. Ich hole sie dann morgen Nachmittag von der Kita ab.“

„Das ist doch selbstverständlich, Corinna. Ich freue mich, dass Jette hier ist.“ Hannes‘ Blick war eindringlich.

„Gut, dann bis dann.“ Ein wenig verunsichert drehte Corinna sich um und ging zur Tür hinaus, während Jette auf Hannes‘ Arm sprang und ihr hinterherwinkte.

„Das war dann also Corinna“, bemerkte Lara, als die Autotür draußen ins Schloss gefallen war und der Wagen davonfuhr.

„Ja, das war Corinna, eine sehr nette Corinna war das heute.“

Jette legte den Kopf schief und strahlte. „Mami ist nett“, wiederholte sie.

„Jaja, das ist sie“, erwiderte Hannes und strich seiner Tochter übers Haar.

„Dann lass ich euch jetzt mal allein und fahre in die Praxis. Viel Spaß im Kindergarten, kleine Jette“, wünschte Lara und stupste sie auf die Nase.

„Isst du Nudeln heute?“, fragte Jette neugierig.

„Ich weiß noch nicht. Frag mal deinen Papa, ob er heute Nudeln kocht, dann könnt ihr beiden mich ja wieder einladen.“

„Machst du Nudeln?“ Mit großen Augen schaute Jette ihren Papa an.

„Klar, Jette. Wir kochen heute wieder zusammen, und Lara ist unser Gast.“

„Oh, da freue ich mich jetzt schon auf meinen Feierabend. Um halb sieben bin ich wieder da.“

„Dann gibt‘s die besten Nudeln der Welt. Oder, Jette? Wir kochen die besten Nudeln der Welt!“

Jette juchzte, und Laras Herz machte einen großen Hüpfer. Es war zu schön, die beiden so vergnügt miteinander zu sehen.

In der Praxis angekommen, saß Frau Meinberg bereits an ihrem Platz.

„Guten Morgen, Frau Meinberg“, begrüßte Lara sie.

„Guten Morgen, Frau Schönweiß.“

„Hatten Sie ein schönes Wochenende?“

„Ja, ich war mit meinem Mann wandern. Und Sie?“

„Ich habe tatsächlich den ersten Surfkurs meines Lebens absolviert.“

„Sie sind ein Rügener Mädchen und bislang noch nicht gesurft?“

„Bis jetzt hat es sich nie ergeben, beziehungsweise habe ich mich drum herumgedrückt.“ Lara zuckte mit den Schultern.

„Hat es denn Spaß gemacht?“

„Ja, total, und ich denke, dass es nicht das letzte Mal war, dass ich auf dem Surfbrett gestanden habe.“

„Das klingt sehr gut.“ Frau Meinberg bückte sich, verschwand hinter dem Tresen und tauchte mit rotem Kopf wieder auf. „Ich habe Ihnen und Herrn Wunderlich je ein Glas selbst gemachte Erdbeermarmelade mitgebracht.“ Sie streckte Lara ein Glas entgegen.

„Das ist aber nett, vielen Dank.“ Lara war ganz gerührt, nie hätte sie damit gerechnet. In diesem Moment betrat Emil die Praxisräume, gefolgt von einem jungen Paar. Der Mann trug einen Maxi-Cosi, die Frau hielt ein kleines Mädchen an der Hand.

„Frau Meinberg, Maja und Bent hatte ich ja schon angekündigt. Wir machen schnell die erste Untersuchung bei dem kleinen Jona, bevor der Trubel hier losgeht. Lara, das sind gute Bekannte von mir. Maja hatte eine Hausgeburt und ich mache die ersten Untersuchungen bei dem kleinen Mann.“

Lara schaute zu Bent, aber sein Gesicht kam ihr nicht im Ansatz bekannt vor.

„Herzlichen Glückwunsch“, sagte Lara und reichte den Eltern die Hand. „So ein kleiner Schatz“, fügte sie hinzu und blickte verzückt auf den Säugling. „Dann sind Sie also Maja und Bent, denen Emil und ich es zu verdanken haben, dass die Information bezüglich der Kinderarztsuche mich erreicht hat. Schön, Sie kennenzulernen. Geht es Ihnen gut?“, fragte sie in Majas Richtung.

„Ja, wirklich. Es war eine Traumgeburt, und ich fühle mich erstaunlich fit. Sonst wäre Bent heute auch allein gekommen, aber mir geht es wirklich gut. Außerdem kriegt der Kleine bestimmt gleich Hunger. Besser, wenn ich dann in der Nähe bin.“

„Wollen wir?“, fragte Emil und wies auf die Tür seines Behandlungszimmers.

Als Lara um achtzehn Uhr die Praxistür hinter sich ins Schloss fallen ließ, kündigte das Vibrieren ihres Smartphones eine eingehende Nachricht an. Sie kramte in ihrem Rucksack, zog das Handy hervor und entsperrte es. Und sah, von wem die Nachricht war.

Liebe Lara,

das Boot ist zur Reparatur und am Wochenende wieder einsatzbereit. Wie sieht es aus: Lust, am Samstag unseren verpatzten Ausflug nachzuholen?

Und du müsstest dich bis spätestens dahin wegen der Wohnung entscheiden. Länger kann ich sie dir nicht freihalten.

Ich würde mich freuen, wenn beides klappt – unser Ausflug und unsere potenzielle Nachbarschaft.

Ich freue mich auf dich!
Justus

Lara stopfte das Handy zurück in den Rucksack, sie würde später darauf antworten. Jetzt wollte sie auf schnellstem Weg nach Hause, um ihr Essensdate mit Hannes und seiner kleinen Tochter nicht zu verpassen. Sie ging die Treppen hinunter, öffnete das Fahrradschloss, stieg aufs Rad und fuhr im frühen Abendwind aus dem malerischen Ortskern von Thiessow hinaus, der sich, eingebettet zwischen sanften Hügeln und glitzerndem Wasser, wie ein echtes Stück Heimat für sie anfühlte. Dieses kleine Fischerdorf mit seinen reetgedeckten Häusern, den Blumenkästen, die an so vielen Häusern die Fensterbretter schmückten und einen unverwechselbaren Duft von bunten Blumen verströmten, dem Duft von frisch gebackenem Brot und frischem Fisch … All das fühlte sich so vertraut an, dass sie sich vorstellen konnte, für immer zu bleiben.

Lara radelte entspannt die Straßen entlang und schon ein paar Minuten später sah sie unten am Strand die Surfschule vor sich und merkte auf vorher noch nie gefühlte Weise eine Vorfreude darauf, Hannes zu sehen. Und Jette. Sie fuhr den Schotterweg oberhalb des Boddens entlang, stellte das Fahrrad unter dem Carport ab und ging auf direktem Weg in Richtung Terrasse, wo sie die beiden vermutete.

Als sie um die Hausecke bog, hielt sie inne. Hannes stand da mit Jette auf dem Arm, die Gesichter in Richtung Wasser und Horizont gerichtet. Laras Herz zog sich sanft zusammen, dieses Motiv war postkartenreif! So pur und voller Liebe, dass es ihr für einen Moment den Atem raubte. Es war ein inniger Vater-Tochter-Moment, in dem sie auf keinen Fall stören wollte. Irgendwann hüpfte Jette von Hannes‘ Arm, der sich umdrehte und Lara entdeckte. Sein Blick verharrte, als hätte er noch gar nicht mit ihr gerechnet. Sekunden sahen sie sich an, bis auf seinen Lippen ein breites Lächeln erschien.

„Du bist sehr pünktlich“, lobte er und ging auf Lara zu. Als er vor ihr stand, nahm er ihre Hand, zog sie ein Stück näher an sich heran und drückte sie an sich. „Wir haben uns richtig ins Zeug gelegt“, flüsterte er in ihr Ohr.

Laras Härchen stellten sich auf. „Ich habe auch richtig Hunger“, flüsterte sie und inhalierte seinen unverfälschten Duft.

Einen kleinen Moment lang blieben sie so stehen, dann löste er sich aus der Umarmung und hielt Jette seine ausgestreckte Hand hin.

„Wollen wir dann auftischen, liebe Frau Jette?“

Jette grinste und umfasste Hannes‘ Hand. Erst jetzt fiel Lara auf, dass der Tisch bereits kunterbunt gedeckt war. Besonders ins Auge stachen die rot-weiß gepunkteten Servietten. Und der dunkel schimmernde Rotwein, der in eine Karaffe gefüllt worden war. Lara lächelte bei der Vorstellung, dass Jettes kleine Händchen dabei geholfen hatten, alles so hübsch zu arrangieren.

„Unser Gast sollte schon mal Platz nehmen, oder?“, fragte Hannes in Jettes Richtung.

„Ja, setzen, Lara“, antwortete sie und folgte ihrem Vater in Richtung Küche.

Lara nahm Platz und genoss wie schon so oft den Ausblick, der sich ihr bot. Ja, Hannes hatte recht, als er vor Wochen sagte, daran könnte man sich nicht sattsehen … Wenige Minuten später bogen er und Jette wieder um die Hausecke. Lara drehte ihren Kopf und beobachtete, wie die Dreijährige konzentriert einen Teller mit geriebenem Parmesan balancierte.

„So, da wären wir und sind sehr erfreut, Frau Lara heute als unseren Gast begrüßen zu dürfen.“

Ausladend stellte Hannes zwei Schüsseln auf dem Tisch ab und Jette platzierte ihren Teller auf Zehenspitzen stehend daneben. Dann fasste sie in ihre Hosentasche, zog ein zusammengefaltetes Papier hervor und hielt es Lara hin.

„Für dich.“

„Oh, das ist aber lieb von dir. Vielen Dank, Jette.“

Gerührt faltete Lara das Papier so sorgsam auseinander wie einen wertvollen Schatz.

„Das Meer“, verriet Jette und zeigte auf den blauen, großen Fleck in der Mitte ihres Bildes, das ansonsten komplett weiß war.

„Das ist das schönste Meer, das jemals jemand für mich gemalt hat“, bedankte sich Lara und strich der Kleinen über die Wange.

„Haben schon viele Leute Meere für dich gemalt?“, fragte Hannes spitzbübisch, doch Lara ignorierte ihn mit einem süffisanten Lächeln und widmete ihre Aufmerksamkeit ganz der kleinen Künstlerin, die voller Stolz neben ihr stand.

„Weißt du was, Jette? Ich nehme dein Bild mit in die Praxis und dort bekommt es einen Ehrenplatz. Weißt du, was ein Ehrenplatz ist?“

Jette schüttelte den Kopf.

„Ein Ehrenplatz ist ein besonders schöner Platz, an den nur ganz besondere Dinge kommen. So wie dein Bild. Und wenn du das nächste Mal zu mir kommst, dann kannst du dir dein Meer ansehen.“

Jette nickte und grinste wie ein Honigkuchenpferd. Und auch Lara war eigentlich nach Grinsen zumute, bis ihr plötzlich wieder einfiel, dass sie noch jemandem eine Antwort schuldig war. *Das darf ich gleich nicht vergessen,* dachte sie und lenkte dann ihre Aufmerksamkeit wieder auf den liebevoll gedeckten Tisch und ihr Lieblingsessen.

- 26 -

DIE Sonne warf die letzten Strahlen des Tages aus und tauchte den Bodden in alle Facetten von Orange bis Rot. Hannes und Lara saßen da, ihre Stühle eng nebeneinandergeschoben, und blickten auf das einnehmende Naturschauspiel, das sich ihnen bot. In der Wiese neben ihnen gaben gefühlt Hunderte von Grillen ein Privatkonzert und machten die unverfälschte Kulisse perfekt. Laras Arm lag entspannt auf der Stuhllehne, Hannes‘ Arm war so dicht daneben platziert, dass kaum mehr ein Blatt Papier zwischen sie passte. Höchstens ein Millimeter trennte ihre Haut von Hannes‘ Haut, was Lara bemerkte, als sie verstohlen aus dem Augenwinkel in seine Richtung blickte. Sie versuchte, sich nicht mehr zu bewegen, wollte, dass ihre Arme genauso liegen blieben, und wenn sie ehrlich zu sich selbst war, dann hätte sie auch den letzten Millimeter gern überwunden.

Was auch immer das hier war, Lara fühlte, dass es gut war. Auf eine ganz besondere Art gut. Und dann, als sie ein Windhauch streifte, fühlte sie plötzlich die Härchen auf Hannes‘ Arm, die ihren Unterarm kitzelten. Eine federleichte Berührung, die so intensiv war, dass Lara schlucken musste. Sie fühlte seinen Blick, der auf ihr ruhte. Und auf einmal war er da, dieser eine unwirkliche Moment, von dem du weißt, dass er der Anfang von etwas Neuem und von etwas Einzigartigem ist. Lara merkte, wie sein Brustkorb sich hob und senkte, schneller als noch Sekunden zuvor. Sie spürte seine Hand, die so zärtlich ihre Halspartie hinaufwanderte, dass ihr Herz einen Sprint hinlegte und ihre Atmung sich beschleunigte.

Er sah sie an – eindringlich und zärtlich und sich seiner so bewusst –, dass Lara ihm die Verantwortung für alles, was jetzt kommen würde, wortlos übergab. Behutsam näherte sich sein Gesicht, noch immer bannte er ihren Blick. Dann schloss sie ihre Augen, wollte nur noch fühlen, ihn und sonst nichts. Sein warmer Atem glitt über ihr Gesicht, seine weichen Lippen bahnten sich zaghaft ihren Weg, bis sie ihre

Lippen fanden und ihren Mund zärtlich küssten. Lara ließ sich fallen und fühlte Hannes, einfach nur Hannes. Ohne jegliches Empfinden für Raum und Zeit tauchte sie vollkommen ein in diesen Moment.

„Ich hab dich ganz schön gern", flüsterte er irgendwann, seine Lippen immer noch an ihrem Mund.

Wenn es Worte gab, die genau das richtige Maß zur richtigen Zeit transportierten, dann hatte Hannes sie gerade gefunden. Denn genau das, was er sich auszusprechen traute, fühlte Lara.

„Ich dich auch", flüsterte sie zurück.

Sie legte ihren Kopf auf seine Schulter und sog diesen vollkommenen Moment tief in sich auf, während er sie weiter küsste, ganz zart und fordernd zugleich. Seine Hände streichelten ihr Gesicht, streiften ihren Nacken, glitten wie in Zeitlupe ihren Rücken hinab. Und dann, wie von selbst, löste Lara sich, stand auf und zog ihn sanft mit sich.

Als sie kurz darauf in ihrem Schlafzimmer standen, sah sie, wie Hannes schluckte. Fast wirkte es, als wäre er nervös. Nur Sekunden später setzte er fort, was er auf der Terrasse begonnen hatte, und küsste sie so leidenschaftlich, dass ihre Beine anfingen zu zittern. Laras Herz schlug im Takt seines Herzens, und dann ließ sie endlich los, was immer auch an Gedankenkarussel in ihrem Kopf kreiselte, und genoss mit allen Sinnen seine Berührungen.

„Geht es dir gut?", fragte er.

Lara erwachte wie aus einem Traum, spürte, wie nah sie ihm war, wie sicher, wie unendlich richtig es sich anfühlte, mit ihm hier zu liegen, den Klang seiner Stimme wahrzunehmen, seine Haut zu riechen.

„Ja, es geht mir gut. Sehr gut", flüsterte Lara und atmete tief durch. „Und dir? Geht es dir auch gut?"

„So gut wie schon lange nicht mehr", antwortete er und zog sie noch ein Stück näher an sich heran, wieder strichen seine Finger zärtlich über ihren nackten Rücken.

Für einen Moment lauschten sie still den Geräuschen der Umgebung, die durch das geöffnete Fenster drangen.

„Weißt du, Lara“, sagte er irgendwann, „ich hatte eine Frau wie dich nicht auf dem Schirm. Ich meine, man plant ja nicht, sich zu verlieben … Ich weiß nicht, wohin das führen wird, aber ich fände es schön, wenn wir es passieren lassen würden, ohne allzu viel darüber nachzudenken. Für den Anfang, meine ich. Ich will nicht, dass du dich zu irgendwas verpflichtet fühlst, nur weil wir miteinander geschlafen haben. Ich bin unendlich froh, dass du in meinem Leben bist, auf welche Art auch immer.“ Er seufzte. „Ich rede wirr, ich weiß. Ich meine, ich mag dich wirklich sehr, und ich glaube, es würde auch für mehr reichen, aber wenn du das nicht willst, dann ist alles okay und es muss sich nichts ändern zwischen …“

Aus einem tief empfundenen Impuls heraus umfasste Lara mit beiden Händen sein Gesicht und presste ihre Lippen auf seine.

„Ja, du hast recht. Lass es einfach passieren“, nuschelte sie und fühlte, wie ein Gefühl von schierem Glück durch ihren Körper wanderte.

„Okay, ja, das klingt nach einem ausgeklügelten Plan“, nuschelte er zurück und erwiderte ihren Kuss.

„Möchtest du hier oben schlafen?“, fragte Lara.

„Das würde ich total gern, aber mir wäre nicht wohl, wenn Jette allein unten schläft. Ist das okay?“

Lara lächelte. „Das ist sehr okay.“

„Wir frühstücken morgen aber zusammen, oder?“

„Klar, wenn du früh genug aus dem Bett kommst …“

„Dafür wird Jette schon sorgen“, erwiderte er, küsste sie noch einmal und schlich dann leise die Treppe hinunter.

An Einschlafen war nicht zu denken. Mit offenen Augen lag Lara in ihrem Bett und lauschte dem Nachtwind, der durch den Fensterspalt wehte. Immer und immer wieder kehrte sie in Gedanken zu Hannes zurück. Noch nie zuvor hatte sie so einen vollkommenen Sex erlebt wie mit ihm, leidenschaftlich und unendlich zärtlich. Lächelnd berührte sie den Platz neben sich, wo Hannes gelegen hatte, spürte noch immer die Wärme seines Körpers, sog seinen Duft auf. *Ja, auch ich hatte einen Mann wie ihn nicht auf dem Schirm,* dachte sie lächelnd, und doch war es geschehen und fühlte sich richtig an …

Und dann wie aus dem Nichts katapultierte sich Justus in diese schöne Erinnerung.

Wie ein lästiger Gast.

Lara seufzte, strich sich eine Haarsträhne hinters Ohr, zögerte.

Wie ein lästiger Gast – ja, so fühlte es sich tatsächlich an.

Sekunden später tastete sie auf dem Nachttisch entlang, griff nach ihrem Handy und tippte eine Nachricht, die sie vielleicht schon längst hätte verschicken sollen …

Lieber Justus,

vielen Dank für deine Einladung, es ist schön, dass du noch einen weiteren Ausflug unternehmen möchtest. Aber es ist besser, wenn wir uns nicht mehr treffen. Freundschaftlich würde ich gern mit dir verbunden bleiben, aber nicht mehr. Sollte Freundschaft für dich infrage kommen und solltest du vielleicht darüber hinaus gar nicht an mir interessiert sein, dann würde ich mich freuen, wenn wir in Kontakt blieben.

Hab Dank für unsere Ausflüge!

Liebe Grüße

Lara

Nicht wirklich zufrieden mit ihren Worten, die eher hölzern daherkamen, und zudem sichtlich nervös, drückte sie auf Senden und hoffte, dass Justus nicht allzu enttäuscht von ihr war. Andererseits spürte sie, wie sich ein Gefühl von Stolz seinen Weg in ihr Herz bahnte, denn dass sie gerade so bei sich war und so klar handelte, das war keinesfalls selbstverständlich für sie. Auch wenn die Nachricht ziemlich holprig war – sie war heilfroh, sie versendet zu haben.

Am nächsten Morgen fühlte Lara etwas an ihren Füßen kitzeln. Reflexartig zog sie den Fuß unter die Decke und setzte sich auf. Und sah, wer für das Kitzeln verantwortlich war. Jette stand grinsend mit abstehenden Haaren und ihrem Teddy im Arm am Fußende und schaute Lara an.

„Guten Morgen, du Frühaufsteherin. Weiß dein Papa, dass du hier oben bist?“

Jette nickte. „Papa steht auf der Treppe“, erklärte sie.

Lara blickte auf ihren Wecker. Es war fünf Uhr dreißig. In Anbetracht der Tatsache, dass sie gestern noch bis kurz nach Mitternacht mit Hannes zusammen gewesen war, war diese Zeit utopisch früh für ihn.

„Dann wünsche ich deinem Papa, der auf der Treppe steht, ebenfalls einen Guten Morgen.“

Müde, aber überaus gut gelaunt, stieg Lara aus dem Bett, reichte Jette ihre Hand und ging mit ihr zur Treppe. Keine Spur von Hannes.

„Hast du etwa geflunkert und dein Papa weiß gar nicht, dass du bei mir bist?“

Die Kleine zuckte mit den Schultern.

„Na dann … komm mal mit, wir wecken ihn.“

Hand in Hand nahmen sie Stufe für Stufe und schlichen den Flur entlang bis zu Hannes‘ Schlafzimmer, wo Lara zu einem zaghaften Klopfen ansetzte. Keine Reaktion. Also klopfte sie ein bisschen kräftiger. Wieder keine Regung auf der anderen Seite der Tür.

„Ich glaube, du musst ihn auch an den Füßen kitzeln“, schlug Lara vor.

Das ließ Jette sich nicht zweimal sagen. Vorsichtig öffnete sie die Tür und näherte sich auf leisen Sohlen dem Fußende des Bettes. Lara blieb im Türrahmen stehen und betrachtete Hannes, wie er dalag und friedlich vor sich hin schlummerte. Zu gern würde sie jetzt zu ihm gehen, die Decke anheben und sich ganz dicht an ihn schmiegen.

„Wow!“ Hannes fuhr hoch. „Jette, Jette! Du hast mir aber einen gehörigen Schrecken eingejagt!“, rief er lachend aus.

Jette quiekte vor Vergnügen und kitzelte weiter wie wild seine Fußsohlen.

„Na, warte!“ Hannes hechtete ans Fußende, griff nach seiner Tochter und fing an, sie durchzukitzeln. Jettes Juchzen wurde immer lauter, bis Hannes nachließ und sie fest an sich drückte. Dann wanderte sein Blick zur Zimmertür. „Hey, Guten Morgen. Du bist aber auch früh wach.“

„Ich hatte Besuch“, erklärte Lara augenzwinkernd.

„Oh, hat Jette dich geweckt?“

„Mit Fußgekitzel."

„Das tut mir …"

„Schht", unterbrach Lara ihn und hielt sich ihren Zeigefinger an den Mund. „Ich bin selten so schön geweckt worden", ergänzte sie und lächelte.

„Okay, ihr beiden. Und was machen wir jetzt mit dem angebrochenen Morgen?" Er rieb sich durchs Gesicht.

„Ausgedehnt frühstücken?"

„Das ist eine sehr gute Idee, Frau Lara. Oder Jette? Sollen wir mit Frau Lara zusammen frühstücken?"

„Jaaa!", rief die Kleine und reckte ihre Ärmchen in die Höhe.

„Als Wiedergutmachung für deine zu kurze Nacht mache ich Frühstück", sagte er in Laras Richtung.

„Okay, dann gehe ich mal hoch und ziehe mich an."

Als Lara zurück in ihrem Schlafzimmer war, fiel ihr Blick auf das Smartphone, das immer noch auf dem Nachttisch lag. Sie stellte den Flugmodus aus und sofort ploppte eine Nachricht auf.

„Justus!"

Mit nervöser Hand öffnete sie die Nachricht. Sie konnte nur hoffen, dass er sie verstand. Auch wenn es wahrlich nicht die netteste Art war, jemandem über WhatsApp einen Korb zu geben. Aber es war hohe Zeit gewesen, für Klarheit zu sorgen.

Hi, Lara,

schade, aber natürlich akzeptiere ich deine Entscheidung. Denkst du, dass wir uns trotzdem noch einmal persönlich treffen können? Es gibt etwas, das ich dir gern erzählen würde. Ich habe das Gefühl, dass es wichtig ist, dass du es erfährst. Erzähl Hannes bitte nichts davon. Es wäre wirklich wichtig.

Justus

Irritiert starrte Lara auf das Display. Was war denn so wichtig, dass er es ihr in aller Heimlichkeit erzählen wollte? Und war sie daran überhaupt interessiert? Sie seufzte ausgiebig, überlegte noch eine Weile hin und her, dann entschied sie, ihm die Möglichkeit zu geben, mit ihr zu sprechen. Schließlich hatte er sich sehr für sie ins Zeug gelegt. Ein persönliches Treffen war da nur fair.

Hi, Justus,
klar, wir können uns gern treffen. Wann passt es dir?
Lara

Seine Antwort folgte prompt.

Gern schon morgen. Wieder um 19:00 Uhr? Nach der Arbeit im Strandcafé Göhren?

Und Lara tippte ebenso fix ihre Antwort, bevor sie es sich noch anders überlegen konnte.

Ok, das passt gut. Dann komme ich direkt nach der Arbeit dorthin.

Sie legte das Handy zurück auf den Nachttisch – und natürlich startete erneut ihr Gedankenkarussell. Was hatte er vor? Sie konnte nur hoffen, dass er nicht versuchen würde, sie doch noch von sich zu überzeugen, denn das wäre etwas, das sie nicht gut aushalten könnte. Sie streckte sich. Sie hatte zugesagt und ließ sich jetzt auf gar keinen Fall die Laune verderben. Hannes wartete auf sie, und die kleine Jette. Lara ging zum Kleiderschrank und holte ihr Outfit für den Tag hervor: eine dünne Chinohose aus hellem Leinen und ein weißes T-Shirt. Typische Praxiskleidung für einen untypischen Alltagsmorgen.

Minuten später betrat sie die Küche, wo Hannes und Jette gerade geschäftig das Frühstück zubereiteten. Auf einem Stuhl kniend, legte Jette gelbe Papierservietten auf den Tellern bereit und versuchte, diese zu falten. Dabei kaute sie beständig auf ihrer Unterlippe und es sah aus, als würde sie jeden Moment ihre Zunge zu Hilfe nehmen.

„Das sieht aber schon toll aus“, merkte Lara an, ging zu Jette und strich ihr über den Rücken. „Du kannst ja schon ziemlich gut Servietten falten.“

Voller Stolz faltete Jette weiter.

„Möchtest du Kakao oder Erdbeertee?“, fragte Hannes in Jettes Richtung.

„Erdbeertee“, kam die Antwort vom Küchentisch, wo Jette ihre Arbeit andächtig fortsetzte.

„Braves Kind“, murmelte er. „Sie darf nur ab und zu einen Kakao haben. Wenn sie hier bei mir einen trinkt, muss ich das Corinna sagen, damit sie Jettes Zuckerkonsum im Blick behalten kann“, flüsterte Hannes, während er Lara in den Arm nahm. „Guten Morgen noch mal“, wünschte er.

Lara schloss ihre Augen. *Wie schön dieser Morgen doch war,* dachte sie. So schön und so lebendig. Sie wollte mehr davon. Das wurde ihr in diesem Moment ganz deutlich bewusst. Sie wollte einen Mann, sie wollte Kinder und vielleicht, ganz vielleicht wollte sie all das sogar mit Hannes, in dessen Armen sie sich so wohlfühlte wie bei keinem anderen Mann zuvor.

- 27 -

„WEIẞT du schon, wann du zurück bist?“, fragte Hannes, ohne Lara dabei anzusehen. Konzentriert schrubbte er über das Surfbrett, das vor dem Carport lag. Lara war in der Mittagspause nach Hause gefahren, um dort etwas zu essen.

„Keine Ahnung.“

„Ist ja auch egal, ich werde selbst heute Abend noch ein wenig in der Surfschule bleiben. Der Frauenkurs endet heute, und wir werden wahrscheinlich noch etwas feiern. Manchmal haben die Teilnehmenden einfach Lust zu einem gemeinsamen Abschluss, und ich finde es eigentlich auch ganz nett … Ist ein bisschen Kundenbindung.“

„Wieso gibst du eigentlich reine Frauenkurse?“

„Das hatte ich nie so wirklich geplant, aber die Nachfrage war da und dann habe ich es umgesetzt. Wird wirklich gut angenommen. Oft sind es befreundete Frauen, die gemeinsam hier Urlaub machen, manche mögen keine Männer in ihren Kursen, anderen ist es total egal, bei denen passt dann einfach der Termin.“

„Gibst du auch reine Männerkurse?“

„Tatsächlich nicht. Dafür gab es noch nie eine Nachfrage.“ Hannes legte den Putzlappen zur Seite. „Verrätst du mir, mit wem du dich heute triffst?“

Lara zögerte kurz. „Ich würde es dir gern nach dem Treffen erzählen“, sagte sie dann.

„Klar, mach das. Du musst es mir auch gar nicht erzählen, ich war nur neugierig.“

„Doch, doch, das mache ich. Nach dem Treffen.“

Hannes lächelte, stand auf und kam auf sie zu. „Viel Spaß“, wünschte er ihr und küsste sie.

„Danke“, antwortete Lara leise und mit geschlossenen Augen und war einfach nur dankbar dafür, wie unkompliziert es mit ihm war.

Als sie am Abend als Letzte die Praxistür hinter sich schloss, war sie doch aufgeregter als erhofft. Die Positionen zwischen ihr und Justus waren bereits geklärt, daran lag es nicht. Es war vielmehr die Angst davor, sich gleich in einer Situation wiederzufinden, die ihr nicht behagte und aus der sie sich nur schwer hinausmanövrieren konnte.

„Es kommt, wie es kommt“, sagte sie dann, zog den Schlüssel aus der Tür, setzte sich auf ihr Rad und machte sich bei wolkigem Himmel und feuchter Luft, die nach Regen roch, auf den Weg. Damit sie nicht allzu sehr schwitzte, mäßigte sie das Tempo und radelte langsam die Steilküste entlang, bis sie nach einer knappen halben Stunde das Strandcafé Göhren erreichte. Trotz des eher bescheidenen Wetters war die Außenterrasse noch gut besucht.

Sie parkte ihr Rad am Zaun, schloss es ab und schaute sich auf der Terrasse um. Wo war Justus? Sie blickte auf die Uhr. Sie war auf jeden Fall pünktlich, es war Punkt neunzehn Uhr. Mit einem mulmigen Gefühl im Bauch öffnete sie die Glastür des Cafés, um ihr Glück drinnen zu versuchen. Und richtig, Justus saß am anderen Ende des Raumes und starrte auf sein Smartphone. Und wie schon zuvor bei seinem Anblick meldete sich Laras Magen deutlich. Unsicherer, als sie sich fühlen wollte, ging sie auf ihn zu. Er hatte sie bislang nicht bemerkt. Auch hier drinnen waren die Tische gut besetzt, die Geräuschkulisse war fast unangenehm laut. Es klimperte und schepperte, die vielen Menschen sorgten für eine anstrengende Akustik. Als Lara endlich vor ihm stand, hob Justus den Kopf. Sofort legte er das Handy weg und lächelte sie freundlich an. Dann erhob er sich und begrüßte sie mit einer kurzen Umarmung über den Tisch hinweg.

„Lara, schön, dass du dir Zeit genommen hast. Das weiß ich wirklich zu schätzen.“

„Klar, gern, ist doch selbstverständlich“, erwiderte sie. Sie löste sich und nahm ihm gegenüber Platz.

„Darf ich dir etwas zu trinken bestellen?“

„Ja, bitte. Ein Wasser mit Kohlensäure.“

Justus hob die Hand und sofort eilte eine Kellnerin herbei, als wäre er ein VIP-Gast.

„Ein Mineralwasser bitte und für mich noch einen Espresso. Aber etwas schwärzer als eben. Danke.“ Justus lehnte sich ein Stück nach vorn.

„So, dann noch mal. Ich freue mich wirklich, dass du da bist. Ich muss gestehen, dass ich sehr überrascht war angesichts deiner Nachricht. Sowohl inhaltlich als auch methodisch.“

Mein Gott, dachte Lara und fühlte sich wie in einem Personalgespräch. Ihr Herz pumpte spürbar. Sie hatte überhaupt keine Lust auf lange Erklärungen.

„Ja, du hast recht, aber ich dachte, ich kläre meine Position direkt, damit es zu keinen Missverständnissen kommt.“ Ihre Worte klangen selbstbewusster, als sie sie fühlte. Aber egal, sie hatte Stellung bezogen.

„Und was ist mit der Wohnung? Du kannst sie natürlich trotzdem nehmen, ich würde mich sehr freuen.“

„Nein, danke. Ich weiß deine Bemühungen zu schätzen, aber ich bleibe bei Hannes wohnen.“

„Auch das ist in Ordnung, Lara, ich würde nur gern wissen … Du musst mir natürlich nicht antworten, aber … hat all das hier mit Hannes zu tun?“

Lara fühlte, wie die Röte in ihrem Gesicht aufstieg. Leugnen war zwecklos, kein Make-up der Welt hätte diesen Farbwechsel auf ihren Wangen und an ihrem Hals überdecken können.

„Ich weiß nicht, was du meinst, Justus.“

„Nun“, er schwieg für einen Moment, als suche er nach den richtigen Worten. „Ich will sagen – habt ihr über mich gesprochen?“

„Nein, wieso?“

Jetzt zog er die Stirn kraus. „Seid ihr ein Paar?“

„Justus, ich möchte eigentlich nicht darüber reden …“

„Klar, das musst du natürlich nicht. Ich weiß auch nicht, ob es richtig ist, dass ich dir etwas mehr über Hannes erzählen möchte. Es soll ja nicht so rüberkommen, als würde ich ihn schlechtmachen wollen, um mir dadurch Chancen auszurechnen … Das ist es nicht. Wirklich. Ich finde nur, dass du ein ziemlich netter Mensch bist, der nur das Beste verdient.“

Lara hatte keine Ahnung, was sie von alldem halten sollte. Wahrscheinlich wäre es klug, das Treffen jetzt zu beenden, doch irgendetwas hielt sie davon ab.

„Was genau möchtest du mir denn sagen, Justus?“

In diesem Moment brachte die Kellnerin die Getränke. Sofort setzte Lara das Glas an und nahm einen kräftigen Schluck.

„Also gut. Dann ohne Umschweife. Ich kenne Hannes schon etwas länger. Ich bin mit der Mutter seines Kindes, mit Corinna, befreundet und weiß daher, was für ein Typ in ihm schlummert.“

Lara Herz begann sofort, wieder schneller zu pumpen. „Was soll das heißen?“

„Es tut mir leid, das sagen zu müssen. Aber Hannes ist ein Idiot, der alles angräbt, was nicht bei zwei auf den Bäumen ist. Der war noch nie treu. Er hat Corinna nach Strich und Faden verarscht, ist mit jeder zweiten Surfschülerin im Bett gelandet, obwohl er mit ihr schon zusammen war, und wollte nichts von seiner Tochter wissen.“

Wie ein Speer bohrten sich seine Worte in Laras Kopf und Herz. Es ging um Hannes! Von was für einem Hannes sprach er eigentlich?

„Ähm, Justus, entschuldige, aber dass er kein Interesse an seiner Tochter hat, das stimmt nicht.“

„Und woher willst du das wissen?“, hakte er nach und nippte an seinem Espresso.

„Weil ich mit ihm zusammenwohne und sehe, wie er darum kämpft, Jette bei sich zu haben.“

„Man kann viel erzählen, wenn der Tag lang ist … Und die paar Male, die er bereit ist, seine Tochter aufzunehmen, die kann man doch an einer Hand abzählen.“

In Laras Kopf war das Chaos perfekt. Sie glaubte nicht eine Silbe von dem, was Justus da von sich gab, doch wenn sie ehrlich zu sich selbst war, musste sie sich ein, zwei Dinge eingestehen: Was wusste sie wirklich über Hannes? Klar, er hatte ihr viel erzählt, aber ob das alles stimmte? Bei Hannes hatte sie sich das erste Mal in ihrem Leben nur auf ihr Gefühl verlassen. Sollte sie so in ihm getäuscht haben? Sie holte tief Luft.

„Danke, Justus, dass du mich warnst. Aber ich denke, ich werde mir mein eigenes Bild machen.“ Sie setzte das Wasserglas noch einmal an und trank es in einem Zug leer. „Und danke für das Getränk. Ich hoffe, dass dein Boot nicht mehr so schnell kaputtgeht.“

Ein blöder Wunsch, etwas Besseres wollte ihr gerade nicht einfallen. Sie stand auf, hob die Hand zum Gruß und entfernte sich zügigen Schrittes.

„Pass auf dich auf!“, rief Justus ihr nach, aber das wollte Lara nicht mehr hören. Weder diesen bekannten Spruch noch seine Stimme.

Sie hastete aus dem Café, durchquerte das Labyrinth aus Stühlen und Tischen auf der Terrasse, öffnete mit zittrigen Fingern das Fahrradschloss, stieg auf und trampelte so kraftvoll los, als könnte sie all den Worten, die in ihrem Kopf rumpolterten, davonfahren.

Als sie die ersten Meter zurückgelegt hatte, sprühte ihr feinster Nieselregen ins Gesicht. Der vollgesaugte Himmel gab das frei, was sich die ganze Zeit angekündigt hatte. Regen. Unwillkürlich streckte Lara ihre heißen Wangen den warmen Tropfen entgegen. Abkühlung gab es kaum, allein die Stimmung passte zu ihrem aufgewühlten Inneren. Sollte sie Hannes von Justus‘ Vorwürfen erzählen? Wie würde er ihr Treffen mit ihm aufnehmen? Würde er nicht denken, dass sie ihm hinterherspionierte? Sie wollte ihm so gern vertrauen und nichts auf Justus‘ Worte geben, doch leider hatte ihr nicht zuletzt Gunnar gezeigt, wie viele Gesichter ein Mensch haben konnte.

„NEIN!“, rief Lara völlig außer Atem in den Nieselregen hinein und fasste den Entschluss, Hannes nichts zu erzählen. „Ich werde auf mein Herz hören.“ Nur, dass sie sich ab jetzt nicht mehr mit Justus treffen würde, das würde sie ihm sagen. Und dann würde sie sich auf ihn einlassen und einfach glücklich sein. Ohne Gedankenkarussell. Ohne Zweifel.

Doch egal, wie oft sie sich das selbst sagte, die Unruhe in ihr wurde immer größer. Und dann, wie von selbst, bog sie nicht auf den Weg in Richtung Zuhause ab, sondern fuhr zu einer ganz besonderen Person.

Als sie kurz darauf an Ellis Tür klopfte, war sie noch immer durcheinander. Und das ärgerte sie. Noch gestern war alles in ihr so klar und glücklich gewesen. Und jetzt schaffte es ein Justus Ehrenfeld, sie völlig aus dem Konzept zu bringen.

Die Tür schwang auf und Elli strahlte über das ganze Gesicht. „Lara, hereinspaziert. Was für eine schöne Überraschung."

„Störe ich?"

„Niemals. Hopp, hopp, ab ins Wohnzimmer."

Lara folgte ihr und setzte sich.

„Du siehst müde aus", stellte Elli fest und legte ihre Hand auf Laras Hand.

Lara versuchte ein Lächeln, das völlig danebenging, Dann setzte sie sich gerade hin und fasste sich ein Herz. „Kann ich dich um einen Rat bitten, Tante Elli?"

„Immerzu."

Lara holte tief Luft und erzählte die ganze Geschichte, ohne Wenn und Aber. Ihre und die von Hannes. Ihre und die von Justus. Aufmerksam lauschte Elli ihren Worten.

„Was soll ich nur machen?", fragte Lara endlich, als sie sich alles von der Seele geredet hatte.

Elli griff nach ihrer Hand und führte sie mit Bedacht an Laras Brust. „Alles, was du wissen musst, liegt hier bereit. Du musst es nur zulassen und genau hinhören."

Und mit diesen Worten im Gepäck verließ Lara eine halbe Stunde später und gestärkt durch eine innige Umarmung Ellis Haus und kehrte zurück an den Ort, der sie so glücklich machte.

Der diesige Himmel ließ kaum einen Blick auf die See zu, als Lara die Steilküste entlangfuhr. Es hatte merklich aufgefrischt, und sie fragte sich, ob heute überhaupt eine Beachparty an der Surfschule stattfinden würde. Denn insgeheim hoffte sie darauf, Hannes gleich anzutreffen, um ihn einfach nur in den Arm zu nehmen. Elli hatte recht – Laras Herz hatte entschieden. Sie würde Hannes vertrauen.

Als sie durchnässt ankam, spürte sie sofort, dass Hannes noch nicht daheim war. Sie stellte ihr Fahrrad unter dem Carport ab und betrat das Haus.

„Hannes?“, rief sie, als sie sich die Schuhe auszog. Hannes antwortete nicht. Ihr Gefühl hatte sie nicht getäuscht. Sie ging nach oben, duschte warm und zog sich um. Dann legte sie sich in ihrem Wohnzimmer aufs Sofa und nahm das Handy zur Hand.

„Hey, Lieblingsfreundin“, ertönte es vom anderen Ende der Leitung.

„Hi, hast du Zeit zu reden?“

„Klar, immer, schieß los.“

„Du bist noch gar nicht auf dem neuesten Stand …“

„In Bezug auf was?“

„Justus.“

„Oh, okay, jetzt bin ich aber gespannt.“

„Ich habe mich heute mit ihm getroffen und ihm gesagt, dass ich mich nicht mehr mit ihm treffen werde.“

Lara war sich nicht sicher, ob sie vom anderen Ende der Leitung gerade ein Quieken vernommen hatte.

„Alles in Ordnung bei dir, Hedda?

„Jep, alles bestens. Du hast ihm also heute einen Korb verpasst?“

„Eigentlich schon vorher, ich hatte ihm frühmorgens eine WhatsApp geschrieben.“

„Das hat Stil …“

„Ich weiß, das war nicht die feine englische Art, aber ich hatte das Bedürfnis, es sofort zu klären.“

„Es? Was meinst du? Und wieso so plötzlich?“

„Weil ich, wie soll ich sagen, weil ich Hannes mag und wir miteinander geschlafen haben, und jetzt wollen wir mal schauen“, sprudelte es aus ihr heraus.

Das Quieken, das nun durch den Lautsprecher schallte, war ohrenbetäubend.

„Hedda, Mann, wieso kreischst du so?“

„Weil mich das irre freut! Ich glaube fest daran, dass Hannes dir guttun wird. Viel besser als dieser … dieser Justus.“

„Ich hoffe das auch.“

„Wieso sagst du das so komisch?“

Lara schluckte, immer noch unsicher, ob sie Justus‘ Warnungen weiterverbreiten wollte. Doch dann entschied sie sich dafür. Sie seufzte.

„Justus hat mir erzählt, dass Hannes ein Arsch ist, der alle Frauen angräbt, nicht treu ist und auch sonst unzuverlässig ist.“

„Und woher will der das wissen?“

„Weil er mit Corinna befreundet ist und Hannes sie offenbar nach Strich und Faden hintergangen hat.“

„Hmmm, kann ich mir nicht vorstellen.“

„Ich mir eigentlich auch nicht, aber was, wenn‘s stimmt? Ich meine, ich kenne Hannes kaum.“

„Justus ebenso wenig.“

„Ich weiß.“

„Ach, Lara, dir wird nichts anderes übrig bleiben, als deine eigenen Erfahrungen zu sammeln. Ich meine, selbst wenn er mal so drauf war … Menschen ändern sich.“

„Ändern sich? Da habe ich meine Zweifel. Andererseits … Mensch, Hedda, es ist so furchtbar schwer! Mein Herz sagt mir, dass ich ihm vertrauen kann. Und ich … ich will mich doch auf ihn einlassen.“

- 28 -

LARA lag im Bett, die Tür zu ihrem Zimmer weit geöffnet. Mit gespitzten Ohren lauschte sie, ob Hannes nach Hause kam. Sie hätte ihn so gern noch gesehen, doch ihr Wecker zeigte bereits dreiundzwanzig Uhr an, höchste Zeit für sie, in den Schlaf zu finden. Aber so sehr sie es auch versuchte, immer wieder schreckte sie hoch, wenn auch nur das kleinste Geräusch zu hören war. Irgendwann musste sie eingeschlafen sein, denn als sie das nächste Mal die Augen öffnete, war der Morgen schon dabei, sein Licht auszuwerfen. Sie schaute zum Nachttisch. Es war fünf Uhr, und so wie es sich anfühlte, war sie viel zu wach, um noch einen Einschlafversuch zu starten. Gähnend richtete sie sich auf, spürte die unruhige Nacht in jeder Faser ihres Körpers. Sie stieg aus dem Bett und stapfte zum geöffneten Fenster. Kühle, vom Regen gereinigte Luft umwehte ihr Gesicht, der Himmel war jetzt, anders als gestern Abend, ohne Wolken. Nach einem kräftigen Atemzug, den sie bis in den hintersten Winkel ihrer Lunge einsog, holte sie eine Leggings und einen dünnen Kapuzenpullover aus dem Schrank und machte sich bereit für einen Spaziergang …

Als sie Hannes' Schlafzimmertür passierte, lugte sie durch den Türspalt. Das Bett war leer, und es sah nicht so aus, als hätte er die Nacht darin verbracht. Laras Herz schlug schneller, sie musste schlucken. Sicher, es gab tausend Erklärungen für seine Abwesenheit. Vielleicht feierte er noch immer mit seinen Schülerinnen. Oder er hatte so viel getrunken, dass er in seiner Surfschule eingeschlafen war und dort die Nacht verbracht hatte. Wie sehr sie das auch glauben wollte, eine Stimme in ihrem Kopf schallte immer lauter: „Pass. Auf. Dich. Auf!“

„Sei still!“, herrschte Lara sich selbst an, schlüpfte in ihre Turnschuhe und verließ das Haus. Zügig stapfte sie den Weg entlang und ging schließlich den Trampelpfad durch die Düne in Richtung Surfschule hinunter. Sie hatte keine Ahnung, was genau sie sich von dieser Route erhoffte. Als sie an der Surfschule ankam, näherte sie sich langsam dem

Holzhaus von der Seite und versuchte, nicht allzu auffällig zu sein. Und dann … Durch das Seitenfenster war die Silhouette zweier Menschen zu sehen, die einander offenbar sehr nahe waren. Ein Stich durchbohrte ihr Herz. Lara war wie erstarrt, heiße Tränen schossen ihr in die Augen.

„So was Blödes. Echt jetzt. Das ist doch zum Kotzen", schluchzte sie, drehte um und lief so schnell, wie sie konnte, zurück zum Haus. Sie riss die Tür auf, stolperte polternd die Treppe hinauf und ließ sich aufs Bett fallen. Atemlos lag sie da und weinte bitterlich. Irgendwann gab es keine Tränen mehr. Mühsam erhob sie sich und schlurfte ins Bad. Dort stützte sie ihre Hände auf dem Waschbecken ab und richtete ihren Blick zum Spiegel.

„Selbst schuld, wenn man so naiv durchs Leben rennt", zischte sie sich entgegen, senkte den Kopf und bespritzte sich das Gesicht mit kaltem Wasser. Dann zog sie sich um, schnappte sich Tasche und Rad und war in Rekordzeit in der Praxis. Nur weg aus dem Haus, weg von Hannes, weg von all der Geborgenheit, die sie so deutlich gespürt hatte. Sie brauchte Abstand, musste Zeit haben, sich zu sortieren und zu überlegen, wie es weitergehen sollte.

In der Praxis vergrub sich Lara als Erstes in Arztberichte, auch wenn diese Art der Ablenkung nur höchst lückenhaft gelang. Immer und immer wieder tauchte das Paar aus der Surfschule auf, das sie so eng umschlungen beobachtet hatte. Natürlich hatte sie Hannes nicht erkannt, aber welcher Mann sollte es sonst gewesen sein? Sie versuchte, sich erneut in die Berichte zu vertiefen …

„Frau Schönweiß?" Karin Meinberg stand in der Tür und blickte irritiert drein. „Sind Sie heute aus dem Bett gefallen?"

„So in etwa", erwiderte Lara und musste wie aufs Stichwort gähnen.

„Dann mache ich uns erst mal einen besonders starken Kaffee."

„Das wäre großartig. Vielen Dank."

Frau Meinberg drehte sich um und ging in Richtung Küche. Kurz darauf streckte sie Lara eine Tasse mit dampfendem Kaffee entgegen.

„Er ist ganz besonders stark geworden", verkündete sie lächelnd. „Ich hoffe, ich habe es nicht übertrieben."

„Je stärker, desto besser."

„Sie sehen wirklich müde aus. Ich hoffe, es ist alles in Ordnung, wenn ich das fragen darf …“

„Dürfen Sie. Ich habe ehrlich gesagt keine Ahnung, ob alles in Ordnung ist. Ich hoffe, dass ich es bald herausfinden werde.“

„Das wünsche ich Ihnen. Von Herzen, Frau Schönweiß. Ein gutes Ende, das ist immer das Wichtigste.“ Frau Meinberg schenkte ihr noch ein aufmunterndes Lächeln, dann ging sie hinaus und zog die Tür leise hinter sich zu.

Lara nickte ihr gedankenverloren hinterher.

Es hatte am Abend wieder aufgefrischt. Lara zog ihre Jacke enger um sich, schlang sich einen Schal um den Hals, den sie immer in Reserve in ihrer Tasche bei sich trug, und verspürte absolut keine Lust, nach Hause zu fahren. Genau genommen fürchtete sie den Moment, an dem sie Hannes gegenüberstehen würde. Der Tag hatte kein bisschen Ordnung in ihre Gedanken gebracht. Sie waren hin und her geschwankt wie eine Schaukel, deren Karabinerhaken sich an einer Seite gelöst hatte und der deshalb gänzlich die Richtung fehlte. In so einem Moment brauchte man dringend jemanden, der das Seil zurück in Position brachte. Also strampelte sie gegen Wind und Wetter in Richtung Sellin, bis sie irgendwann vor Heddas Tür stand und klingelte. Es dauerte nicht lange und die Tür wurde geöffnet.

„Hey, Lara“, begrüßte Ruben sie.

„Störe ich euch beim Essen?“

„Nein, es dauert noch. Komm rein.“

„Ist Hedda auch da?“

„Ja, sie duscht gerade.“

Aus der Küche strömte der Duft von gratiniertem Käse.

„Lasagne?“

„Kartoffelgratin“, entgegnete Ruben lächelnd. „Möchtest du mit uns essen?“

Lara zögerte. Ihr Magen knurrte schon den ganzen Tag, etwas zu essen stand heute ganz weit unten auf ihrer Liste. Doch es roch so lecker, dass …

„Nun, ich werte deine Denkpause als ein Ja.“

„Ich will mich aber nicht selbst einladen."

„Hast du ja nicht. Ich habe dich eingeladen."

„Dann ja."

„Hedda wird sich freuen!"

Ein Poltern auf der Treppe kündigte die Freundin an.

„LARA!", rief sie und zog die Freundin fest in ihre Arme. Wenn es um Laras Stimmungen ging, hatte Hedda schon immer einen siebten Sinn bewiesen. Dass der auch jetzt gefragt war, hatte sie gleich gespürt.

„Schatz, wie lange dauert es noch, bis das Essen fertig ist?", wandte sie sich an ihren Mann.

„Noch eine halbe Stunde."

„Super. Komm, Lara, wir setzen uns so lange nach draußen." Sie griff nach Laras Hand und zog sie mit sich.

Als Hedda die Haustür öffnete, sah man einen Schwarm Mücken, die im milden Licht der Abendsonne, die sich doch noch hinter den Regenwolken hervorgezwängt hatte, tanzten. Hedda beäugte sie mit kritischem Blick.

„Ich bin so was von zerstochen, ich sollte überlegen, ob ich mich selbst zur Vermietung anbiete für die Nacht. Als Mückenköder – Ruben hat nicht einen einzigen Stich und ich bin vollkommen zerfetzt."

„Du bist einfach zu süß."

Hedda seufzte, dann veränderte sich ihr Blick. „Was ist los?", fragte sie mit weicher Stimme und setzte sich auf die Bank.

Lara nahm neben ihr Platz. Sie musste die Tränen, die sich spürbar den Weg ihre Kehle hinauf suchten, bewusst unterdrücken. Sie wollte auf keinen Fall weinen, weil sie nicht wusste, ob Tränen in ihrer Situation wirklich angebracht waren – oder ob sie nicht einfach übertrieb. Bis jetzt ergab alles ja nur in ihrem Kopf einen Sinn. Ihr Herz pochte nach wie vor in einer anderen Sprache.

„Ich weiß nicht, ich glaube, ich brauche eine Einschätzung von dir."

„Schieß los."

„Ich habe dir ja von Justus' Andeutungen erzählt und gestern … da war Hannes auf einer Party nach seinem Frauensurfkurs … und er … er ist die ganze Nacht nicht nach Hause gekommen. Ich bin dann heute Morgen noch vor der Praxis spazieren gewesen und habe in der

Surfschule zwei Menschen gesehen … eng umschlungen … und …“ Sie schluckte und jetzt löste sich doch eine Träne.

„Ach, Lara.“ Fürsorglich legte Hedda ihren Arm um die Freundin und zog sie an sich. „Hast du denn gesehen, dass es Hannes war?“

„Nein … nein, das konnte ich nicht erkennen.“

„Dann wirst du mit ihm reden müssen.“

„Und was soll ich ihm sagen?“

„Vielleicht, dass du verunsichert bist, weil du nicht weißt, was das mit euch ist. Ob er grundsätzlich der Typ für monogame Beziehungen ist. Ob er es ernst meint mit dir …“

„Du glaubst also auch, dass er das war in der Surfschule?“

„Ich glaube gar nichts. Ich merke nur, dass du total verunsichert bist, und diese Unsicherheit kannst du nur beseitigen, indem du redest, Lara. Du musst mit Hannes reden. Und klar kommunizieren, was deine Bedürfnisse sind. Dass du treu bist und dass du die Gewissheit auch von ihm brauchst, wenn du dich auf eine Beziehung mit ihm einlässt. Ihr steht noch ganz am Anfang. Wann, wenn nicht jetzt klärt man das?“

„Aber was ist, wenn er versichert, dass er es nicht war, und mich belügt?“

„Dann ist er nicht der Richtige, und das wirst du früh genug merken.“

„So wie bei Gunnar?“, erwiderte sie sarkastisch.

„Ja, da hat es zwar gedauert, aber du hast letztendlich deine Konsequenzen gezogen. Rede mit Hannes. Kläre es. Für dich, für euch. Bitte, Lara.“

„Okay, ja, du hast recht. Ich werde heute noch mit ihm sprechen.“

„Aber vorher isst du noch mit uns“, befahl Hedda lächelnd und drückte ihre Freundin noch fester an sich. „Das wird schon“, flüsterte sie und gab Lara einen Kuss auf die Wange.

Zwei Stunden später fuhr sie nach Hause, den Bauch voll mit Gratin und mit einem schlechten Gefühl. Sie hoffte so sehr, dass sich alles aufklären und ein gutes Ende nehmen würde. *„Ein gutes Ende“*, genau so, wie Frau Meinberg es ihr heute Morgen gesagt hatte.

Sie öffnete die Tür, betrat den Flur und hielt inne. Konzentriert lauschte sie, ob sie irgendwelche Geräusche wahrnahm. Doch das Haus wirkte leer, und wie so oft spürte Lara schon im Eingangsbereich, dass Hannes nicht da war. Sie wusste nur zu gut, wie sich eine leere Wohnung anfühlte nach all den Jahren des Alleinwohnens. Sie lugte durch Hannes‘ geöffnete Schlafzimmertür. Er musste hier gewesen sein, denn die Tür stand weit offen im Gegensatz zu heute Früh, doch das Zimmer war leer. Als sie die Küche erreichte, wusste sie bereits, bevor sie den Raum betrat, dass Hannes auch dort nicht sein würde. Traurig schaute sie sich um. Ihr Blick streifte den Küchentisch. Er hatte seine Ordner und seinen übrigen Kram weggeräumt, nur ein einzelnes Blatt Papier lag mitten auf dem Tisch, beschwert mit einem Salzstreuer, damit es nicht davonflatterte.

Lara trat an den Tisch, setzte sich auf einen Stuhl und ergriff das handgeschriebene Blatt.

Liebe Lara,

ich bin spontan unterwegs und bleibe wahrscheinlich auch über Nacht weg.

Ich würde morgen Abend gern etwas mit dir besprechen. Kommst du um 20:00 Uhr zum Strand?

Danke.

Hannes

- 29 -

DIE Nacht war eine einzige Katastrophe gewesen. Lara hatte sich unentwegt von einer Seite auf die nächste gewälzt und vergeblich versucht, Ruhe zu finden. Irgendwann war sie dann doch in einen leichten, traumdurchfluteten Schlaf gefallen, der aber kaum Erholung gebracht hatte, was sie jetzt am Nachmittag deutlich fühlte.

Aus irgendeinem Grund hatten die kleinen Patienten und ihre Eltern heute die Praxis gestürmt – so fühlte es sich wenigstens an, nachdem Lara eine Untersuchung nach der anderen hinter sich gebracht hatte. Mit einem lachenden Auge, das gegenüber den Patienten sichtbar war, und einem traurigen, das sie unter Verschluss hielt. Die Termine hatten für etwas Ablenkung gesorgt, auch wenn sie immer mal wieder gähnen musste. Als der letzte Patient auf dem Arm seines Vaters ihr Behandlungszimmer verlassen hatte, ließ Lara sich auf den Schreibtischstuhl plumpsen und rieb sich die Augen.

Den ganzen Tag war es, als schwebte eine dunkle Wolke über ihr, von der sie nicht wusste, ob sie ihr Regen bringen oder Platz für die Sonne machen würde. Sie war nervös, weil sie sich so sehr wünschte, dass sich alles zum Guten wendete und dass alles nur eine Anreihung unglücklicher Umstände war, in die sie zu viel hineininterpretierte.

„Hey, schönen Feierabend.“ Emil stand in der Tür und lächelte sie an.

„Danke, den wünsche ich dir auch.“

„Hast du noch was vor heute?“

Lara nickte. „Ich treffe mich gleich mit Hannes am Strand.“

„Dann viel Spaß.“

„Danke – und liebe Grüße an Frieda.“

„Richte ich aus.“

Er drehte sich um und verließ den Raum. Lara starrte zur Uhr. Weniger als sechzig Minuten würde es noch dauern, bis sie Gewissheit hatte.

Um kurz vor zwanzig Uhr schob Lara ihr Fahrrad den kleinen Trampelpfad zur Surfschule entlang. Im Gepäck einen Herzschlag, als würde sie um ihr Leben rennen, und einen Magen, der so flau war, als würde sie gleich ihr Physikum ablegen. Das Rauschen des Meeres umhüllte sie und ließ sie schlucken. Sie blieb stehen und betrachtete die glitzernden Strahlen der Sonne, die auf der Wasseroberfläche tanzten. Es traf sie mitten ins Herz. Würde sie von jetzt an immer dann, wenn sie die Wellen rauschen hörte, an Hannes denken müssen?

Hannes!

Er hatte etwas in ihr bewegt, sie auf eine Art und Weise berührt, die so pur und echt war, dass sie alles dafür geben würde, dieses Empfinden zu bewahren – ihr Leben lang. Es war das erste Mal, dass Liebe in ihr Leben getreten war, ohne dass ihr Kopf sie hatte verhindern können.

Ja, Liebe!

Jetzt, in diesem Moment, im Angesicht der rauschenden Wellen und der Angst, sie wieder verlieren zu können, wusste sie, was sie fühlte: Sie hatte sich in einen Surflehrer namens Hannes verliebt. In einen Mann, den sie niemals auf dem Schirm gehabt hätte. Der so anders war als das, was sie sich für ihre Zukunft ausgemalt hatte. Mit ihm fühlte sie sich leicht. In sein Haus zu gehen war für sie, als würde sie nach Hause kommen. Und sie wollte mehr davon. Auf keinen Fall sollte es schon wieder vorbei sein.

Noch einmal atmete sie tief durch, bevor sie die letzten Meter bis zu Hannes‘ Surfschule nahm. Sie legte das Rad im Dünengras ab und schaute sich um. Doch Hannes war nicht zu sehen. Es war genau zwanzig Uhr. Würde er Wort halten und kommen? Schließlich hatte er das Treffen vorgeschlagen, also gab es gar keinen Grund, warum er sie versetzen sollte. Unsicher ging Lara um das Holzhaus herum und hoffte, ihn auf der anderen Seite anzutreffen. Doch auch da war er nicht. Neue Zweifel breiteten sich in ihr aus und ließen Tränen in ihre Augen steigen. Fahrig wischte sie sich durchs Gesicht. Sie wollte nicht, dass Hannes sie so sah. Mit einem dicken Kloß im Hals drehte sie um und ging zurück zur Vorderseite des Hauses.

Das Kreischen der Möwen durchbohrte die Stille, die sie umgab. Und dann sah sie ihn. Er saß links von ihr im Sand und blickte in Richtung Horizont. Laras Herz pulsierte in ihrer Brust. „Reiß dich zusammen!“, herrschte sie sich an, richtete sich auf und ging mit zitternden Knien auf Hannes zu.

„Hey", begrüßte sie ihn leise.

Er hob den Kopf und sah sie an. „Hey", erwiderte er, und wenn Lara sich nicht täuschte, lag Wehmut in seinem Gesicht. „Willst du dich nicht setzen?"

Lara nahm neben ihm Platz und fühlte wieder den Kloß, der ihr fast die Luft nahm. Sie hatte Angst. Wirklich Angst. Eine ganze Weile schwiegen sie, als hätte jeder von ihnen zu großen Respekt davor, den ersten Satz zu sagen. Doch dann holte Hannes tief Luft und räusperte sich.

„Ich wollte gern mit dir reden. Aber ich weiß gar nicht, wie ich anfangen soll."

Lara durchfuhr es eiskalt. Diese Worte konnten nur eins bedeuten …

„Als ich dich das erste Mal sah, da hab ich mich direkt in dich verguckt, glaube ich. Du hast am Strand gesessen, an meinem und an deinem Lieblingsstrand … Ich habe mir so gewünscht, dass du wiederkommen würdest an diesen Ort. Jedes Mal, wenn ich da war und du nicht, war ich traurig. Und als du mir dann quasi das Leben gerettet hast, da war mir klar, dass ich dich richtig gut finde. Und dann bist du bei mir eingezogen. Und ich hab mich noch nie so wohlgefühlt, Lara. Dein Ordnungssinn, deine Planungswut, deine Ernsthaftigkeit, deine Verlässlichkeit … Deine Bereitschaft, dich einzulassen auf mich, auf Jette … Mit dir zu reden, dir nahe zu sein, mit dir zu schlafen …" Er lächelte gequält. „Ich hätte nie gedacht, dass du dich auch für mich interessieren könntest. Die Ärztin und der Surflehrer … das taugt vielleicht als Titel für einen Groschenroman. Aber fürs echte Leben? Ich habe gehofft, dass es reicht, aber ich verstehe, dass du deine Zweifel hast. Ich hätte mir nur gewünscht, dass du mit mir darüber redest und mir reinen Wein einschenkst."

Überrascht sah Lara ihn an – und verstand nicht, wovon er redete. „Hannes, das Gleiche könnte ich dir sagen", erwiderte sie verunsichert.

„Vielleicht schätzt man mich manchmal falsch ein. Kann sein, dass ich nicht immer so ernsthaft rüberkomme. Aber ich … ich bin nicht sehr gut darin, Menschen richtig in mein Herz zu lassen. Aufrichtig, verstehst du? Ich hatte ein gutes Gefühl bei dir … seit Ewigkeiten hatte ich mal wieder das Gefühl, dass ich mich verlieben könnte.“ Er hielt inne, strich sich mit den Händen übers Gesicht und rappelte sich auf. „Ich … ich glaube, dass es besser ist, wenn ich jetzt die Notbremse ziehe.“

Seine Worte trafen Lara mit voller Wucht. Es ging ihr mit ihm doch ganz genauso! Was war denn los?

„Ich verstehe, dass mein Haus und das ganze Drumherum nicht unbedingt das sind, was du dir immer ausgemalt hast …“ Er schluckte. „Aber das bin ich. Das ist mein Leben. Ich hatte gehofft, dass das, was zwischen uns ist, etwas Besonderes ist.“

Laras Herz raste. Was um Himmel willen redete er da?

„Aber … aber das ist es doch auch für mich“, stammelte sie und schaute zu ihm auf. „Du … du bist doch derjenige, der …“

Hannes nahm seinen Rucksack hoch und öffnete ihn. „Das hier ist für dich abgegeben worden. Es steckte noch nicht einmal in einem Umschlag. Da, du musst nur noch unterschreiben.“ Er hielt ihr ein dicht bedrucktes, offiziell wirkendes Schreiben hin, dann drehte er sich um und stapfte los.

Ungläubig starrte Lara auf das mehrseitige Dokument. Sie starrte auf die Buchstaben, erst ungläubig, dann langsam verstehend. *MIETVERTRAG* stand in großen Lettern in der ersten Zeile. Das Datum daneben war auf gestern datiert, das Papier bereits rechtsverbindlich von der Gegenseite unterschrieben. Ihre Daten sprangen ihr förmlich entgegen. Nur ihr Geburtsdatum fehlte …

Wer zum Teufel hatte?

Und als sie endlich begriff, welchen Sprengstoff sie da in den Händen hielt, war Hannes längst verschwunden.

„Justus“, murmelte sie, „immer wieder Justus.“

Wie kam er dazu, derart übergriffig zu handeln? Sie hatte ihm doch klar zu verstehen gegeben, dass sie nicht in die Wohnung einziehen würde. Wut stieg in ihr hoch. Wie konnte jemand so ignorant sein? Sie musste das klären. Sofort! Sie zog ihr Handy aus der Tasche und wählte seine Nummer.

„Lara, das ist aber eine schöne Überraschung“, ertönte es am anderen Ende der Leitung.

Ohne auf sein Gesäusel einzugehen, kam sie gleich zur Sache. „Wie kommst du dazu, mir einen Mietvertrag zu schicken?“

„Das habe ich nicht …“

„Justus, ich halte hier einen Mietvertrag für die Wohnung in den Händen, die du mir gezeigt ist. Alle meine Daten sind eingetragen … Wer, wenn nicht du, sollte dafür verantwortlich sein?“

„O Gott, das ist … das ist mir jetzt aber total unangenehm“, stammelte er. „Franziska, die Sekretärin von meinem besten Freund Thomas, hat da wohl was falsch verstanden.“

„Ach, und die hat es so falsch verstanden, dass sie – oder wer auch immer – gleich persönlich zu mir fährt und jemandem, der gar nichts damit zu tun hat, den einseitig unterschriebenen Vertrag – wohlgemerkt ohne Umschlag – in die Hand drückt? Schon mal was von Datenschutz gehört? Ganz abgesehen davon, dass ein eindeutiges Nein im Raum stand!“ Laras Wut spiegelte sich im Klang ihrer Stimme wider. „Wer hat Hannes dieses verdammte Dokument in die Hand gedrückt?“

„Ich … ich weiß es nicht. Lara, glaub mir, das alles ist ein Missverständnis. Es tut mir sehr, sehr leid. Ich kläre das … Ich bin sofort bei dir.“

„Nein, du kommst nicht. Hast du mich verstanden? Du hast schon genug …“

Aufgelegt. Der Kerl hatte tatsächlich aufgelegt.

Lara ließ das Smartphone sinken. Ihr Herz schlug in einem rekordverdächtigen Tempo, ihr Magen zog sich auf Erbsengröße zusammen, ihre Beine fingen an zu zittern.

Was sollte sie jetzt tun?

Langsam stand sie auf, steckte das Handy zurück in die Tasche und rollte das Fahrrad nach Hause. Sie ging in die Küche, öffnete den Kühlschrank und nahm eine Wasserflasche heraus. Sie öffnete den Verschluss und setzte die Flasche an. Hastig trank sie Schluck um Schluck, bis ihr Durst gestillt war. Sie nahm noch einmal das Handy zur Hand und wählte Hannes‘ Nummer. Das Freizeichen ertönte, doch er ging nicht dran. Dann meldete sich die Mailbox.

„Hannes, können wir bitte reden? Ich kann dir das alles erklären. Der Mietvertrag ist ein Versehen. Oder Kalkül", fügte sie leise hinzu. *„Bitte, Hannes."*

Sie legte auf, fuhr sich durchs Haar, trommelte mit den Fingern auf den Küchentisch. Sie war so erschöpft wie schon lange nicht mehr. Erschöpft und ratlos.

Noch bevor sie einen klaren Gedanken fassen konnte, klingelte es. *Hannes*, dachte sie, doch dann fiel ihr ein, dass Hannes ja einen eigenen Schlüssel besaß. Trotzdem hastete sie den Flur entlang und riss die Haustür auf …

Justus!

Ungläubig starrte sie ihn an. „Hast du dich hierhergebeamt, oder was?"

„Ich war in der Nähe und wollte sowieso zu dir. Du hast das hier im Café liegen lassen." Er streckte ihr ein schwarzes Samtband entgegen.

„Das ist nicht meins."

„Ach, wirklich nicht? Es lag neben deinem Stuhl."

„Wer trägt denn heute noch Samtbänder?"

„Ich kenne da schon ein paar Frauen, beim Golf zum Beispiel …"

„Ich spiele kein Golf und ich trage keine Samtbänder", unterbrach sie ihn barsch.

„Okay, gut, dann hat es wohl jemand anders liegen lassen. Kann ich kurz reinkommen?"

Er wirkte auf einmal verunsichert. So kannte Lara ihn gar nicht. Sie schüttelte den Kopf, nicht gewillt, ihn auch nur einen Millimeter über die Türschwelle zu lassen. Stattdessen hielt sie ihm den Mietvertrag unter die Nase.

„WAS HAT ES DAMIT AUF SICH?"

„Lara, bitte, ich habe keine Ahnung. Ich … ich werde mich gleich morgen bei Thomas beschweren."

„Bei deinem besten Freund", ergänzte Lara spitz. Sie traute dem Braten nicht. Ausgerechnet dann, als sie mit Justus im Café saß, war jemand hierhergekommen, um Hannes einen nicht eingetüteten Mietvertrag in die Hand zu drücken. Das stank doch sieben Meter gegen den Wind!

„Lara, überleg doch mal. Denkst du wirklich, dass du hier glücklich werden kannst?“ Er drehte sich einmal um die eigene Achse, als wollte er das ganze Anwesen beschreiben. „Ich meine, du bist so eine besondere Frau … das hier … das passt einfach nicht zu dir. Du hast etwas Besseres verdient … Und auch etwas Besseres als Hannes.“

„STOPP! Du hörst jetzt endgültig auf, derart abschätzig über Hannes zu reden.“

„Entschuldige, aber mal ernsthaft, was willst du mit ihm? Was kann er dir schon bieten?“

„Schon mal darüber nachgedacht, dass man mir nichts bieten muss, weil ich mir alles selbst kaufen oder besorgen kann?“

„Na ja, eine Wohnung konntest du dir bislang nicht selbst *besorgen.*“

„Du irrst. Ich habe hier eine Wohnung. Bei Hannes. Schon vergessen?“

„Wenn du ein paar kümmerliche Räume eine Wohnung nennen willst …“ Er schüttelte mitleidig den Kopf und fügte mit aalglatter Stimme hinzu: „Was hält er eigentlich von deinem Mietvertrag? Ich meine, er muss ja denken, dass du ihn ganz schön hintergangen hast.“

Also doch! Es war kein Versehen, dass der Mietvertrag ausgerechnet in Hannes‘ Hände gelangt war. Justus hatte das alles arrangiert.

„Ich denke, du gehst jetzt besser.“

„Lara, lass mich noch einen letzten Versuch starten. Du bist Ärztin, Teilhaberin einer eigenen Praxis und stehst auf der sozialen Leiter ganz weit oben. Du hast deine Ansprüche und Erwartungen ans Leben. Ich weiß doch, wie du den Luxus, den ich dir geboten habe, genossen hast.“ Er stand da, mit verschränkten Armen, wie ein trotziger Junge, der nicht vom Klettergerüst runter wollte.

„HAU ENDLICH AB! Das rufe ich dir jetzt ganz laut zu von meiner sozialen Leiter. KAPIERT?“

Noch bevor er antworten konnte, erklang Hannes‘ tiefe Stimme aus dem Hintergrund.

„Justus Ehrenfeld, was für eine unfreudige Überraschung!“

- 30 -

LARAS Herz fing an zu flattern. Weil es sich so freute, Hannes zu sehen. Und weil es gleichzeitig so traurig war …

„Ernsthaft, Lara?“ Hannes‘ Verwirrung stand ihm überdeutlich ins Gesicht geschrieben. Ungläubig starrte er sie an. „Sag mir jetzt nicht, dass Justus dein Date war …“

„Jaja, das war ich wohl“, mischte Justus sich amüsiert ein.

„Und es ist seine Wohnung, in die du ziehen willst?“

Vehement schüttelte Lara den Kopf, was nichts nützte, denn Justus Ehrenfeld hatte wieder Oberwasser.

„Die Wohnung ist der Wahnsinn“, schwärmte er mit einem schmierigen Grinsen. Es war, als würde er endlich seine Maske ablegen und seine hässliche Fratze zeigen.

Hannes starrte ihn an, tiefste Verachtung im Blick. Dann drängte er sich an Lara vorbei ins Haus.

„Hannes, warte!“, rief Lara, bevor sie sich noch einmal zu Justus drehte. „VERPISS DICH!“, herrschte sie ihn an.

Sie kochte vor Wut, konnte sich nur mit Mühe zurückhalten, handgreiflich zu werden. Niemals zuvor hatte sie derart drastisch auf jemanden reagiert. Mit einem lauten Knall flog die Haustür ins Schloss. Lara lehnte sich gegen das Türblatt und versuchte, ihre Atemfrequenz zu senken. Als sie sich einigermaßen beruhigt hatte, ging sie durch den Flur zur Küche und blieb im Türrahmen stehen. Hannes saß am Tisch. Er atmete mindestens so schnell wie sie.

„Hannes“, sagte sie leise. „Können wir bitte miteinander reden?“

Er zuckte mit den Schultern, sah sie nicht an. Lara setzte sich neben ihn.

„Ich glaube, dass ich dir einiges erklären muss. Möchtest du es hören?“

Er nickte, sein Atem ging immer noch schnell und schwer.

„Es stimmt. Ich habe mich mit Justus getroffen. Ein paarmal. Und er hat mir auch eine Wohnung angeboten. Aber vorgestern habe ich ihm gesagt, dass ich mich nicht mehr mit ihm treffen will und die Wohnung nicht mieten möchte.“ Sie zog ihr Handy aus der Hosentasche, öffnete die Nachrichten und hielt sie Hannes hin. Er starrte auf das Display. Ein kaum sichtbares Lächeln erschien auf seinem Gesicht.

„Per WhatsApp, das hat Stil“, murmelte er schmunzelnd.

„Ja, eine Textnachricht. Nach unserer gemeinsamen Nacht. Ich wollte nicht damit warten, meine Position zu klären.“

„Hattest du was mit ihm?“

„Nein, es waren nur Treffen. Ich fand ihn früher mal toll, in der Schulzeit. Scheinbar hatte ich einen Flashback, anders kann ich mir das nicht erklären.“

„Er ist ein linker Hund und kann ziemlich gut eine Show abziehen.“

„Er hat diesen Mietvertrag aufgesetzt, weil er wollte, dass du ihn siehst. Er hoffte, dass ich am Ende auf ihn angewiesen sein würde.“

Hannes hob den Blick und sah sie an. „Das passt zu ihm.“

„Er … er hat kein gutes Haar an dir gelassen und mir weismachen wollen, dass du von keiner Frau die Finger lassen kannst.“ Lara schluckte, denn es gab ja noch diese eine Sache, die sie mit ihm klären musste. „Ich war gestern Morgen an der Surfschule. Ich … ich glaube, da habe ich dich gesehen …“

Hannes zog die Stirn kraus. „Wo?“

„Ich konnte im Fenster die Umrisse eines Paares sehen, das sich geküsst hat …“

„Lara, was denkst du von mir? Ich war überhaupt nicht dort! Das können nur zwei Schülerinnen von mir gewesen sein, wahrscheinlich Yvonne und Rebecca. Sie sind verheiratet und hatten zu viel getrunken, da ich habe ihnen angeboten, in der Surfschule zu übernachten. Um wie viel Uhr war das denn?“

„Gegen fünf, halb sechs oder so.“

„Du hättest nur aufs Wasser schauen müssen. Ich war draußen, brauchte das Meer und die Ruhe, um den Kopf freizukriegen und so. Ich hatte echt Schiss, dass das mit uns vorbei ist, bevor es angefangen hat.“ Er atmete tief ein.

„Es … es tut mir leid, dass ich dir nicht vertraut habe“, sagte Lara leise.

Hannes legte seine Hand auf ihre. „Vertrauen muss sich ja auch erst aufbauen, oder? Ich hätte dich ja auch direkt auf den Mietvertrag ansprechen können, stattdessen war ich einfach verschwunden …“

Lara führte seine Hand an die Lippen und zum ersten Mal gelang auch ihr ein Lächeln. Ein Augenblick der Stille machte sich breit, der beiden Raum gab, sich zu sammeln.

Es war Lara, die als Erste das Wort ergriff. „Was ist das eigentlich zwischen Justus und dir? Wieso könnt ihr euch nicht ausstehen?“

„Justus hat mal einen Surfkurs bei mir besucht, und auf der Party, auf der ich Corinna kennengelernt habe, hat er sie auf unfassbar dreiste Weise angegraben und Grenzen überschritten. Sie kannten sich vorher ganz gut, aber er hat sie immer wieder angefasst, obwohl sie deutlich gesagt hat, dass er sie in Ruhe lassen soll. Ich habe ihn dann meines Grundstückes verwiesen – und seitdem hasst er mich und ich ihn. Er ist ein kleiner Mann mit großem Geldbeutel und wenig Anstand.“

„Was für ein Arsch. Mir hat er erzählt, dass Corinna und er quasi beste Freunde sind und du dich nicht um Jette kümmern willst. Und Corinna sitzen gelassen hast.“

„Ein Arschloch halt“, entgegnete er und zuckte mit den Schultern. Dann veränderte sich sein Blick. Zärtlich strich er ihr eine ihrer blonden Strähnen hinters Ohr, dann berührten seine Lippen ihre Wange. „Ich werde dir vertrauen, Lara Schönweiß. Ich *will* dir vertrauen. Das Leben ist so viel schöner, wenn man sich vertraut.“

„Ich weiß“, erwiderte sie und schloss für einen kleinen Moment die Augen, um die Intensität seiner Berührung ganz in sich aufzunehmen.

„Hast du eben tatsächlich *Verpiss dich!* gesagt?“, fragte er irgendwann schmunzelnd.

Lara lachte leise. „Ja, das hab ich wohl.“

„Sehr cool“, meinte er, noch immer schmunzelnd.

Und dann zog er sie zu sich heran und küsste sie. Und Laras Herz begann zu tanzen, als ihr klar wurde, dass sie nie, nie wieder etwas anderes wollte als das, was gerade in ihr passierte.

Später saßen sie auf der Terrasse und genossen den milden Sommerwind und den Klang der Brandung.

„Corinna hat sich übrigens gestern bei mir gemeldet. Ich glaube, sie findet es ziemlich gut, dass jetzt eine Kinderärztin bei mir wohnt."

„Wie kommst du denn darauf?"

„Sie hat mich gefragt, ob wir uns mal zusammensetzen wollen, damit wir eine regelmäßigere Lösung für Jette hinbekommen. Das kann nur an dir liegen, eine andere Erklärung gibt es nicht."

„Glaube ich nicht, sie kennt mich doch gar nicht."

„Es reicht, dass du da bist und dass du Ärztin bist. Sie hat sich schon immer große Sorgen gemacht, dass Jette etwas passieren könnte. Ich war immer ihr größtes Risiko, glaube ich. Und jetzt, wo du da bist, hat sie das Gefühl, dass hier alles unter Kontrolle ist. Dass sie mich sogar beim Familienfest im Kindergarten dabeihaben will, das hat mich schon sehr überrascht. Und dass sie jetzt wirklich mehr Kontakt zulassen will, das habe ich nicht erwartet." Er lächelte und eine tiefe Zufriedenheit legte sich wie ein Filter über sein Gesicht.

„Ich freue mich für dich, Hannes, von Herzen. Jette und du, das ist etwas ganz Besonderes."

„Ich werde wahrscheinlich kein ganz so unkomplizierter Partner werden", sagte er dann.

„Wie meinst du das?"

„Na ja, ich habe eine Tochter, wie du ja weißt, und werde oft Zeit für sie brauchen, die ich dann nicht für uns haben werde."

„Das ist doch total okay. Ich hätte eher Schwierigkeiten damit, wenn du mich deiner Tochter vorziehen würdest."

Hannes lächelte. „Wir hätten Frau Lara bestimmt auch oft gern mit dabei."

„Ich freue mich über jede Einladung!"

„Wirst du dich noch einmal bei Justus melden?"

„Gott bewahre, der soll mal schön in seinem edlen Haus wohnen und mich in Ruhe lassen."

„Der hat so ein Gutshaus, nicht wahr?"

„Ja, zugegebenermaßen ein ziemlich schönes."

„Schöner als unser Knusperhäuschen?"

„Niemals! So schön ist kein Haus."

„Weil ich weiß, dass du gerade flunkerst, wollte ich dir einen Vorschlag machen." Er machte eine kurze Pause.

„Ich höre …"

„Es ist ja alles sehr in die Jahre gekommen. Ich habe schon immer etwas Geld zurückgelegt, für schlechtere Zeiten und so … und ich besitze sogar seit vielen Jahren einen Bausparvertrag, der bald zuteilungsreif ist …"

Lara lachte.

„Was?", fragte er grinsend.

„Schlummert da etwa ein Spießer in dir?"

Hannes winkte ab. „Das muss bitte unser Geheimnis bleiben, sonst kann ich mein Image vom ungebundenen YOLO-Typen vergessen."

Lara verschloss mit einer Drehbewegung ihrer Finger symbolisch ihre Lippen. „Dieses pikante Geheimnis ist sicher bei mir aufgehoben."

„Super, dann weiter im Text. Ich würde gern etwas renovieren. Jetzt, wo ich auf jeden Fall bleiben werde … Neue Küche, neues Bad, vielleicht auch die Fenster. Es gibt da einige Baustellen. Du müsstest natürlich einverstanden sein, weil es dann etwas stressig und ungemütlich wird."

„Es ist dein Haus, Hannes."

„Und dein Zuhause", erwiderte er augenzwinkernd.

„Ich bin auf jeden Fall einverstanden", antwortete Lara und malte sich aus, wie schön es wäre, wenn dieser wundervolle Ort in neuem Glanz erstrahlte.

Als sie später in ihrem Bett lag und durch das Fenster hindurch die Sterne am Himmel betrachtete, fühlte sie sich vollkommen – vollkommen angekommen auf Rügen und vollkommen glücklich. Ein Gefühl, das sie unbedingt mit jemandem teilen musste. Sie nahm das Handy in die Hand und öffnete den Messengerdienst.

Lara: *Noch wach?*

Hedda: *Ja.*

Lara: *Kann ich anrufen?*

Hedda: *Klar!*

Sofort wählte sie Heddas Nummer.

„Hi, ist was passiert?“ Hedda klang beunruhigt.

„Ich bin glücklich“, sagte Lara leise.

„Hannes?“, fragte Hedda sanft.

„Hannes.“

„Oh, Lara, das ist die schönste Neuigkeit. Habt ihr alles klären können?“

„Ja, und du hattest vollkommen recht mit deiner Skepsis Justus gegenüber. Er hat uns echt übel mitgespielt, erzähl ich dir morgen ganz in Ruhe, wenn du Zeit hast.“

„Und wie ich Zeit habe, und selbst wenn ich keine hätte, würde ich sie mir nehmen. Ich brauche jedes noch so kleine Detail.“

„Hedda?“

„Ja?“

„Ich glaube, ich hab mich verliebt. So richtig.“

„Ach, Lara, ich bin so froh, dass du das endlich fühlen kannst. Du hast schon mehrmals gemeint, dass jemand der Richtige ist, und ich hatte den Eindruck, dass deine Vernunft zu viel Recht auf Mitbestimmung hatte. Jetzt ist es das erste Mal, dass auch ich es *fühle.* Ich höre es am Klang deiner Stimme, in der Art, wie du über ihn sprichst. Wie deine Augen leuchten, wenn du nur an ihn denkst. Ich habe es die ganze Zeit gespürt. Ich wusste es einfach. Auch wenn ihr auf den ersten Blick so verschieden seid, habt ihr zwei Herzen, die aus einem Guss sind. Ihr seid von der guten Sorte Mensch. Und wenn das Fundament da ist, dann kann man einander so viel geben …“

Hedda seufzte selig. Und Lara fühlte, wie Tränen sich ihren Weg bahnten.

Ihr seid von der guten Sorte Mensch …

Heddas Worte hallten in Lara nach. Ja, Hannes war genau so ein Mensch. Er war ein guter. Ihr Herz hatte es die ganze Zeit gewusst und sich das erste Mal in ihrem Leben nicht beirren lassen. Und dafür war sie unglaublich dankbar.

„Schlaf schön, Lara“, flüsterte Hedda. „Wir sehen uns morgen Abend. Bei mir oder bei dir?“

„Bei mir.“

„Okay, ich schreib dir morgen, wann ich komme. Gute Nacht.“

„Gute Nacht.“

Lara legte das Handy wieder auf den Nachttisch und hörte, wie unten jemand den Flur entlanglief. Sie stand auf und ging zur Treppe. Hannes kam in Boxershorts aus der Küche, in der Hand einen Zollstock. Der Flur war nur durch ein kleines Tischlämpchen, das auf der Kommode stand, erleuchtet.

„Kannst du auch nicht schlafen?“, fragte Lara und ging ein paar Stufen auf ihn zu. Das Holz knarzte unter ihren Füßen.

„Keine Chance“, antwortete er.

Jetzt standen sie ganz nah voreinander. Lara hob ihre Hand und legte sie auf seinen nackten Oberkörper, dort, wo sie sein Herz vermutete.

„Möchtest du … Ich meine, hättest du Lust, bei mir zu schlafen?“, flüsterte sie.

Sofort spürte sie, wie sich sein Brustkorb schneller auf und ab senkte. Ohne ein weiteres Wort nahm er ihre Hand, umschloss sie zärtlich mit seiner und ging gemeinsam mit ihr die Treppe hinauf. Für Lara fühlte es sich an, als würde sie schweben, und zum ersten Mal in ihrem Leben verlieh Liebe ihr Flügel.

Epilog

DIE Vögel zwitscherten vom strahlend blauen Himmel, und der Duft blühender Rosen lag in der Luft. Bunte Lampions zierten die Apfelbäume in Tante Ellis Garten, und auf dem großen Tisch war auf einer weißen Leinendecke ein üppiges Grillbüfett angerichtet. Lara stellte ihren Schichtsalat zu den anderen Köstlichkeiten und hielt nach Elli Ausschau.

„Elli!", rief sie aus, als diese in einem farbenfrohen Sommerkleid durch die Terrassentür in den Garten kam. Lara ging auf Elli zu und drückte sie an sich.

„Alles, alles Liebe zu deinem Geburtstag", wünschte sie und gab ihrer Patentante einen dicken Kuss auf die Wange.

„Schön, dass ihr da seid, mein Kind. Hannes ist doch dabei?"

„Ja, er steht bei Sören."

Lächelnd schaute Elli zu den beiden hinüber und seufzte zufrieden.

„Es ist so schön, all meine Lieben an diesem Tag um mich zu haben. Wo ist denn meine kleine Jette?"

„Corinna bringt sie gleich. Sie waren noch bei Jettes Großeltern, aber sie hofft, dass sie es pünktlich schaffen."

„Schau mal, da kommen sie schon!", rief Elli.

Lara drehte den Kopf und sah, wie Corinna mit Jette an der Hand durch das Gartentor trat. Sofort löste die Kleine sich von ihrer Hand und rannte zu Hannes. Mit ausgebreiteten Armen stand er da, hob seine Tochter schwungvoll hoch und drückte sie liebevoll an sich. Noch immer ließ der Anblick der beiden Laras Herz höherschlagen. Glücklich beobachtete sie, wie Hannes über das ganze Gesicht strahlte. Sie hob die Hand und winkte Corinna zu sich heran.

„Hey", begrüßte Lara sie und drückte sie an sich. „Schön, dass ihr es so pünktlich geschafft habt." Corinnas Parfüm umwehte ihre Nase. Sie hatte ein Händchen für die richtige Menge und auch ihre Auswahl an Düften traf immer Laras Geschmack.

„Es war ordentlich was los auf den Straßen", erklärte Corinna. „Es war anstrengend, weil Jette ganz schön unleidlich war."

„War Fred denn nicht dabei?"

„Nee, der ist beruflich unterwegs … denke ich", fügte sie leise hinzu. Die Art, wie sie es sagte, war von Wehmut getragen.

„Oh, okay, ich dachte, er wäre dabei gewesen und ihr hättet das mit eurem Urlaub verbunden. Das hatte ich dann wohl falsch verstanden."

„Nein, das hast du schon richtig verstanden. Wir wollten eigentlich ein paar Tage nach Bayern und dort Urlaub machen und auf dem Rückweg bei meinen Eltern vorbeischauen. Fred hat dann aber einen wichtigen Termin reinbekommen, und wir haben den Urlaub storniert. Ich bin dann vorgestern allein mit Jette zu meinen Eltern gefahren."

„Das tut mir leid."

„Und mir erst. Ich hätte ein paar Hoteltage gut gebrauchen können. Aber nun ist es, wie es ist. Fahren wir halt im Herbst."

„Hi, Corinna." Auch Hannes drückte Corinna zur Begrüßung an sich.

Wie schön, dass die beiden endlich einen so guten Draht zueinandergefunden hatten, dachte Lara. Fast ein Jahr war es nun her, dass Corinna und Hannes gemeinsam mit ihrer Tochter auf ihrem ersten Kindergartenfest waren – und warum es auch immer so war, dieser Nachmittag hatte alles nachhaltig verändert. Als hätten die beiden einander endlich als Vater und Mutter kennengelernt, als Eltern, die sie unauflöslich Jettes ganzes Leben lang sein würden. Seitdem lief es fast problemlos zwischen ihnen. Lara schmunzelte. Auch sie mochte Corinna. Hinter ihrer etwas unterkühlten Fassade steckte eine warmherzige Frau, die einfach viel um die Ohren hatte und deren Liebe und Fürsorge für Jette manchmal von irrationaler Sorge geprägt war. Doch je mehr sie Hannes zu schätzen lernte, desto entspannter wurde sie. Und das war ein Segen, besonders für Jette.

„Wie war euer Urlaub?", fragte Hannes.

„Erzähle ich in Ruhe, ja?"

„Klar, wie du möchtest."

„Ich würde dann jetzt auch wieder fahren. Ich muss dringend was essen."

„Corinna!“ Mit erhobener Hand kam Elli auf sie zu. „Du bleibst doch zum Essen?“

„Erst einmal alles Liebe zum Geburtstag“, wünschte ihr Corinna.

„Vielen Dank. Also, bleibst du?“

„Ich weiß nicht …“

„Bitte, es wäre mir eine große Freude, und Jette freut sich bestimmt auch.“

Jette hatte im Geräteschuppen einen Ball entdeckt und Sören offenbar dazu überredet, ihr Torwart zu sein.

„Wenn ich dir nicht die ganze Gästeliste durcheinanderbringe, dann würde ich gern bleiben. Ich bin wirklich k. o. und könnte eine Kleinigkeit zu essen gut gebrauchen.“ Sie rieb sich durch ihr müdes Gesicht.

„Hier gibt es aber keine Kleinigkeit!“, bemerkte Elli mit strenger Miene und erhobenem Zeigefinger. „Kleinigkeiten sind strengstens verboten. Ich will hier nur volle Teller sehen“, betonte sie.

„Einverstanden“, brachte Corinna lachend hervor und gähnte.

„Du siehst wirklich geschafft aus. Schläfst du auch genug, Liebes?“, fragte Elli und legte ihre Hand auf Corinnas Schulter.

Für einen kurzen Moment schloss Corinna die Augen, und es wirkte, als würde sie diese Geste der Zuwendung wirklich genießen.

„Schlafen, was ist das? Jette schläft eigentlich gut, aber ich komme immer viel zu spät ins Bett. Es bleibt zu Hause einfach zu viel liegen, und Fred ist so oft auf Geschäftsreise …“

„Falls du mal einen Kurzurlaub brauchst, ich kann dir ein paar Tage in Ellis Obhut wärmstens empfehlen“, sagte Lara augenzwinkernd in Ellis Richtung. „Sie kann wahre Wunder vollbringen mit ihren Duftkerzen und Heilsteinen.“

„Immer gern.“ Elli schenkte Corinna ein einladendes Lächeln. „Du bist jederzeit herzlich willkommen, um für ein paar Tage einfach mal die Beine hochzulegen, ein Buch zu lesen, gutes Essen zu genießen und dir von mir die Karten legen zu lassen.“

„Bis auf die Karten hört sich das ganz, ganz fantastisch an. Kann ich jetzt schon buchen?“, fragte Corinna lachend.

„Sehr gern. Das Gästezimmer ist frei.“

„Ich fahre dann eben nach Hause und packe meine Tasche“, schlug Corinna noch immer lachend vor. „Nein, im Ernst, vielleicht komme ich wirklich mal darauf zurück. Ich bin tatsächlich urlaubsreif.“

„Wann immer du möchtest. Ich freue mich über jeden Gast.“

„Tooor!“, quiekte Jette so laut, dass alle sich umdrehten.

Sören lag auf dem Boden und hatte alle viere von sich gestreckt. „Das war ein linker Hammer! Hannes?“, rief er aus. „Dieses Naturtalent gehört in einen Fußballverein.“

„Gott bewahre, da bricht sie sich nur die Beine“, antwortete Corinna laut.

Sören stand auf und kam mit Jette an der Hand zu ihnen. „Ehrlich, ihr Schuss ist gnadenlos. Keine Chance. Das müsst ihr fördern. Sie führt den Ball bereits total kontrolliert.“

Jette war offenbar kurz davor, vor Stolz zu platzen. Sie kriegte das Grinsen gar nicht mehr aus ihrem Gesicht.

„Ich fände es richtig cool, wenn sie Fußball spielen würde“, sagte Lara leise. Sie wollte sich nicht einmischen und trotzdem ihre Meinung kundtun.

„Wir können ja mal schauen, ob es einen Fußballverein auf Rügen gibt“, erwiderte Corinna zu Laras Verwunderung. „Oder? Was meinst du, Hannes?“

„Klar, wenn sie Lust dazu hat … Jette, hast du Lust, im Verein zu spielen?“

„Was ist das?“, fragte sie mit ihrer hellen Kinderstimme.

„Na, da kannst du mit ganz vielen anderen Kindern zusammen Fußball spielen.“

Jette nickte heftig. „Jaaa!“

„Gut, dann können wir uns ja mal schlaumachen.“ Hannes warf Corinna einen Blick zu.

„Müsst ihr gar nicht“, schaltete sich Sören ein. „Ich kenne da zufällig jemanden, der die Pampersliga trainiert.“

„Kannst mir bei Gelegenheit ja mal die Kontaktdaten geben“, sagte Hannes.

„*Ich* bin der Kontakt“, brachte Sören hervor.

„Ach, das wusste ich gar nicht“, entgegnete Lara.

„Mache ich schon lange. Wir haben vom Jugendzentrum aus viele Angebote im Programm und Fußball biete ich zusammen mit dem Sportverein hier vor Ort an. Seit dieser Saison haben wir auch die Kleinsten im Programm. Jette hat vermutlich noch ein Jahr Zeit, aber dann kann sie starten.“

„Das ist vielleicht keine doofe Idee. Behalten wir im Auge.“ Corinna sah Hannes an, der prompt den Daumen in die Höhe reckte.

„So, und jetzt ran ans Büfett!“, rief Elli glückstrahlend und schritt voran. Corinna und alle anderen Gäste folgten ihr auf dem Fuß.

Bis auf Hannes und Lara. Sie blieben noch für einen Moment stehen. Lächelnd rückte er ein Stück näher, legte seinen Arm um sie und küsste sie. Lara nahm einen tiefen Atemzug und lächelte. Sie hätte platzen können vor Glück.

Ende

Eine kleine Bitte zum Schluss …

Wir hoffen, Ihnen hat dieses Buch gefallen …

Der schnellste Weg, andere Leser da draußen an Ihren Erfahrungen mit diesem Buch teilhaben zu lassen, ist eine Rezension im Online-Buch-Shop. Ihr Feedback hilft nicht nur anderen Lesern, Neues zu entdecken, sondern auch dem Autor, zu verstehen, was aus Lesersicht in diesem Buch gut und weniger gut ist. So kann sich der Autor weiterentwickeln und Ihnen sowie anderen Lesern in Zukunft noch schönere Geschichten präsentieren. Außerdem sind Ihre Erfahrungen, Erkenntnisse und Eindrücke als ehrliches Leser-Feedback eine enorme Wertschätzung vieler liebevoller Arbeitsstunden, die in dieses Buch geflossen sind.

Danke also schon im Voraus, wenn Sie sich zwei bis drei Minuten Zeit nehmen und eine kleine Bewertung zum Buch z.B. auf Amazon veröffentlichen.

Mehr zur Autorin finden Sie auf
www.hannaholmgren.de, www.instagram.com/hannaholmgren.autorin,
www.facebook.com/hannaholmgren.autorin und
www.feuerwerkeverlag.de/holmgren

<u>Gratis</u> Kurzroman sichern

Ein romantisches Hotel am Meer, die unendliche Weite der Ostsee und eine unerwartete Liebe…

Als Lisa ihrem besten Freund Lennart eine vergessene Weinlieferung in sein traumhaftes Strandhotel an der Ostsee bringt, ahnt sie nicht, welches Abenteuer sie dort erwartet. Denn gleich am ersten Nachmittag lernt sie am Strand Johannes kennen, der ihr auf Anhieb sympathisch ist. Wie es der Zufall will, trifft sie ihn ein zweites und auch noch ein drittes Mal, allerdings auf gänzlich andere Weise als erwartet. Die beiden kommen sich näher, und sie verbringen einen wunderschönen Abend miteinander, einen Abend, der sich nach mehr anfühlt: Das Rauschen der See, der helle Mond und Johannes‘ blaue Augen lassen Lisas Herz schneller schlagen. Doch als die gemeinsame Zeit auf Rügen sich dem Ende zuneigt, macht Johannes ihr ein Geständnis, und Lisa muss sich entscheiden, ob sie ihn wiedersehen will oder ihn lieber ganz schnell wieder vergessen sollte …

Den 50-seitigen Kurzroman hier komplett kostenlos herunterladen:

<u>https://hannaholmgren.de/#kurzroman</u>

Weitere Bücher des Verlages

Ein Rucksack voller Liebe

Hanna Holmgren

Es ist schon wieder passiert! Mara hat dem falschen Mann vertraut und damit auch noch die Chance auf ihren Traumjob verpasst. Jetzt will sie nur noch weg. Am Flughafen lässt sie das Schicksal entscheiden, wohin es sie führt, und so landet Mara im bezaubernden Irland. Kurzerhand beschließt sie, einem der berühmten irischen Wanderwege zu folgen, um endlich den Kopf frei zu kriegen.

Pinienduft im Hotel Toscana Mare

Hanna Holmgren

Nach einigen beruflichen und privaten Rückschlägen erhält Emilia die Chance, ein kleines Boutique-Hotel in der Toskana neu aufzubauen. Sie träumt von gutem italienischem Essen, romantischen Weinbergen und temperamentvollen, liebenswerten Menschen. Voller Vorfreude startet sie in ihren neuen Lebensabschnitt.

Doch vor Ort muss sie feststellen, dass das Hotelmanagement in Deutschland den Zustand des Anwesens in Italien völlig falsch dargestellt hat. Sie steht vor einer schier unlösbaren Aufgabe, die nicht nur durch ihren grummeligen Nachbarn Gianni erschwert wird, der das Hotelprojekt um jeden Preis verhindern will, sondern auch durch den charmanten Musiker Aurelio, der Emilia bis in ihre Träume verfolgt .

<u>Zehn Schritte zu dir, zu mir und zu uns</u>

Josefine Weiss

Kurz nach ihrer Verlobung erhält Lilian völlig überraschend einen Brief von ihrer bereits seit einem Jahr verstorbenen Großmutter Edda. Darin enthalten sind zehn Aufgaben, für deren Bewältigung Lilian an die Ostsee in das Häuschen ihrer Oma reisen soll.

Dort begegnet sie Matts. Mit seiner Hilfe und den zehn Aufgaben ihrer geliebten Großmutter findet Lilian etwas wieder, was sie selbst längst verloren geglaubt hatte: Die Leichtigkeit, ihr Leben zu genießen. Ein Leben, das sie sich einst nach einem schweren Schicksalsschlag verboten hat, zu leben...

<u>Solange ich dich suche</u>

Josefine Weiss

Die verzweifelte Suche nach ihrer vermissten Kindheitsfreundin führt Maddie Shaw nach Schottland. In dem kleinen Ort Whitecastle hat sie sich auf gut Glück ein Zimmer gemietet. Dort teilt der ebenso attraktive wie unnahbare Gastgeber Dean zwar seine Wohnung mit ihr, nicht aber seine Zeit und erst recht nicht sein Herz.

Doch je länger sie zusammenwohnen, desto näher fühlt sie sich ihm, denn auch er trägt schwer an seiner Vergangenheit. Nach und nach verliert Maddie ihr Herz an Dean, bis die [illegible]iner Geheimnisse es am Ende zu brechen droht. Denn die Suche [illegible] Freundin bringt eine tragische Wahrheit ans Licht…